Josef Müller

Die Keuschheitsideen in ihrer geschichtlichen Entwicklung und praktischen Bedeutung

Josef Müller

Die Keuschheitsideen in ihrer geschichtlichen Entwicklung und praktischen Bedeutung

ISBN/EAN: 9783741184277

Hergestellt in Europa, USA, Kanada, Australien, Japan

Cover: Foto ©Andreas Hilbeck / pixelio.de

Manufactured and distributed by brebook publishing software
(www.brebook.com)

Josef Müller

Die Keuschheitsideen in ihrer geschichtlichen Entwicklung und

praktischen Bedeutung

Die

Keuschheitsideen

in ihrer

geschichtlichen Entwicklung

und

praktischen Bedeutung

von

Dr. phil. Josef Müller.

———— ✦ ————

Mainz,

Verlag von Franz Kirchheim.

—

1897.

Inhalts-Verzeichnis.

Einleitung.

Eine Geschichte der Keuschheitsideen und -bewegungen ist bisher noch nicht geboten worden und dürfte also schon vom rein wissenschaftlichen Standpunkt aus dankbar aufgenommen werden. Aber der Verfasser gesteht gern, daß ihn weniger dieses theoretische Interesse als das Bedürfnis und die Not der Gegenwart geleitet hat. Man erkennt es allmählich, daß die Schäden der Zeit, von denen die sozialen Mißstände sich besonders augenfällig hervordrängen, im Wesentlichen auf eine moralische Wurzel zurückzuführen sind und ohne sittliche Erneuerung nicht geheilt werden können; man sieht ein, daß die sittliche Charakterführung Not gelitten hat und daß dieser Umstand die Mängel oben wie unten: den Despotismus der Bureaukratie, die Knechtung der freien Individualität, die Willkür der Rechtsprechung, wie andrerseits Feigheit, Charakterlosigkeit, Strebertum, Impietät gegen große Persönlichkeiten, gegen Autorität und Tradition verschuldet hat. Vor Allem ist es die nichts achtende und berücksichtigende Selbstsucht und Genußsucht, die Unfähigkeit und der fehlende Wille der Selbstdisciplin, was sich als den Herd des Uebels erweist.

Es ist klar, daß jede Theorie, die im Blauen umhertastet, mit Systemen, Gesetzen, papierenen Reglements operirt, aber nicht den einzelnen Menschen zum nächsten Ziel macht — wie dies alle sozialdemokratischen und staatssozialistischen Reformideen thun — absolut wertlos ist, daß zu besseren Zeiten vor Allem bessere Menschen gehören und dieses Ziel auch ohne große Zukunftspläne zu erreichen ist; hiezu gehört nur, daß die alte Moral, die niemals antiquiert

werden kann, wieder lebendig gemacht, die Notwendigkeit der Selbst-
zucht betont und diese praktisch, vor Allem durch eine bessere Erziehung
der Jugend, ins Werk gesetzt wird. Wer sich um die sittliche Hebung
des Volksniveaus verdient macht, erwirbt sich größeres Verdienst als
wer den Arbeitslohn um einige Prozente hebt; ja die materielle Verbesserung ist mit der sittlichen Hebung der Zeit von selbst gegeben.

Es fehlt nicht an Stimmen, die dieser Arbeit im Kleinen, die
aber zu allem Großen den Keim birgt, das Wort reden. Man hat die
Enthaltsamkeit, die Entsagung verderblicher Genüsse proklamirt, man
hat die Schädlichkeit des Tabaks, des Alkohols, des Thees und Kaffees
in anschaulichen, unwiderleglichen Beispielen und Argumenten vor Augen
geführt; Temperenzlertum und Vegetarismus in engem Bund mit religiösen Reformvereinen sind aufgetaucht — nur ein „Kräutlein rühr'
mich nicht an" wird immer mit viel zu zarter und schonender Hand
angegriffen, höchstens so nebenbei gestreift: die Unzucht. Und doch ist
sie es, die sich geradezu im Mittelpunkt des Giftqualms breit macht,
der unser Volksleben schleichend vergiftet, die leiblich, wie seelisch und
moralisch unendlich schädlicher wirkt als Alkohol und Gaumengenüsse
jeder Art — einem Wüstling gegenüber spielt ein Trunkenbold noch eine
edle Rolle. Diese Thatsache ist's, die man immer noch nicht erkennen
will, obwohl Beispiele von der corruptiven Kraftwirkung der sexuellen
Ausschweifung selbst auf die edelsten Geister — ich nenne nur die
Namen Heine, Nietzsche, Guy de Maupassant — sich immer häufiger
aufdrängen und ein glühendes Menetekel für jeden Zeitbeobachter sein
sollten. Man hat sich in den Gedanken eingelebt, daß eine, wenn auch
frühzeitige und unmäßige Befriedigung des geschlechtlichen Triebs etwas
harmloses, ja dem erwachsenen Menschen als natürliches Recht zu-
stehendes sei und ist mit Gewährung dieses Rechtes immer weiter bis
hart an die Kinderjahre herabgegangen, ohne zu fragen, ob dieses Recht
nicht Voraussetzungen in Sitte, Ordnung, Religion habe, ob es denn
natürlich sei, dieses Recht ohne jede sittliche Erprobung der Manneskraft, ohne jede vorangegangene Arbeit und Stählung des Charakters
so ohne Weiteres jedem großen Buben zu gewähren, ob nicht die lang
bewahrte Unschuld etwas weit edleres, ja beglückenderes sei als die
unreif gepflückte Frucht vom Baum der Erkenntnis.

Mit dieser laxen Auffassung des Naturtriebes selbst bei sonst
redlichen Reformgeistern ist eine Verkennung der Schäden, die eine zu
frühe Weckung der sinnlichen Triebe für die eigene Charakterbildung

und das Leben mit den Mitmenschen hat [1].), Hand in Hand gegangen, und das Compromiß mit diesem Krebsschaden hat alle übrigen, sonst achtenswerten Reformbestrebungen gelähmt und ihnen die Seele und den Erfolg entzogen. Eine Predigt der Enthaltsamkeit hat keinen Wert und kann nicht wirksam sein, wenn man den mächtigsten und gefährlichsten Instinkt von dieser Enthaltsamkeit ausschließt und Entsagung nur in kleineren und unwichtigeren Dingen z. B. im Rayon der Nahrung fordert. Ein sittlicher Kampf muß vor Allem gegen den Hauptfeind losgehen und ihn zu bewältigen suchen, sonst setzt er sich dem Argwohn aus, als nicht ernst gemeinter Scheinkampf und als Spiegelfechterei beurteilt zu werden.

Es dürfte an der Zeit sein, einmal den Stier an den Hörnern zu packen und klar aufzudecken, was man so sorgfältig zu verhüllen sucht: welch tiefes und weittragendes Elend die Zügellosigkeit des Geschlechtstriebes mit sich führt und wie von hier aus alle moralischen Besserungsideen Stellung zu nehmen haben. Zur Anbahnung besserer Zustände ist aber eine vorangehende Geschichte der Anschauungen über das Geschlechtsleben bei den verschiedenen Völkern und Zeiten nicht blos instruktiv, sondern geradezu unerläßlich. Erst auf dem gewonnenen breiten Boden der geschichtlichen Resultate kann eine sichere Würdigung dieses Themas und ein Ausgangspunkt für praktische Reformen geschaffen werden, ohne diesen hängen letztere kraftlos in der Luft.

Nicht zum Vorwurf wird dem Autor hoffentlich die hervorragende Stellung gerechnet worden, die er den dichterischen und künstlerischen Produktionen als Quellen für die psychologische Analyse eines Zeitalters und einer Culturperiode eingeräumt. Wenn selbst ein so hervorragender Geschichtsschreiber wie Thierry erklärt, er habe, nachdem er alle Chroniken durchforscht, erst aus Walter Scotts Jvanhoe das Verhältnis der beiden englischen Stämme: der Normannen und Angelsachsen anschaulich kennen gelernt, wenn der ebenbürtige Historiker Taine die Poesie „insofern sie große, wichtige, erhabene Em-

---

1) Auch eine Fälschung der Literatur- und sonstiger Geschichte. Man hält es für unwürdige Spürerei, die persönliche Lebensführung bei Beurteilung der Meinungen eines Dichters, Philosophen, Staatsmannes zu berücksichtigen, als ob Meinungen nicht aus dem Leben hervorgingen und aus ihm Kraft und Licht bekämen. Dieser psychologische Mangel, der freilich da zu Gut kommen mag, wo das nähere Beleuchten auf nichts Sauberes stoßen ließe, macht den Kern der Gedankengänge eines Charakters geradezu unverständlich.

pfindungen eines edlen Geistes der Zeit kundgebe," einen wahreren Spiegel der Zeit nennt als die Gesetzbücher, Codices und Katechismen, die den Geist der Zeit nur „im Großen und ohne Feinheit" malten, (wie ja auch schon Aristoteles die Poesie philosophischer als die Geschichte nennt), wenn Lecky in seiner Geschichte der Aufklärung erklärt, der wahre Verlauf der Kirchengeschichte sei viel mehr in den Werken der Künstler als der Theologen zu sehen, so dürfte diese Methode wohl auf Zustimmung rechnen, abgesehen von der Schönheit der Form, in der uns hier die Volksseele gezeichnet entgegentritt. Daß Homer, Dante, Cervantes, Scott, Turgenieff, Dostojewsky c. Geist, Sitte, überhaupt die Physiognomie ihres Volkes reiner und treuer wiedergespiegelt haben, als alle Chroniken und wissenschaftlichen Werke, wird Niemand bezweifeln. Übrigens sind von mir alle anderen Dokumente und Quellen keineswegs vernachläßigt worden.

Noch bemerke ich, daß in den „Keuschheitsideen" nicht allein die auf den strengen Cölibat bezüglichen Anschauungen und Bestrebungen, sondern auch alles das eheliche Liebesleben u. s. w. Betreffende inbegriffen ist.

Möge das allerdings nicht erschöpfende Werk ein Baustein werden für das dem Verfasser vorschwebende Ziel der sittlichen Hebung der Zeit, die von den Besseren immer dringender als schmerzliches Bedürfnis empfunden wird.

1. Theil. Geſchichte der Keuſchheit.

A. Keuſchheitsideen in Aſien.

Daß Enthaltſamkeit etwas Edles und Gott Wohlgefälliges ſei, iſt von Anfang an Überzeugung der geſammten Menſchheit geweſen, wenn auch die Kraft, dieſer Überzeugung zu folgen, nicht immer in gleichem Verhältnis zum Wollen hervortrat. Stets bildete Faſten, Ascese, Mortification der ſinnlichen Leidenſchaften einen wichtigen Beſtandtheil der religiöſen Disciplin bei allen Völkern. Eine Religion rein ohne dieſe Faktoren, ja unter Mißbilligung und Diskrebitierung der äußeren Übungen zu gründen, iſt dem modernen Proteſtantismus vorbehalten geblieben, dem überhaupt wichtige Beſtandteile, die ſonſt bei allen Religionen ſich finden, abgehen. Ascetiſche Lebensweiſe, Disciplin der unteren Regionen, vor Allem die Enthaltung und Beſchränkung im Geſchlechtsverkehr galt als unumgängliche Vorſtufe höherer Vollkommenheit, beſonders als Vorbereitung für die myſtiſchen Grade z. B. im Brahmanentum, in China, ſelbſt in Peru und Mexiko. Lebenslänglicher Cölibat wurde gefordert von den Bonzen (Beſchwörer und Wahrſager) in China, ebenſo von den Prieſtern des Dalei Lama in der Sekte der gelben Kappenträger (die roten erlaubten den Prieſtern die Ehe). (S. Hegel, Philoſophie der Geſchichte).

Eine höchſt anmutige chineſiſche Legende erzählt, daß zur Zeit, als es nur einen Mann und nur ein Weib auf Erden gab, das Weib ſeine Jungfräulichkeit nicht opfern wollte, ſelbſt nicht um die Erde zu bevölkern. Die Götter begnabigten ſie in Anerkennung ihrer Reinheit damit, durch den bloßen Blick ihres Geliebten geſchwängert zu werden, ſobaß eine Jungfrau die Mutter der Menſchen wurde. (Helvetius, de l'esprit l. I disc. II.) Der griechiſche

Mythus von Deukalion und Pyrrha enthält, wenn auch abgeschwächt, dasselbe fein empfundene Moment.

Wir treffen freilich andrerseits, namentlich im phönicischen und chaldäischen Cult auch eine religiöse Verklärung des Geschlechtstriebs, so im Astarte-, Molochdienst, ja wir sehen selbst bei den edelsinnigen und maßvollen Griechen die Orgien des Venus- und Dionyscultus, die bis zur Phallusverehrung gipfelten; aber hier ist es die immerhin erhabene Idee der Fruchtbarkeit, der die Huldigung galt, und wenn in Babylon sich jede Jungfrau einmal der Mylitta zu Ehren im Tempel preisgeben mußte, wobei das Geld in den Tempelschatz floß, so ist die hingegebene Unschuld doch ein Opfer, das der Göttin gebracht wurde, das kostbarste und höchste Opfer der reinen jungfräulichen Seele; also selbst in dieser scheußlichen Ausartung religiöser Huldigung spricht sich noch der Gedanke aus, daß das keusche Menschengebilde ein besonders edler, der Gottheit lieblicher Gegenstand sei, wie ja auch im grauenhaften Molochcult dieselbe Idee in anderer Form zu Grunde liegt. Hier ist es das Blut unschuldiger Kinder, das als Sühnopfer gebracht wird, um die Gewogenheit des grausamen Gottes zu erflehen. Einen Nachklang dieser rohen Form der Gottesverehrung sehen wir noch im Opfer Abrahams und Jephtas, im ver sacrum der Latiner bei weit höher entwickelter religiöser Cultur und bereits unter Mißbilligung derselben. Eine ähnliche krasse Ausartung eines ursprünglich edlen Triebs ist die Wittwenverbrennung in Indien, die übrigens wie Max Müller gezeigt, nur durch Mißdeutung und offenbare Verfälschung einer Vhedastelle entstanden ist, welche gerade das Gegenteil besagt, nämlich Tröstung der Verlassenen und Rückkehr zur Lebensgemeinschaft. Es heiß dort:

> „Die Weiber gehn zuerst hinauf zum Haus
> „In schönem Schmuck und ohne Leid und Thränen."

Dieses Haus ist nicht das Haus der Toten, sondern der Lebenbigen, wie aus folgender Parallelstelle unwidersprechlich hervorgeht:

> „Steh auf o Weib! Komm zu der Welt des Lebens!
> Du liegst beim toten Leichnam, komm hernieder!
> Du bist genug jetzt Gattin ihm gewesen,
> Ihm, der dich wählte und zur Mutter machte."

Die Achtung vor der hl. Vheda hinderte die Brahmanen nicht, diese Stelle wegzuinterpretiren und im Sinne eines grausamen Fanatismus die Welt der Lebenbigen zur Welt der Toten abzuändern.

Es ist überhaupt auffallend, wie gerade in Indien, in dieser üppigen Natur, unter der heißen Sonne eines tropischen Klimas (wie später auch in Aegypten) der Ascetismus so gewaltige Blüthen treiben und zur weitgehendsten Verschmähung der so reich gebotenen Gaben der Natur führen konnte. Führte hier der weltverlorne, philosophische Quietismus zur keuschen Ascese, so gelangte das thatkräftige, kraftstrotzende Heldentum der Vorzeit, dem weichliches Leben eine Schande dünkte von ganz anderem Ausgangspunkt doch vielfach zu gleichem Ziel. Wie selbstbewußt und kühn klingt Sals, des Helden Firdusis Wahlspruch:

> „Mein Roß allein ist mir Gefährte,
> Mein Schutz der Himmel nur, der glanzverklärte,
> Kein Liebchen brauch' ich, weichlich nur und träge
> Würd' ich mich machen Feinden zum Gespött!"

Man wird an Achilles Wort erinnert: „Mit Frauen zu sprechen, ziemt mir nicht." (Iphigenie in Aulis 830.)

Im hebräischen Volk konnte der Glanz der eigentlichen und vollen Keuschheit nur schwer sich Anerkennung erkämpfen, weil hier die Alles beherrschende Idee eines künftigen Weltvolkes, das zahlreich sein werde wie die Sterne des Himmels und die Ehre, Ahn des Messias, des großen Propheten zu sein, dem die Völker der Erde sich beugen würden, den Segen der Ehe mit religiösem Nimbus verklärte. Bleibende Jungfrauschaft und Junggesellenschaft war sogar eine Schande, weil der so Lebende gewissermaßen auf seinen Anteil an dem Segen, den Gott dem Bundesvolk verheißen hatte, freiwillig verzichtete. So ausschlaggebend war diese Erwägung, daß wir die Tochter Jephtas mehr ihre Jungfrauschaft als ihren frühen Tod beweinen sehen, daß Kinderlosigkeit als Unehre, wenn nicht als Strafe Gottes galt, und dem Aussterben einer Familie durch die sorgfältigsten Vorkehrungen, wobei allerdings auch sociale Rücksichten mitspielten, vorgebeugt wurde. Die einzige Tochter mußte den nächsten Verwandten heiraten, und dieser bei Weigerung sogar eine schimpfliche Behandlung erdulden: die Verschmähte durfte ihm den Schuh ins Gesicht schlagen. Starb der männliche Ehegatte kinderlos, so wurde durch die Leviratsehe gesorgt, daß mindestens sein Name, dessen Träger einen ganz anderen Vater hatte, nicht unterging. Das Familienleben der Juden war ein edles; Vielweiberei, noch bei den Patriarchen gewöhnlich, fand in der Königszeit nicht mehr statt, das Weib erfreute sich einer viel höheren Stellung als bei den meisten alten Völkern; besonders die ehrbare Ma-

trone, beren Wiederverheiratung man nicht gerne sah, wird hoch geachtet;
in Judith, bem Helbenweib, sehen wir sogar die Befreierin ihres Volkes,
eine Jeanne d'Arc der Vorzeit. Der Ehebruch gilt als tobwürdiges
Verbrechen, selbst die einmalige Sünde des königlichen Sängers muß
mit harter Buße, die das ganze Volk trifft, gesühnt werden. Zwanzig-
tausend fielen schon in der Wüste als Opfer der Geilheit; fast der ganze
Stamm Benjamin wird unnatürlicher Verbrechen wegen ausgerottet, und
auch das frühe Strafgericht über Soboma und die Rache der Söhne
Jacobs wegen Entehrung ihrer Schwester Dina spiegeln den Ernst
der alttestamentlichen Sitte. Wenn das schwerste Verbrechen vom
Standpunkt der jüdischen Bundesreligion, der direkte Abfall von Gott,
in der Schrift durchweg als Hurerei mit fremden Götzen bezeichnet
wird, so sehen wir auch hier die Verachtung, die das illegitime Geschlechtsverhältnis traf, ein Ernst, der in so frappantem Gegensatz zu dem modernen
Libertinismus und seiner Mißachtung der gesetzlichen Schranken steht.

Merkwürdig ist die Stelle Jsaias 56, 3—5, wo den Ehelosen
eine ganz besondere Würde im kommenden Reich Gottes verheißen wird:
„Der Ehelose spreche nicht: ich bin ein dürrer Baum! Denn ihnen,
wenn sie am Bund Gottes festhalten, wird Gott in seinem Hause und in
seinen Mauern eine Stellung geben und einen besseren Namen als
Sohn und Tochter, einen ewigen Namen, der nicht untergehen soll."
Während den anderen nur verheißen wird, baß Gott sie einst zu
seinem Altar zulassen wird, stellt Gott den Eunuchen etwas weit höheres
in Aussicht, sie werden Amt und Würde im Haus Gottes erhalten und
der Mangel an Kindern soll ihnen reichlich ersetzt werden. Dies ist
ein bedeutungsvoller Ausblick in die Kirche. Die Hochstellung der Ehe
war überhaupt der Schätzung der jugendlichen Keuschheit keineswegs im
Wege: Josef, Tobias, Daniel sind ihrer Enthaltsamkeit wegen unter
besonderem göttlichen Schutz, auch treffen wir schon frühzeitig auf das
meist ehelose Prophetentum, die Vorläufer des christlichen Mönchs-
wesens — selbst eine Prophetin, Deborah, die zur Richterin und
Führerin des Volkes sich erschwang, taucht auf (Richter 9, 4) — und
im Essäismus sehen wir die Forderung des Cölibats offen ausgesprochen. Daß der Messias von einer Jungfrau, also nicht auf dem
Weg geschlechtlicher Zeugung kommen sollte (Js. 7, 14), ist der Verehrung und Hochachtung der Birginität sicher förderlich gewesen. Nur die
Jbee der Fruchtbarkeit war es, welche der Ehe so hohen Nimbus gab, die
sinnliche Zeugung für sich galt als verdächtig und unrein. Als David

in äußerster Hungersnot um die geweihten Brode bat, fragte der Priester, ob er und seine Begleiter rein seien in Bezug auf die Frauen; erst als dies bejaht wurde, erfolgte die Auslieferung. Besonders hervorragende Propheten galten als Abkömmlinge greiser Eltern, in denen die Sinnlichkeit bereits erstorben war, so Isaak, „der Sohn der Verheißung" Benjamin, Samuel, Johannes der Täufer. Die Wöchnerin galt als unrein und durfte vor Ablauf einer bestimmten Zeit den Tempel nicht betreten; erst am 40. Tage wurde sie durch ein Sühnopfer in die religiöse Gemeinschaft wieder aufgenommen.

Obwohl die Priester zum Cölibat nicht verpflichtet waren, mußten sie doch in den Tagen des Tempeldienstes, der sie im Turnus traf, keusch leben; dem Hohepriester war zudem nur eine einmalige Ehe, und zwar nur mit einer Jungfrau gestattet.

Wie nahe die spätere Zeit dem christlichen Ideal bereits war, bezeugen die herrlichen Worte des Buches der Weisheit 4, 1. 2.: „O wie schön ist ein keusches Geschlecht im Tugendglanze! Unsterblich ist sein Andenken; bei Gott und Menschen ist es in Ehren. Ist es gegenwärtig, so ahmt man ihm nach; entzieht es sich den Augen, so sehnt man sich nach ihm; und ewig triumphirt es mit der Siegeskrone und trägt den Preis für die Kämpfe unbefleckter Reinheit davon."

So sehen wir im alten Testamente schon deutlich die Grundzüge durchschimmern, die später auf diesem Boden zu der reinsten Entfaltung des sittlichen Ideals namentlich auch in der Auffassung der Geschlechtsverhältnisse, führen konnten. Nicht zufällig und plötzlich, sondern wohlvorbereitet tritt die christliche Idee in die geschichtliche Erscheinung.

B. Im Occident.

Die arischen Völker erweisen sich für das Keuschheitsprincip als günstiger veranlagt wie die Hamiten und Semiten. Selbst im hebräischen Volk zeigt sich deutlich das andauernde Widerstreben der ungezügelten Volksinstinkte gegen die hohen Anforderungen seiner Gesetzgebung und geistigen Führer; während anderswo die sittlichen Traditionen der mehr oder minder getreue Ausdruck des Nationalgeistes sind, nehmen sich die religiösen Institutionen Israels mehr wie eine ihnen auferlegte höhere Disciplin aus, und nur unter steten Kämpfen gegen die Hüter der göttlichen Offenbarung und Sitte und mit vielen Rückfällen vollzieht sich allmählich die geistige Reife des Volkes, die übrigens niemals die Höhe des gesetzlichen Vorbildes erreichte.

Anders ist dies bei den Occidentalen. Hier weht reinere und milbere Luft, die Entwicklung ist homogener, die natürlichen Empfindungen sind gegen Verirrung besser geschützt. Frühzeitig schon finden wir Hochschätzung der jungfräulichen Reinheit. Jhering erwähnt in seiner „Vorgeschichte der Indo-Europäer" die sog. „Feuerjungfrauen" in den Wanderheeren der Arier als Vorläuferinnen der Vestalinnen; wie diese hatten sie das heilige Feuer zu hüten und mußten ehelos leben. Auch bis in die späteste Zeit übten Jungfrauen bei den Griechen und Römern sowohl wie bei den Germanen priesterliche Funktionen aus, was ihnen im Juden- und Christentum nicht mehr gestattet wurde. Die Pythia mußte lebenslang keusch leben. Männlicherseits ist im griechischen Priestertum der Hierophant, der Oberste der griechischen Mysterien, bemerkenswert, der zeitlebens in Keuschheit leben mußte, wie auch hohe körperliche Schönheit zu dieser Würde erforderlich war. Plutarch erwähnt einen Tempel des Herakles in Phocis als den Weibern verhaßt, deren Priester mit keinem Weib Umgang haben durften, daher sie meist erst bejahrt dazu genommen wurden. (Warum die Pythia nicht mehr Orakel in Versen giebt N. 20). Betrachten wir die Ideen über die geschichtlichen Verhältnisse bei den zwei arischen Hauptvölkern noch im Besonderen.

I. Die Griechen.

Die Griechen, ein gesundes edles Naturvolk wie kein zweites, hielten sich sowohl fern von dem düsteren Ascetismus der Inder als dem wüsten Sinnescult der syrischen Hamiten. Wie sie im Dionysius- und Aphrobitecult dem frohen Naturtrieb aufrichtige Hulbigung spendeten, so hatten sie auch für die zarteren, aber ebenso natürlichen Regungen jungfräulicher Scheu und Züchtigkeit, wie überhaupt für alle Empfindungen des unverborbenen Gemüts ein feines Gefühl. Schon in der Götterwelt des Olymps kam dies zum Ausdruck. Aphrodite, der Göttin des freubigen Sinnesgenusses, steht Athene, die jungfräuliche gegenüber. Sie, die edelste unter den antiken Göttergestalten, ist nicht in Sinnesbrunst erzeugt, sie entstammt dem Haupt des Zeus, dem Sitz göttlicher Weisheit; schon durch die Geburt ist die Würde der höchsten Himmelstochter gekennzeichnet. Weisheit und Stärke sind ihre Attribute; sie, die Walküre des Griechentums trägt die Ägis, die selbst „des Zeus flammenden Donner bezähmt," denn Keuschheit macht stark (auch im Sternbild steht der Löwe neben der Jungfrau); aber ihre Stärke ist nicht die blindwüthende Furie des Ares, sondern die besonnene, durch Intelligenz geleitete Heldenkraft. Darum schlägt sie, die Jungfrau, des „Zeus unbezwungene Tochter", den Kriegsgott im Einzelkampf mit kräftigem Steinwurf zu Boden. (Jl. 21, 400). Bezeichnend ist ihr Verhältnis zu Aphrodite im griechischen Denken. Wenn auch die Macht und Berechtigung der letzteren willig anerkannt wurde — entlehnt doch selbst Hera von ihr den Zaubergürtel, auf dem die weiblichen Reize vereinigt sind: „schmachtende Lieb' und Sehnsucht, neckisches Spiel und die schmeichelnde Bitte, die oft auch den Weisen bethöret" (Jl. 14, 215), um den Olympier zu fesseln — so tritt doch im griechischen Sagenkreis eine gewisse verächtliche Behandlung der Göttin der Wollust unverkennbar hervor. Die Göttin der Sinneslust durfte Diomed, der Sterbliche, verwunden, „weil er erkannt, sie erscheine unkriegerisch, keine der anderen Göttinnen, welche der Männer Gefecht obwaltend durchwandeln" (Jl. 5, 33); als er aber den Äneas, den Apollo verborgen hatte, durch den Nebel dreimal treffen wollte, donnert ihm der Gott entgegen:

> „Hüte dich, Tydide, und weiche mir! Nimmer den Göttern
> Wage dich gleich zu achten!"

Hier scheint also Aphrodite des Privilegs der ewigen Götter, der Unverletzbarkeit durch Sterbliche verlustig zu sein. Vergl. auch ihre schonungslose Behandlung durch Athene Jl. 21, 425, welche die „schamlose Fliege" mit mächtiger Hand gegen die Brust trifft, daß Herz und Knie ihr erschlaffen und die fatale Situation mit Ares Odyss. 8, 275 ff., die sie zum Gespött des ganzen Olymps macht. Aber auch hier zeigt sich der Zartsinn des Dichters: „es kam wohl Poseidon, der meerwandelnde, auch Hermes, der Bringer des Heils, dann der Ferntreffer Apollo," um sich die pikante Scene anzuschauen, aber „die Göttinnen blieben vor Scham in ihren Gemächern."

Groß war die Verehrung der edelsten Gottheit des Griechenthums, besonders in ihrem Patronatssitz Athen, wo das „Parthenon", die erhabenste Huldigung, welche das Heidentum dem Jungfräulichkeitsgedanken gebracht, schon von ferne den Seefahrer begrüßte. „Keusche Tochter des Zeus, du, deren ruhiges Auge nie getrübt ist, schaue nieder auf uns, Jungfrau, Schutz der Jungfrauen!" beten die Schutzflehenden bei Äschylus.

Noch eine Personifikation der keuschen spröden Jungfräulichkeit hat der Olymp aufzuweisen: Artemis, die jagdfrohe Schwester des

Apollo, die mit ihren Nymphen die Klüfte durchstreift und Männer-
liebe verschmäht, höchstens im Traum ihrem Liebling Endymion zärtlich zulächelnd.

Am Wenigsten dürfte der Obergott Zeus, der Walter der Götter
und Menschen, den Anforderungen eines strengen sittlichen Maßstabs
genügen; muß er sich ja von der eigenen Gattin eine ganz respektlose
Kritik gefallen lassen (Il. 15, 92); bekannt ist überhaupt, daß die moralische und religiöse Vertiefung der Griechen durch die traditionelle Mythologie eher gehemmt wurde, als daß sie von ihr Unterstützung empfangen
hätte; doch dürfen wir den Antheil, den die dichterische Phantasie an
diesen Sagen hatte, nicht verkennen und die Götter der Dichter nicht den
Idealen des eigentlichen religiösen Empfindens gleich achten. Es fehlt
den Griechen und Römern im Gegensatz zu den Indern, Chinesen,
Juden, Arabern, Persern an einem eigentlich religiösen Grund-
buch als schriftlichem Canon, das Leitstern und Weihequelle für das
Volksdenken werden konnte; die poetischen Produkte, die es statt dessen
von früh an besaß, mußten naturgemäß mehr die Richtung ins Sinnliche, Gefällige, ja Frivole einhalten. Daß dieser Gesichtspunkt nicht
außer Acht gelassen werden darf, lehrt ein Blick auf das wirkliche
Volksleben.

Die sozialen und politischen Institutionen der Griechen
zeugen von Ernst und Gediegenheit und — was wir hier allein ins
Auge zu fassen haben — von hoher Achtung vor der reinen Menschenseele. Ihre Unverletzlichkeit war durch strenge Gesetze geschützt. Solon
bestimmte, daß Todesstrafe den Bürger treffen sollte, der seine Tochter
der Unzucht preisgebe. War ein Mädchen auf freiwilliger Unzucht
ertappt worden, so durften Vater oder Bruder sie als Sklavin ver-
kaufen. Ebenso konnte Todesstrafe — oder Geldstrafe — den Verführer oder Kuppler eines freien Knaben treffen „weil der Verführer
die Seele verderbe und die Erbfolge ungewiß mache," wie Lysias in
seiner Rede gegen Eratosthenes erklärt. War der Verkuppler der eigene
Vater, so war der herangewachsene Sohn nicht verpflichtet, ihn zu er-
nähren oder ihm Wohnung zu geben; nur begraben mußte er ihn
lassen und die religiösen Gebräuche vornehmen. Alle wegen Unzucht
Verurteilten verloren das Bürgerrecht, ebenso wer eine ehebrecherische
Frau nicht verstoßen hatte. Daß diese Strafen, selbst die Todes-
strafen wirklich vollzogen wurden, beweist das Wort des Dinarkes an
die Athener: „Ihr habt Minon, den Müller, getötet, weil er ein

freies Kind zurückbehielt; ihr habt Themistius mit dem Tode bestraft,
weil er während der Ceresfeste eine Musikerin aus Rhodus beleidigt
hatte, und den Enthymakes, weil er ein Mädchen von Olynth entehrt
hatte." Ein Bürger von Athen mauerte seine gefallene Tochter mit
einem tollen Pferd ein und ließ beide verhungern, noch lange hieß
die Stätte: „zu der Jungfrau und dem Pferd." Strabo erwähnt, daß
es in Thrazien Vereine von Männern gab, die durch Ehelosigkeit und
strenge Lebensweise zur Vollkommenheit zu gelangen strebten und
Plutarch lobt gewisse Philosophen, die „um Gott durch Enthaltsamkeit zu ehren" das Gelübbe thaten, ein Jahr sich des Weines und der
Frauen zu enthalten (do cohibenda ira).

Die Ehebrecherin war ehrlos, durfte nicht im Tempel und bei
den Opfern im Schmuck erscheinen. Zeigte sie sich doch, so durfte ihr
jeder den Schmuck abreißen, sie mißhandeln, nur nicht verstümmeln
und töten. Keine Frau, so hatte schon Solon bestimmt, durfte
Nachts aus dem Hause, außer im Wagen und unter Vorantragung
von Fackeln.

Beim Mann wurden geschlechtliche Schwachheiten nachsichtiger
beurteilt; doch galt es für unehrbar, nach der Hochzeit noch bei anderen
Mädchen zu hospitieren. Laertes, der König, wagte es aus Scheu vor
der Gattin nicht mehr, der um zwanzig Rindern gekauften Euryfleia
beizuwohnen. Wenn der Mann eine Hetäre ins Haus brachte, konnte
die Frau auf Ehescheidung klagen. Selbst das Eingehen einer zweiten
Ehe war dem Ansehen abträglich. In den Gesetzen des Charondas
war verordnet: wer seinen Kindern eine Stiefmutter gäbe, solle keine
Stelle im Rat bekleiden dürfen (Diodor 13, 12, ähnlich war es bei den
Römern s. Liv. 10, 23).

Auch hier wie in moralischem Ernst überhaupt, leuchteten die
Spartaner hervor. Der Spartaner Gerobates antwortete einem
Fremden auf die Frage: welche Strafe bei ihnen den Ehebrecher träfe:
„Mein Freund, bei uns giebt es keine Ehebrecher." Und wenn es
denn aber doch geschähe? „Wie kann es in Sparta Ehebrecher geben,
wo Reichtum, Luxus und Pracht verachtet sind, dagegen Zucht, Sitt-
samkeit und Gehorsam gegen die Obrigkeit streng beobachtet werden?
(Plutarch, Denksprüche der Lakoner).

Die Chierinnen waren durch ihre Sittsamkeit berühmt. Wenn
mehrere Jünglinge ein Mädchen liebten, traten die übrigen sofort zurück,
wenn sie einen begünstigte. In siebenhundert Jahren gab es dort

keinen Ehebruch und keine Verführung einer Jungfrau (Plutarch, von
den Tugenden der Weiber).

Die Kindererziehung war streng. In der Kneipe zu essen und
zu trinken hätte nicht einmal ein anständiger Sklave gewagt. Auch
die öffentlichen Kämpfer waren keineswegs völlig nackt, sondern nach
Thukydides mit einem Gürtel um die Scham versehen. Wie streng
auf Ehrbarkeit bei den Griechen gesehen wurde, beweist des Deme-
trios Verbot, Hunde auf der Akropolis zu dulden, weil diese Thiere
sich öffentlich zu begatten pflegen.

Höher als das Liebesverhältnis zwischen den Geschlechtern, das
wenig sentimental aufgefaßt wurde, stand bei den Alten die männliche
F r e u n d s c h a f t. Ihr galt der höchste Enthusiasmus der antiken
Poesie, Philosophen erörterten eingehend Wesen, Pflichten, Umfang der
Freundschaft, das Verhältnis der Freunde bildete einen wichtigen Abschnitt der Ethik, ja Politik und Religion beschäftigten sich damit und
zogen es in ihr Bereich. Idealbilder männlicher Herzensverbrüderung
bietet die griechische Geschichte und Mythe in großer Zahl: Achill und
Patroklus, Orestes und Pylades, Damon und Phintias, Harmodius
und Aristogeiton werden ewig als Muster und Typen edler Mannes-
treue glänzen.

Eigentümlich ist auch dem griechischen Volksleben das Liebes-
bündnis zwischen Männern und Knaben, eine Art männlichen L i e b -
h a b e r t u m s. Es darf durchaus nicht als grundsätzlich unkeusch gefaßt werden; der körperliche Mißbrauch ist eine Entartung, die dem
edlen Ausgangspunkt nicht aufgebürdet werden darf; es war ein Pa-
tronats- und Schutzverhältnis, andererseits ein Zustand liebenden Ver-
trauens gleich dem Verhältnis zwischen Schüler und Erzieher; der
Pennal des mittelalterlichen Studentenwesens mag eine entfernte, obwohl rohe Analogie dazu bilden. Der Knabe und Jüngling sah zu
seinem Liebhaber als zu seinem verehrten Gönner auf und strebte, sich
vor ihm auszuzeichnen, um seine Achtung zu gewinnen; ja er schämte
sich weniger vor seinem Vater und seinen Genossen als vor dem Geliebten, wenn er auf etwas Schimpflichem betroffen war. Plato setzt
im Symposion den hohen Wert solcher veredelnden Gemütsverbände
selbst für Staatsleben und Krieg auseinander: „Wenn es," sagt er
„eine Stadt oder ein Feldlager von Liebhabern und Lieblingen gäbe,
so würde bei der Enthaltung von allem Schändlichen und dem gegen-
seitigen Wetteifer keine bessere Verfassung gefunden werden können,

und wenn solche Leute miteinander in den Kampf zögen, so würden sie auch bei geringer Anzahl, ich möchte sagen, die ganze Welt besiegen. Denn ein Liebender würde sich vor keinem Andern so scheuen seinen Platz zu verlassen oder die Waffen wegzuwerfen, als vor dem Geliebten und statt dessen lieber tausendmal sterben wollen. Und gar den Liebling in der Gefahr zu verlassen oder ihm nicht Beistand zu leisten, hätte Keiner die Feigheit, daß ihn nicht Eros zur Tugend begeistern sollte, sodaß er dem gleich würde, der von Natur der Tapferste ist[1]). Und was Homer sagt, daß die Götter den Helden Mut und Kraft einhauchen, das thut Eros den Liebenden. Nur Liebende haben den Mut, miteinander zu sterben, nicht nur Männer, sondern auch Weiber. Hievon zeugt die Tochter des Pelias, Alkestis, indem sie allein für den Gemahl sterben wollte, der doch Vater und Mutter hatte. Darum vergönnten ihr auch die Götter aus dem Hades zurückzukehren."

Die Auffassung der edleren Griechen bezüglich dieses Verhältnisses spiegelt am besten das Wort, das Äschines in seiner Rede gegen Timarchus, welcher der Päderastie beschuldigt wurde, sprach: „Schöne und tugendhafte Jünglinge zu lieben, zeugt von einem edeldenkenden und hochsinnigen Gemüt; um Geld Hurerei mit einem Gedungenen zu treiben, ist das Zeichen eines ausschweifenden und rohen Menschen."

Nebst der Religion und den politisch-sozialen Verhältnissen ist es vor Allem die Kunst, welche die Volksseele treu spiegelt. Daß aber die griechische Kunst das Siegel und die Weihe idealster Hoheit trägt, dagegen ist nie ein Widerspruch erhoben worden. Wohl kommt auch hier die Frohnatur und das naive Naturgefühl der Griechen zum unverholenen Ausdruck. Erhaben klingt der begeisterte Hymnus an den Liebesgott (Antigone 781):

> O Eros, Allsieger im Kampf!
> O Eros, du Beutebeladener!
> Du lagerst versteckt auf den Wangen
> Des schlummernden Mädchens,
> Du wandelst auf Wogen des Meeres,
> Du schweifest in Flur und Wald,

---

[1]) Man vergleiche unsere moderne, auf eiserne Disciplin und maschinenmäßiges Reglement gebaute Kriegsführung! Einen grelleren Gegensatz kann es kaum geben. Was jener uns so fremdartige Freundesenthusiasmus im Kampf geleistet, davon zeugt die heilige Schaar der Thebaner, zeugen die Heldenthaten des Pelopidas und Epaminondas!

Kein ewiger Gott mag dir entfliehn,
Kein irdischer Mensch, der Sohn des Tags,
Und ergriffen rast er.

Du lockst verderbend in Schuld
Den Sinn des edlen Mannes!
Du schürtest hier den Männern
Des häuslichen Zwistes Flammen
Und schon siegt in der Jungfrau träumendes Verlangen
Vergessend der Schranken des herrschenden Throns,
Mit Lächeln nimmt entgegen den Sieg
Allherrscherin Aphrodite.

Ähnlich der Chor im Hippolyt 1268 ff.:

Du lenkst der Götter und Menschen schwerbiegsame Herzen
O Kypris im Bund mit dem gefiederten Knaben im bunten Flügelpaar!
Er fliegt übers Land, er fliegt auf des Meergrunds rauschender Salzflut,
Nicht widersteht ihm, wen er mit glühender Brust und mit goldenem Fittich streift:
Die wilde Brut des Gebirgs, was schwimmt und was die Erde nährt,
Die Helios flammende Glut bestrahlt, Tier und Menschen;
Ob all diesen waltest du Königin, mit gebietender Macht!¹)

Selbst in diesen Lobgesängen kommt auch schon der dämonische Charakter der Sinneslust zum ergreifenden Ausdruck. Noch deutlicher erscheint die Doppelgestalt des Eros bei Iphigenia in Aulis 542, wo Eros der goldstrotzende Gott mit zwei Liebesbogen geschildert wird: einen trägt er zum holdseligen Loos, einen zur Zerrüttung des Glücks, „diesen weise mir weg vom Gemach, anmutvolle Göttin der Huld! Nur mäßige Wonne begehrt, keusche Liebesfreude mein Herz" singt der Chor.

Ähnlich Hippolyt 524:

Eros, der aus schönen Augen du
Einträufelst Verlangen, süße Sehnsucht
Dem senkend ins Herz, den du bekriegst,
Erscheine nie verderblich mir, nie zum Unheil!
Nicht des Feuers Ja, nicht aus Himmelshöhn der Sonne Strahl
Gleicht jenem Pfeil Aphrodtens
Den vom Bogen Eros, der Knabe des Zeus, schnellt.

Und ernst warnt der Chor: „Selig, wer mit Besonnenheit und Maß die göttliche Liebesfreude genießt! wildströmende Lust trübt der Gefühle ruhigen Strom."

Gegenüber dem Liebesglück wird auch die edlere Freude der Seelenreinheit laut gepriesen; so in Äschylus „Schutzflehenden 989 ff. mahnt Danaos seine Töchter:

---

1) S. auch des Plato Anrede an Eros am Schluß des „Phädrus."

So reich gesegnet hütet stets den holden Schmuck
Der Seelenreinheit, meinen größten Stolz und Ruhm!
Ein reifer Garten schwierig, traun! zu schützen ist
Der Jungfrau Körper, schlimme Feinde drohen ihm;
Der Kypris süße Stimme macht die Früchte kund,
Die saftig schwellen, und sie wehrt dem Räuber nicht.

Und auf der Jungfrau hold erblühte Reize wirft
Voll heißer Sehnsucht Jeder, der vorüberstreift,
Der trunknen Blicke scharfen Pfeil verführerisch.
Wahrt treulich, was der Vater sorglich euch gebot,
Und theurer als das Leben sei die Tugend euch!

Doch auch das Naturverlangen hat sein Recht; daher singt gleich
darnach der Chor:

Denkt nun im holden Sange Aphroditens auch!
Dicht an Allvaters Seite thront sie mit Hera,
Und der Mensch rühmt die machtstrahlende, listige Göttin.
Mit ihr waltet, die sie erzeugt hat, süße Begier,
Dann die herzlockende, allsiegende Überredung,
Rings schwärmt auch flüsternd und süß losend die Zustimmung,
Aphroditens sanfte Pflegerin.

So wenig der Grieche die Gaben der Natur verschmähte, so er=
schien doch dem kraftvollen griechischen Denken nichts elender als ein
weicher Siechling wie Ägisthus, „der ganz kraftlose und erbärmliche, der
nur mit Weibern seine Schlachten schlägt", wie Elektra sagt und streng
spricht Äschylus, der sittlich strengste der griechischen Dichter, seinen Ab=
scheu gegen den Räuber der Mädchenunschuld aus:

Wer keusche Brautgemächer kühn erstürmt, wird nie
Gesühnt und strömten alle Flüss' auf einer Bahn
Vereint, mordroter Hände Fluch
Hinweg zu spülen, fruchtlos strömten sie!

Die Dichterin Sappho hat der „Goldharfe der Menschheit," wie
Jean Paul die Liebe nennt, die zärtlichsten Töne entlockt z. B. folgen=
des reizende Liedchen:

Ich kann nicht, süße Mutter, mein Gewebe spinnen,
Mich quält ein schöner Knab', die böse Liebe macht mir Pein.
Lieblicher Abendstern! Allen bringst du Wonne,
Bringst Freude und Freunde,
Bringst der Mutter ein Bübchen,
Sag, was bringst du mir?

Aber selbst sie hat doch auch das keusche Mädchen dem Honigapfel verglichen, der hoch oben am Baum, am obersten Zweig sich röthet: „ihn vergaßen beim Pflücken die Knechte, nein, sie vergaßen ihn nicht, sie konnten ihn nur nicht erreichen."

Den Glanz und Reiz der Unschuld feiern auch die griechischen Anthologen in zahlreichen Liedern, z. B.:

Noch zwar birgt von dem Kelche bedeckt sich die Blume der Jungfrau,
Unter dem Schatten gepflegt färbt sich die Traube noch nicht,
Amor wetzet indeß den geflügelten Pfeil auf dem Schleifstein,
Und in dem Innersten glüht schweigend der wachsende Brand.
Fliehen wir Jünglinge schnell, noch liegt auf der Sehne der Pfeil nicht!
Aber verweilt ihr, sogleich lodert die Flamme empor.

Vertiefung in ernste Studien wird als Gegengift gegen die sengende Glut der Leidenschaft empfohlen:

Treffliches Mittel fürwahr, um der Sehnsucht Schmerzen zu lindern,
Hat von der Liebe bethört, einst Polyphemus entdeckt:
Eros zehrt am Schnellsten sich auf in der Muse Gesellschaft
Und in den Kenntnissen liegt eine kurirende Kraft.

Oft begegnen wir auf griechischen Grabschriften der rührenden Klage, daß der Tote allzufrüh und ohne das Liebesglück genossen zu haben, von der Welt habe scheiden müssen, oft mit der Versicherung: „Nie, heilige Scheu, spottet' ich deinem Gesetz!" und mit Drohungen gegen den Verläumder des guten Rufes.

Auch Antigone seufzt (876):

Freundlos, unbeweint, ohne Hymenäen
Dahin reißen sie mich; schon bereitet ist der Weg!
Nimmer der himmlischen Leuchte heiliges Auge
Zu schaun ist vergönnt mir Armen,
Und es folgt meinem Geschick kein Freund
Mit Thränenblick und Todesklage.

Interessant durch den Kontrast antiker und christlicher Anschauung bezüglich des frühen Hinscheidens ist hier eine christliche Inschrift in einer Kapelle bei Kineta:

Zu meinem Urquell kehr' ich heim, Philostrata,
Die Fessel brechend, die Natur mir auferlegt,
Denn als ich vier der Jahre zu den zehn erfüllt,
Verließ als Jungfrau meinen Leib im fünften ich.
Unbräutlich, kinderlos, doch reinen Herzens, wer
Das Leben lieb hat, altre hin, ich neid' ihn nicht.
(Gregorovius, Geschichte der Stadt Athen im Mittelalter).

Von der Zucht der griechischen Sitte giebt auch Euripides in der „Hekabe" Kunde, wenn er diese zum König Polymestor sagen läßt:

> Nicht kann ich festen Blickes dir ins Auge schaun
> Doch glaube nicht, ich sei dir drum nicht wohlgesinnt,
> Ists sonst ja Sitte auch, daß Weiber nicht dem Mann
> Ins Antlitz schaun!

Und ihre Tochter Polyxena, die sie dem Opfertod nicht entreißen kann, mahnt sie, im größten Schmerz noch acht zu geben:

> Daß im Fallen nicht unziemlich sich
> Der Männer Auge zeige, was die Scham verwehrt.

Wie zartfühlend läßt auch Homer den schiffbrüchigen Odysseus die Nausikaa nur von fern mit schmeichelnden Worten anflehen, statt, wie er es anfangs geplant, zu der blühenden Jungfrau zu treten und ihre Kniee zu umfassen! Nausikaa läßt ihn auch nicht mit sich und den Mägden zur Stadt fahren „der bösen Nachrede wegen," sondern heißt ihn später allein zu Fuß nachfolgen.

Überhaupt ist in dem Dreigestirn: Nausikaa, Iphigenie und Antigone das griechische Idealbild edlen Jungfrautums in herrlichster poetischer Charakteristik und zugleich seiner Nuancirung erhalten.

Ihnen zur Seite steht als Musterbild des antiken Kraftjünglings vor Allen Achilles, der ein kurzes entsagungsvolles Heldenleben einem langaltrigen müßigen Schwelgen vorzieht. „Nicht rühmlich leben, aber rühmlich untergehn, so ziemt es Edeln", sagt er im „Aiax" des Sophokles. Er ist Feind der Koketterie: „Mit Frau'n zu sprechen ziemt mir nicht" (Iphig. in Aul. 830) und auch in der Ilias erscheint er wohl als aufflammender Verfechter seiner Ehre und Siegesbeute gegen despotische Willkür, aber keineswegs als ein in Weiberschlingen gefangener Samson, ja er verzichtet auf die Briseis und die reuig gebotene Sühne und wirft sich aufopfernd in den Kampf, um den Freund zu rächen und sein Geschick zu vollenden.

Am unempfindlichsten gegen Weiberreize ist unter den poetisch verklärten Gestalten Hippolytos, der spröde Jüngling, der von lüsternen Bildern sogar schamhaft sich abwendet und es verschmäht, Aphrodite zu opfern („ein keuscher Jüngling, nur von Ferne grüß' ich sie"), aber dadurch ihrer tückischen und grausamen Rache anheimfällt, von der nicht einmal Artemis ihren Liebling retten kann. Rührend

2*

ist die Klage im Drama des Euripides 1363, welche die ganze Hilf-
losigkeit ausdrückt, in der das heidnische Altertum den Schicksalsräthseln
gegenüber stand:

> Zeus, siehst du das?
> Ich der Unschuldige, der nur den Ewigen diente,
> Ich, der allen voran in Züchtigkeit ging,
> Wandle nun elend zum Hades, um das Leben getäuscht,
> Fruchtlos hab' ich bemüht mich um ehrbaren Sinn!

Sollte man es glauben, daß Euripides, der so edle und kraftvolle Dichter von einem späteren Collegen noch als unsittlich und volks-
verderbend gebrandmarkt würde? Und doch wird ihm von Aristophanes
in den „Fröschen" Äschylus als Vertreter der alten Zucht beschämend
gegenübergestellt, der nur tüchtige Charaktere dargestellt habe. Diesen
läßt er sprechen:

Nachbildend Homer hat meine Kunst manch herrliche Tugend geschildert,
Die Thaten Patroklus des Löwen, des Teukros, zu wecken in Bürgern Ver-
langen,
Gleich jenem zu thun, und rüstigen Mut, wenn erschallt der Klang der Drommete.
Doch Phädren wahrhaftig, die dichtet' ich nie, die Dirnen, noch Stheneböen,
Und nie hab' ich ein verliebtes Weib in meinen Tragödien verherrlicht.

Dem Euripides hilft es nichts, daß er sich entschuldigt, die
Sagen so behandelt zu haben, wie er sie vorfand. Denn ihm entgegnet
Äschylus:

Wohl fandst du sie vor, doch dem Dichter geziemt, das Schändliche ganz zu
verhüllen,
Nicht vor es zu ziehn noch aufzuführen, denn darum haben die Knaben
Die Lehrer, damit sie lernen, was recht; Erwachsene haben die Dichter,
Drum dürfen allein wir das Gute nur lehren.

„Stünde heutzutage," meint Jean Paul, „so ein von Aristophanes sittlich verurteilter Euripides in den jetzigen Ländern wieder
auf, was würden die Länder machen? Ehrenpforten zu einem Ehren-
tempel für ihn; denn würden sie sagen: Es darf uns wohl thun, endlich einmal den Wiederhersteller reiner Sittlichkeit auf unseren besudelten
Bühnen zu begrüßen." Wahrlich ein treffendes Urteil!

Dem Adel der Dichtkunst entsprach die ideale Hoheit der antiken
Plastik und Malerei. Von dem Zeus des Phidias zu Olympia
sagt selbst Chrysostomus: „Welcher Mensch schwer belastet wäre in
seiner Seele, von vielen Sorgen und Schmerzen heimgesucht, wie sie

das Menschenleben bietet, so daß er selbst vom süßen Schlummer nicht mehr erquickt würde, von dem glaube ich, daß, wenn er diesem Bild gegenübersteht, er alles vergessen wird, was es im Menschenleben Schweres und Furchtbares giebt; so hast du, Phidias, dein Werk ersonnen und ausgeführt! Solches Licht und solche Anmut ist in dieser Kunst!" Nicht blos die künstlerische Hoheit, sondern vor allem die keusche Reinheit der griechischen Idealfiguren ist es, die ihren unverwelklichen Ruhm begründet hat. Man hat viel von der griechischen Nacktheit gesprochen. Aber es ist zuvörderst nicht zu vergessen, daß die Nacktheit zum Teil durch die Natur der bildenden Kunst gefordert wird. Nacktheit ist ferner nicht Lüsternheit. Von den griechischen Statuen gilt Plutarchs Wort: „die Sittsame zieht an Stelle des Kleides die Ehrbarkeit an." Ein Reiz überirdischer Schönheit verklärt und erhebt selbst die üppigen Gestalten der Venus- und Adonisbilder. Keine Spur von jener frechen Spekulation auf den rohen lüsternen Trieb. Und übrigens ists mit der Nacktheit nicht einmal so arg. Die Griechen leitete hier ein feiner richtiger Sinn. Kinder, bei denen die leibliche Erscheinung ganz unbefangen ist, Jünglinge, Heldengötter, Heroen wie Paris, Herakles, Theseus, Ringer, bei denen nicht Geist und Individualität des Charakters, sondern allein die Körperlichkeit der That, Kraft, Gelenkigkeit, das freie Spiel der Muskeln und Glieder das Interessante sein sollte, bildeten sie nackt, ebenso die Faune, Satyren und Bacchanten in der Raserei des Tanzes, Aphrodite, insofern der sinnliche Liebreiz das Hauptmoment war — wo aber eine höhere Bedeutsamkeit, ein innerer Ernst des Geistes hervorsticht, überhaupt das rein Naturhafte nicht das Vorwaltende sein sollte, tritt Bekleidung ein.

So hebt schon Winckelmann hervor, daß unter zehn Frauen kaum eine unbekleidet war; Pallas, Juno, Ceres und die Musen sind stets in Gewänder gehüllt, von den Göttern vor Allem Juppiter und der bärtige Bacchus. Auch Aphrodite wagte man erst in der zweiten Periode der griechischen Kunst (seit Praxiteles) in ihrer nackten Schönheit zu zeigen und da nur mit Motivirung der Nacktheit durch das Bad und mit dem Ausdruck schamhafter Lieblichkeit. So ist die Aphrodite von Knidos und die halbbekleidete von Melos. In der Verfallzeit allerdings tritt an die Stelle des Lieblichen und Anmutigen das Sinnliche und Frivole, so in der Venus von Medici, aber auch diese bedeckt schamhaft mit den Händen ihre Reize.

Was die geilen Faun- und Satyrgestalten betrifft, die manchem zarten Gemüte großen Schrecken einjagen, so zeigt sich bei tieferem Nachdenken gerade darin eine feinsinnige Erwägung im Interesse der Moralität. Da nicht alles Menschliche zu Göttern und Helden idealisiert werden konnte, so hat die alte Kunst, wo sie die Darstellung des tierischen Triebs nicht vermeiden konnte, ihre Zuflucht zu jenen Halbtieren genommen, die bei vieler Ergötzlichkeit durch ihre Gestalt des Anspruchs auf edle Menschlichkeit beraubt sind. Gerade durch diese Kluft, die sie zwischen wahrer Menschlichkeit und ungeschminkter Sinnlichkeit äußerlich legte, zeigte sie sittlichen Takt und edle Empfindung, während die Modernen im Gegenteil das Gemeine, Niedrige zu idealisiren und salonfähig zu machen suchen.

Werfen wir noch kurz einen Blick auf die großen Denker des griechischen Altertums, so gewinnen wir den gleichen Eindruck sittlichen Ernstes und seelischer Größe. Pythagoras, der edelste Geist des Altertums, ist strenger Ascet und Vegetarianer, er gründete ein genossenschaftliches, fast klösterliches Leben mit täglicher Gewissenserforschung, körperlichen und geistigen Übungen, religiösen Betrachtungen; besondere Pflege war der Keuschheit gewidmet. Plato führt in Philebus das Lustprincip als oberste Regel ad absurdum, da der Wollüstling ohne Einsicht nicht einmal eine Lust sich verschaffen könnte, sondern lebte wie ein Polyp oder Schaltier. Freilich sei auch das bloße Verstandesleben für niemand begehrenswert, daher seien beide Principien nicht einseitig zu trennen, sondern das „aus dem Honig der Lust und dem nüchternen reinen Wasser der Einsicht gemischte Leben" sei das richtige, die Einsicht aber dabei das Vorzüglichste. Im Phädrus wird wohl die Liebe glorifiziert, aber eigentlich nur der geistige Eros, der als Lehr- und Unterrichtstrieb hervortritt, als Sehnsucht, geistiges Leben zu erzeugen, Schönheit darzustellen und zu erkennen. „Der wahrhaft Liebende steigt von der körperlichen zur geistigen Schönheit auf und ruht selbst hier nicht, bis er das Urbild der Schönheit erfaßt hat. Wer liebt, ist auch Bildner und Erzieher, will das Geliebte zu sich emporziehen." Platos ganze Ethik ist auf den Gegensatz des sinnlichen und vernünftigen Teils unserer Natur gegründet, wovon der erstere uns entwürdige und der zweite uns emporhebe.

Plato und Aristoteles haben trotz der Mängel, die auch ihnen vom Nationalempfinden anhafteten, die unvergängliche Grundlage der Ethik auch für die christliche Epoche gelegt. Von den Schulen, die

aus beiden sich abzweigten, zeigte die Stoa gediegenes Streben nach
sittlicher Kraft in sogar übertriebener Härte gegen Gemütsregungen:
„Ich will lieber rasend als wollüstig sein" (Antisthenes), „ich will
lieber vom Schmerz als von der Wollust gefesselt werden" (Sextius),
„Wollust ist kurze Epilepsie" (Hippokrates). Die Epikureische Gegenseite, welche die Lust als höchstes Princip aufstellte, kam doch auf
diesem Umweg und scheinbaren Abweg zur Tugend und Enthaltsamkeit zurück, indem sie eben die Sittlichkeit und Mäßigkeit als
höchste Lust erklärte. Nicht die Glut der Leidenschaft, sondern die
Wohlgemutheit (εὐθυμία): der Zustand, in dem die Seele still, eben-
mäßig wie die beruhigte Meeresfläche dahinlebe, von keiner Dämonen-
angst oder sonstigen Leidenschaft in Aufruhr versetzt, sei das eigentlich
Erstrebenswerte. Wie nahe die sensualistischen Philosophen mitunter
an die christliche Ethik streifen, beweist der Demokrit'sche Satz: „Wer
Unrecht thut, ist unseliger, als wer Unrecht leidet." Stets wurde von
den edleren Griechen das Knechtende und für den Geist Demü-
tigende der Sinneslust deutlich empfunden; als man den bejahrten
Sophokles fragte, ob er noch der Liebe pflege, erwiederte er: Da sei
Gott vor! ich bin froh, eines so grausamen und wütenden Herrn ledig
zu sein. (Cic. de senect. 14.) Gefragt ob es einem Weisen zustehe,
sich zu verlieben, sagte der Stoiker Panätius: Was einem Weisen
anstehe, darüber ein andermal; was mich und dich betrifft, die wir
noch lang keine Weisen sind, so schickt es sich für uns nicht, uns damit
abzugeben. (Seneca. ep. 116.) Bei den Neuplatonikern erwachte der
Ascetismus zu neuer Blüte, Porphyrius z. B. schrieb ein Buch über die
Enthaltsamkeit und Jamblichus sagt: „Das Vergnügen ist das größte aller
Übel, weil es die Seele an den Körper heftet, die dann nur für wahr
hält, was der Leib erstrebt, und so des Sinnes für göttliche Dinge beraubt
wird. Unsere Seele ist ein dunkles Zimmer, verfinstert durch die Berührung mit dem Fleischlichen, aber göttliche Ideen sind darin eingemeißelt."

Was den Griechen fehlte, war nicht Erkenntnis und Geltendmachung der höheren sittlichen Ideen, sondern eine Ausgleichung
der mannigfachen Strömungen innerhalb der Menschennatur.
Natur und Geist, Genuß und Entsagung, Aphrodite und Athene
standen ihnen nebeneinander; mangels einer Aufklärung über den
eigentlichen Sinn der Weltordnung konnten sie die widerspruchsvollen
Principien nicht in Einklang und höhere Einheit bringen. Es fehlte
der letzte zusammenfassende Ziel- und Schlußpunkt. Immerhin aber

genügte schon der Fond von sittlichen Ideen, wie ihn die Griechen besaßen, und die kraftvolle Sinnesart der Griechen, um eine Fülle großer
Charaktere zu zeitigen, die allen Zeiten als erhabene Musterbilder voran-
leuchteten und namentlich in jugendlichen Gemütern den Begeisterungs-
wein der höheren Vaterlands- und Tugendliebe in unberechenbarem
Maße entzündeten. Die Gestalten eines Sokrates, Aristides, Plato,
Epaminondas, Phocion, eines Alexander, in dem sich fast die Mythenge-
stalt des Achilles verwirklichte, dem die schönen Frauen „Augenschmerzen"
machten, der keine der Frauen des Darius berührte und es für eine
Schande hielt, von Weibern überwunden zu werden, nachdem er die
Männer der Welt besiegt habe, der die Üppigkeit „geziemend für Sklaven-
seelen," die Anstrengung aber „als wahrhaft königlich" pries, stehen
in einem ewigen Tempel und gehören den Spitzen der Menschheit an.

So stellen sich die Griechen nicht blos als ein hochbegabtes,
sondern auch als ein keusches kräftiges Naturvolk dar, mit feinem Verständnis für die edleren Züge und Instinkte der unverfälschten Menschennatur, ohne darüber die berechtigten Forderungen der Sinnlichkeit zu
verläugnen. Aber sie mußten, daß dieses Gebiet des Seelenlebens dem
„linken Roß" angehörte, das herniederzog, dem also ernstes Gegenge-
wicht geboten werden müsse, damit die intellektuelle Seite und überhaupt
das harmonische Gleichgewicht nicht gestört würde, und waren himmelweit entfernt sowohl von der modernen Lächerlichkeit, die Befriedigung
des Geschlechtstriebs für einen Tugendakt zu halten, als von der ab-
göttischen Verherrlichung der sentimentalen Liebe, der gegenüber Erfahrung, elterliche, kirchliche, staatliche Autoritäten zurückzustehen hätten
und als herzlose Tyrannen zu verachten seien. Das Unglück der Verliebten kam bei den Alten nicht auf die Bühne, als nicht wichtig und
männlich genug, um Rührung und tragisches Mitleid zu erregen. Mit
jenem Zerrbild, das Geister wie Wieland, Heinse, Hamerling von
ihrer Natur in die Griechenwelt hineinlogen, hat das echte Griechentum nichts zu schaffen; nicht einmal aus der Verfallzeit sind uns
so ekelhafte Schwächlinge und raffinierte Süßlinge bekannt, wie sie
uns von der modernen Romanfabrik als antike Originaltypen geboten
werden; es ist überhaupt auffallend, wie die Phantasie der Nachahmer
nur in der Fäulnisperiode einer absterbenden Zeit schwelgt und hier bei
den Aspasien, Phrynen, bei Epikur und seiner Herde ihre Inspiration
holt, vor den kraftvollen, energischen Naturen der Glanzzeit aber scheu
zurückbebt oder sie verunstaltet.

II. Die Römer.

Das Römertum repräsentirt sich als weniger formbegabt, aber, namentlich in seiner alten, ehrenhaften, freilich etwas rauhschaligen Strebeperiode fast noch charakterhafter als das Griechentum. Das Volk, das von Anfang an mit dem Anspruch auftritt, die Weltregierung in die Hand zu nehmen und dies vorgesteckte Ziel auch wirklich erreicht, mußte aus einem starken natürlichen Kraftquell schöpfen. Aus derberem Holz geschnitzt als das weichere Griechentum, der Kunst und Bildung minder Einfluß gönnend und vor Allem auf das praktische Interesse gerichtet, zeigt das Römervolk den kriegerischen und staatsmännischen Geist in vollster Höhe, hierin typisch und maßgebend für alle Folgezeiten. Von Außen gesehen repräsentiert sich das Römertum dementsprechend nicht ganz Ehrfurcht erweckend als eine eigentümliche Mischung von Wolf und Fuchs, von Diplomatenschlauheit und Soldatentrotz, rücksichtslos mit List und Kraft das eigene Interesse verfechtend, großmütig gegen die Unterworfenen, schonungslos gegen den erklärten Feind nach dem Grundsatz: parcere subjectis et debellare superbos (Aeneis 6, 853). Aber selbst diese äußere Weltstellung, die übrigens von mächtigem culturellen Einfluß begleitet war, hätte der Römergeist nie gewinnen können, wenn er nicht eine starke innere Mitgift von Haus aus, einen mächtigen Hinterhalt im Charakter besessen hätte: die sittliche Tüchtigkeit, die virtus, ein Begriff, der Tugend und Tapferkeit zugleich bedeutete, weil eben beides im Römersinn untrennbar war, während die καλοκαγαθία, der Inbegriff des Edlen bei den Griechen, an stelle der kriegerischen Bewährung die Formschönheit, die künstlerische Kraft setzte.

Diese rauhe spezifisch römische virtus, die von etwas brutaler Geltendmachung nicht frei war, sehen wir charakteristisch in den eisernen Naturen eines Virginius, der seine Tochter ersticht, um sie nicht der Lust eines Aristokraten hingeben zu müssen — Lessing hat das Motiv mit wenig Glück in unsere anders empfindende Zeit versetzt — eines Horatius Cocles, der gleiches an seiner Schwester begeht, weil sie nicht Römerin genug ist, um ihre Herzensgefühle dem Staatsinteresse unterzuordnen, eines Manlius Torquatus, der kaltblütig den siegreichen Sohn an den Todespfahl binden läßt, weil er die Disciplin verletzt hatte. I, lictor, alliga ad palum! lautet das strenge Kommando, das uns das Blut erstarren läßt, so oft wir es im Livius lesen. Nicht blos die

Männer, auch die römischen Weiber haben die Tinktur dieses staatsmännischen und heldenhaften Geistes: den Scipionen und Catonen
stehen die Cloelien, Virginien, die Matronen Volumnia, Cornelia, die
Mutter der Gracchen ebenbürtig zur Seite.

Wie stand es im Punkte der geschlechtlichen Fragen?

Casta placent superis, Keuschheit gefällt den Göttern, sagt selbst
der leichtlebige Tibullus und hat damit die tief gegründete Ueberzeugung
seines Volkes ausgesprochen. Der Pudicitia war in Rom eine Kapelle
errichtet und Münzen wurden mit ihrem Bild geprägt; das Institut
der Vestalinen, mit dessen Reinerhaltung ausdrücklich das Wohl des
Staates in Beziehung gesetzt wurde (daher die furchtbare Strafe der
gefallenen Priesterin), die Ehren, die diesen Jungfrauen gezollt wurden,
die Privilegien, die sie selbst im öffentlichen Leben beanspruchen durften,
bezeugen, welchen Wert und welche Hochschätzung die jungfräuliche
Reinheit in Rom genoß. Wunderbare Thaten wurden der heilig bewahrten Virginität nachgerühmt. Claudia zog mit dem Gürtel, den
ihre jungfräuliche Hand hielt, das Schiff der Göttermutter, das in
dem Tiber gestrandet war, den Fluß empor, nachdem es starke Männer
nicht fortzubewegen vermocht hatten, und bewährte dadurch ihre ange-
zweifelte Unschuld. Man glaubte, das Gebet einer Vestalin könne die
Flucht eines Sklaven, falls er noch innerhalb des Stadtgebiets war,
hemmen; Plinius erwähnt diese Meinung als allgemeinen Volksglauben.
Auch Prophetengabe wurde Jungfrauen zugeschrieben. Die Sibyllen
waren wie die griechische Kassandra und Pythia keusche Jungfrauen.
Keusch lebten außer den Vestalinen auch die Priesterinnen der achäischen
Juno, wie Tertullian in seiner Schrift von der Monogamie erwähnt.

Diesem Geist entsprechend war auch das **Familienleben** der
Römer. Als Beschützerin der Häuslichkeit wurde die Bona Dea ver-
ehrt, welche nach der Sage während ihres Erdenwandels nie einem
fremden Mann ins Auge sah. Ihr Heiligtum war eine von der Vestalin
Claudia geweihte Grotte am Abhang des Aventin; nur Frauen durften
bei ihrem Fest zugegen sein, selbst Bilder von Männern wurden vor ihr
entfernt oder verhüllt. Alles Grün wurde dazu verwendet, nur nicht
die Myrthe! Die Weiber hielten sich zuvor von den Männern rein,
die überhaupt ausgetrieben wurden. (Arnob. adv. Gent. V. Lactant.
div. inst. I, 22, 11. Macrob. Saturn. I, 12.) Die späteren Ausart-
ungen der Mysterien (s. Juvenal sat. VI.) ändern an der ursprünglich hohen Idee nichts.

Buhlerinnen waren verachtet und gewannen nie den Einfluß wie in Griechenland. Sie durften den Tempel der Juno nicht betreten, ausgenommen reuigen Sinnes, mit aufgelöstem Haar und einem weiblichen Lamm als Sühnopfer ihrer Schande. (Aulus Gellius, Noct. Att. IV, 3, 3.)

Auch bei den **Männern** stand in der guten Zeit das Ideal der Ehe hoch. Pro ara et focis galt der vaterländische Kampf. Aus dem Zeitraum der ersten 523 Jahre ist keine Ehescheidung bekannt. Spurius Carvilius wird als der erste bezeichnet, der seine Frau wegen Unfruchtbarkeit verstieß. (Val. Max. Fact. dict. memorab. II, 1, 4. Aul. Gellius l. c. IV. 3, 3). Nach Gellius entsprang übrigens diese Scheidung des Carvilius keineswegs der Libertinage, sondern sogar religiösen Gewissensskrupeln! Carvilius habe sein Weib sehr geliebt und ihre Sittenhaftigkeit hochgehalten, aber er soll angegeben haben, daß ihm die heilige Scheu vor dem geleisteten Eid noch über seine zärtliche Zuneigung und Liebe gehe, weil er, wie das bei allen Verheiratheten der Fall war, vor dem Sittenrichter den herkömmlichen Eid hatte ablegen müssen, daß er nur in der Absicht sich ein Weib nehme, um **Nachkommenschaft zu erzielen.** — Zur Beschwichtigung ehelicher Zerwürfnisse war die Göttin Biriplaca aufgestellt. Zu ihrem Tempel, der auf dem palatinischen Berg stand, begaben sich die streitenden Ehegatten; hier wurden die Gegenstände besprochen, die sie beschäftigten; die Verstimmung der Gemüter löste sich und einträchtig kehrten sie zurück.

Hoch stand die **einmalige Ehe,** der zweiten Verheiratung klebte ein Makel an. Univira liest man auf vielen altrömischen Familiengräbern, nur die einmal Verheiratete konnte den Tugendkranz der Pudicitia erlangen. Aber auch Männern galt es als Ehre, der toten Gattin treu geblieben zu sein. „Ein lebendes Weib zu lieben ist eine Wonne, ein totes heilige Pflicht" sagt Statius. Das Camillusgeschlecht war besonders geachtet, weil seine Glieder nur einmal heirateten. Überhaupt betrachteten die Patrizier tabelloses Familienleben als Ehrensache; ihre Eheschließung war viel feierlicher als die der Plebs, sie hatten das Privileg, durch den Oberpriester eingesegnet zu werden; dies war die confarreatio, die **unauflöslich** war, gegenüber der blos juridischen coëmtio. Vor Allem durfte der Flamen Dialis nur einmal heiraten und seine Ehe konnte nur durch den Tod gelöst werden (Aul. Gell. l. c. X, 15. Hieronym. adv. Jovin. I, 49.

Tertull. de exh. cat. 13). Nach Plutarch durfte er zwar wieder heiraten, verlor aber sein Amt. Auch sein Weib war zu ganz besonderer Sittsamkeit verpflichtet. Sie durfte keine Treppe mit mehr als drei Stufen besteigen, um nicht genötigt zu sein, den Rock zu schürzen. Ihre Tracht war ein rotes Kleid und eine Haube, die mit einem Granatapfelzweig geschmückt war.

Es berührt überhaupt höchst erquickend, aber für unsere Begriffe frembartig, daß Schamhaftigkeit (pudor, verecundia) als besonders rühmliche Tugend selbst bei Kriegern und Staatsbeamten galt. So rühmt Horaz von Quintilius dessen Keuschheit sammt den Schwestern der Gerechtigkeit: unbestechliche Treue und Wahrhaftigkeit. Heutzutage trüge ein Compliment über Keuschheit bei Männern Gefahr, als Ironie, mindestens als Naivität aufgefaßt zu werden. Wir Modernen haben längst gelernt, in diesem Punkt selbst bei großen Charakteren Nachsicht zu üben und nicht zu nahe in ihr Privatleben zu schauen, um die offizielle Achtung zu bewahren.

Streng war die Sühne für Verletzung jungfräulicher und ehelicher Ehre. Dem starren Ehrbegriff der Römer entsprang die grausame Anschauung, daß selbst das unschuldige Opfer der Lüsternheit nicht ferner für lebenswert galt. Lucrezia, von Sextus Tarquinius geschändet, durchbohrte sich selbst mit dem Schwert. Ihr Tod gab Veranlassung zur Vertreibung der Königsfamilie. Virginius tötete seine eigene Tochter, die von Appius Claudius verfolgt wurde; lieber wollte er sie unbefleckt töten als Vater einer Entehrten sein. Ebenso verfuhr Pontius Aufidianus. Als er erfahren hatte, daß seine Tochter von ihrem Erzieher an Fannius Saturninus verkuppelt worden sei, tötete er, nicht zufrieden mit der Hinrichtung des pflichtvergessenen Sklaven, auch noch die Tochter selbst. „Damit sie nicht schmähliche Hochzeiten feiere, schickte er sie in herbe Exequien" (Val. Max. VI. 1, 3). C. Sulpicius Gallus schied sich von seiner Frau, nur weil sie mit unbedecktem Haupt ausgegangen war, denn, sagte er, „nur meine Augen sollen es sein, denen du deine Schönheit enthüllst," Quintus Antistius Vetus desgleichen, weil er seine Frau auf der Straße mit einer verrufenen Person hatte reden sehen (Val. Max. VI, 3, 12). Selbst der Weingenuß der Ehegattin gab dem Mann berechtigten Grund zur Scheidung. Gellius leitet aus dem Argwohn darüber sogar die Sitte des Küssens her (l. c. X, 23, 3).

Aber auch dem Mann gegenüber galt die Strenge des Sitten-
gesetzes. Die alten Römer waren tief vom Geist des Seneca erfüllt,
der es für ruchlos erklärte, vom Weib Keuschheit zu verlangen, wenn
man selbst ein Verderber des schwächeren Geschlechtes sei (ep. 94) —
ein Satz, den unsere heutigen „starken Geister" meditiren sollten. Wer
in Rom in Gegenwart einer Frau unziemliche Reden führte, wurde
vor das peinliche Gericht gebracht. Erwachsene durften nicht mit
Knaben baden, Nacktheit war nicht einmal bei Wettkämpfen erlaubt
im Gegensatz zu den Griechen; denn „eine Schande ists, unter Bürgern
den Körper zu entblößen", sagt Ennius bei Cicero (Tusc. IV, 33).
Lucius Antonius wurde aus dem Senat verstoßen, weil er eine Jungfrau, die er geheirathet, wieder verlassen hatte, und Cato stieß den
L. Flamininus aus der Liste der Senatoren, weil er in der Provinz
Zeit und Ort einer Hinrichtung nach Wunsch seiner Geliebten angesetzt
hatte. Ja derselbe strenge Censor stieß sogar den zum Consul er-
nannten Luclus aus dem Senat, weil er seine Frau in Gegenwart
seiner erwachsenen Tochter geküßt hatte. Der Ädil Aulus Hostilius
Mancinus, der in einem verrufenen Haus angefallen worden war, fand
keine Genugthuung vor Gericht, weil an einem solchen Ort betroffen zu
werden, eine Schande für einen Polizeibeamten sei, und Metellus Celer
strafte den Sergius Silus, welcher einer Ehefrau Geld versprochen
hatte, schon dieser Absicht wegen. Nicht Rang, nicht Verdienste schützten
vor Strafe. Der Volkstribun C. Scantinius Capitolinus, der seinem
Sohn unehrbare Zumutungen gemacht, berief sich vergebens auf seine
unverletzliche Würde; er wurde verurteilt und zwar nur auf das
Schweigen des Sohnes hin. C. Pescennius ließ den Cornelius wegen
unzüchtigem Verkehr mit einem edlen Jüngling ins Staatsgefängnis
setzen, obwohl er ein verdienter Krieger und wegen seiner Tapferkeit
viermal zum Anführer der Tertiarier ernannt worden war. C. Plotius,
ein gemeiner Soldat, der ähnlicher Zumutungen wegen den Volkstribun
C. Lusius geprügelt hatte, blieb straffrei, obwohl der Geschlagene
Neffe des Oberfeldherrn C. Marius war (Val. Max. IV, 1, 12).
Als dieser Lusius nachher einen jungen Soldaten Trebonius zu seinen
Lüsten mißbrauchen wollte und dieser ihn erschlug, ließ Marius den
Kranz, welcher zur Belohnung gegeben wurde, bringen und setzte ihn dem
Trebonius auf. (Plutarch, Denkwürdigkeiten der Römer.) Mänius tötete
seinen Freigelassenen, weil er die Tochter seines früheren Herrn geküßt
hatte, „damit sie ihrem künftigen Mann reine Küsse bringe."

Diesen Geist keuschen Abels spiegelt auch die r ö m i s c h e
D i c h t u n g in ihrem weit überwiegenden Maße: Virgil vor Allem,
der in der 4. Ekloge die räthselhafte Weissagung einer Jungfrau bringt,
die das Saturnische Reich und ein neues keusches Geschlecht inaugurieren
werde. Die heikle Geschichte der Dido in der Aeneis ist mit zarter
Zurückhaltung und ohne jede Spur von Frivolität erzählt. Ihre
Begegnung mit Aeneas und ihre schwärmerische Glut wird auf die
Schuld des Cupido zurückgeführt, denn Dido selbst hatte jeder neuen
Heirat entsagt; als ihre Schwester Anna Lebenslust in ihr wecken will
und fragt: Willst du trauernd in stetem Alleinsein hinwelken und nicht
die süßen Gaben der Venus pflücken? entgegnet sie: Möge die Erde
mich im Tiefsten bergen oder der Vater mit dem Blitz mich in die
Schatten des Erebus versenken, ehe ich Pudor, die Schamhaftigkeit,
verletze und die Rechte des hingegangenen Gatten breche! Der meine
erste Liebe mit sich genommen, der bewahre sie bis an mein Grab
(Aen. 4, 20 ff.). Bezeichnend ist, daß Aeneas auf seiner Wanderung
durch die jenseitigen Gefilde Priester, die im Leben keusch gelebt, und
edle Künstler an besonders erhabenem Ort erblickt (Aen. 6, 660).

Der keusche Geist der römischen P h i l o s o p h e n Cicero, Seneca
u. s. w. ist bekannt. Gesteht doch selbst Augustin, durch des Cicero
Hortensius von den Lastern seiner manichäischen Zeit bekehrt worden
zu sein. (Confess. III. 4.) „Wo nicht Schamhaftigkeit, Sorge für
Recht, Gewissenhaftigkeit, Frömmigkeit, Glaube, kann das Reich nicht
bestehen" sagt Seneca (Thyest. 215) und Juvenal wünscht seinem
Vaterland lieber die Mühsale des Herkules als die Wollust und Pracht
des Sardanapal (10, 356—362). Vor Allen tritt Valerius Maximus
als Lobsinger der altrömischen Tugend der Pudicitia auf. „Wie soll
ich dich preisen, Keuschheit, die du der Männer ebenso wie der Weiber
Hauptstütze bist?" beginnt er sein Buch über die Keuschheit. „Du
hast deinen Sitz an den Altären der Vesta, welche das fromme Gefühl der Urzeit weihte, du entspringst am Lager der Capitolinischen
Juno, du bist die Säule des Palastes und heiligst durch deine Gegenwart die kaiserlichen Gemächer. Du bist die Schutzwache der Kindheit und ihrer Anmut, durch deine Weihe bleibt frisch die Blüte der
Jugend, dein Schirm sichert der Gattin die Achtung. So erscheine
denn und betrachte dein Werk!" (VI, 1). „Nur d a s H a u s, d i e G e -
m e i n d e, d a s R e i c h ist dauernd und fest, in dem Wollust und Habsucht
so wenig als möglich die vorhandene Kraft in Anspruch nehmen. Da

herrscht die Gewalt, da haust Niedertracht, wo dies Gift der menschlichen Gesellschaft, das zerstörendste von allen, eingedrungen (IV, 3, 1). Schmerzlich gedenkt er der alten Glanzzeit römischer Ehrbarkeit, wo „noch nicht die Frauen zu befürchten hatten, vom Blick leichtsinniger Männer in Verlegenheit gebracht zu werden," wo „die Tugend eine gegenseitige Ehrenwache bildete, sodaß aus dem eigenen Auge kein unreiner Gedanke sprach, noch andere sich nahten, arges zu sinnen." Stolz verzeichnet er die ruhmreichen Thaten seines Volkes und wenn er die Heldenthat der Teutonenweiber berichtet, die sich töteten, als ihre Bitte, den Vestalinen beigegeben zu werden, nicht erfüllt wurde, fügt er bei: „Die Götter meinten es gut mit uns, daß sie nicht ihren Männern solchen Mut einflößten. Denn dann wäre unser Sieg über die Teutonen zweifelhaft gewesen." Schön ist auch das Wort, das Gellius von seinem Lehrer Taurus berichtet: „Das Vergnügen zum Lebenszweck machen ist Lustbirnensatzung; nicht an die Vorsehung glauben, nicht einmal Lustbirnensatzung." Marc Aurel hatte tiefes Gefühl für die unbedingte Pflicht der Keuschheit, hielt es für Gewissenssache, jede wollüstige Vorstellung aus dem Sinne zu bannen (εἰς ἑαυτόν 1, 17; 3, 11). Statius bezeichnet die Ehe fast als Verbrechen an der Unschuld und schildert die Brautnacht in düstern Farben: „Unter geht jetzt die Hoheit jungfräulicher Gefühle und die Scham der ersten Schuld verstört das Antlitz, die Wangen netzen sich mit Thränen der Züchtigkeit." (Thebaidos lib. III, 232—34.)

Selbst Catull, der lose, dessen Leyer sonst nach anderen Akkorden gestimmt ist, hat doch auch mitunter edlere Töne, so in dem herrlichen Lobgesang auf das unberührte Mädchen:

Wie der Blum' des umzäuneten Gartens verschwiegene Blüte,
Nicht vom weidenden Zahn, von keinem Pfluge verwundet,
Auferzogen von Regen und Sonne, von schmeichelnden Lüften
Sanft bewegt — es wünschen sie Knaben, es wünschen sie Mädchen;
Aber kaum ist sie geknickt vom zartesten Finger,
Ach! dann wünschen sie Knaben nicht mehr, nicht wünschen sie Mädchen —
So die Jungfrau, blüht sie reich an Liebe und Ehren
Unberührt; sobald sie senkt die zärtliche Blume,
Ach! dann lieben sie Knaben nicht mehr, nicht lieben sie Mädchen.

Catull verwahrt sich wiederholt, daß man aus seiner leichtgeschürzten Muse auf ein lascives Leben schließe: Lasciva est nobis

pagina, vita proba est. Denen, die ihn aus seinen erotischen Dichtungen beurteilen, ruft er zu:

> Keusch zu sein geziemt dem frommen Dichter,
> Doch den Versen nötig ist es nicht,
> Die nur dann Gewürz und Anmut haben,
> Wenn sie zart und etwas schlüpfrig sind.

Platanus caelebs evincit ulmos — die keusche Platane siegt
über die reiche Ulme spricht auch der caelebs (wenn auch nicht ca-
stus) Horatius (Od. III, 27).

Die Biene galt den Dichtern als Symbol der Keuschheit. Virgil
schrieb ihr etwas Göttliches zu und glaubte, daß selbst die Königin
Junge gebäre, ohne ihre Jungfräulichkeit zu verlieren. (s. Georg. 4, 198.)
Sine concubitu, servet sagt auch Petronius. Daneben gilt auch das
Feuer als Bild der jungfräulichen Reinheit, weil es alles Faule verzehrt und keine Keime entwickelt. Nataque de flamma corpora nulla
video. Jure igitur virgo est, quae semina nulla remittit nec
capit, et comites virginitatis amat.

Freilich verfiel mit der alten republikanischen Tugend auch die Zucht
und Sittlichkeit. Schon Cicero verstieß seine Terentia, weil er nach
neuer Mitgift verlangte und selbst der pedantische Cato trat seine Frau
seinem Freunde Hortensius ab, um sie nach dessen Tod wieder zu
nehmen. Livius spricht (VIII, 18) von einer Verschwörung der Weiber
i. J. 329 v. Chr. zur Vergiftung ihrer Männer, obwohl mit Vorbehalt
und Antonius heiratete zuerst zwei Weiber gleichzeitig, was vor ihm
kein Römer gewagt hat. Schon die Aufhebung des Oppischen Gesetzes, wonach kein Weib bunte Kleider tragen und mehr als ¹/₂ Unze
Goldes an sich tragen durfte, war ein Symptom der nach dem 2.
punischen Krieg emporkommenden Üppigkeit, der volle Niedergang der römischen Sitte erfolgte aber in der Kaiserzeit. Tacitus, Sallust, Juvenal,
Persius haben uns den sittlichen Verfall des stolzen Weltreiches in
ergreifenden Gemälden aufbewahrt, aber auch die tiefe Scham und
Entrüstung, die er im Herzen der edleren Zeitgenossen erweckt hat. Mit
beißender Satire geißelt Juvenal die Weichlinge, die sich sogar als
Weiber brauchen lassen und folgerichtig auch die Weiberfeste mitfeiern.
Auch jene Gattung Hausfreunde — nicht etwa die moderne Sorte,
die hinter dem Rücken ihres Freundes die Frau caressieren — sondern
jene sonderbaren Gewächse, die wie es scheint, nur im Sumpf der

Kaiserzeit blühten, welche mit Einwilligung des rechtmäßigen Gatten die scheu oder hassend gewordene Frau ihm angeblich wieder gewinnen wollen und die erbärmliche Rolle, die der Mann als Hahnrei dabei spielt, werden in der 9. Satire mit unübertrefflicher Komik gezeichnet. Dort beschwert sich solch ein edler Familienfreund über die Undankbarkeit des Hausherrn, dem er doch sein Weib kirre gemacht, als das Eheband nahe daran war, in die Brüche zu gehen. „Wie viel Mühe habe ich mir um deinetwillen gegeben! habe ich nicht die fliehende Spröde in meiner Umarmung besänftigt, während du draußen die ganze Nacht heultest? Testis mihi lectulus et tu, ad quem pervenit lecti sonus et dominae vox. Und keinen Dank weißt du mir, daß dir Tochter und Sohn durch mich geboren worden, daß du Vater heißest, die Privilegien der Zweikinderschaft genießest, das Anrecht auf das mütterliche Erbe gesichert hast und noch weitere Vorteile empfangen wirst, wenn ich die Dreizahl vollgebracht!" Armer Skävolus, fügt der Dichter hinzu, du hast wohl Recht über Undank zu klagen, aber mach' dir nichts daraus und such' dir einen andern zweibeinigen Esel!

Mit beißendem Spott rühmt der Satiriker, eine Menge gelockerter Ehen seien oft durch einen Galan noch erhalten und die Ehre des Hauses gerettet worden! Ernst mahnt er, Ehrfurcht vor dem Kinde zu haben. „Wenn du Schändliches vorhast, verachte nicht die Jahre des Kindes, sondern dir Sünder stehe vor Augen die Unschuld des Kleinen!" Wir erraten leicht, worauf der Dichter hinzielt. Wie schön erinnern seine Worte an des Heilandes Ausspruch: „Hütet euch, daß ihr nicht eines dieser Kleinen, die an mich glauben, ärgert! Ihre Engel sehen immerdar das Antlitz meines Vaters der im Himmel ist."

Die leges Juliae unter Augustus sollten der durch die herrschende Sittenlosigkeit bedrohten Population zu Hilfe kommen, beförderten aber thatsächlich nur den Libertinismus. Einseitig und kurzsichtig nur das volkswirtschaftliche Interesse im Auge habend und alle ethischen und traditionellen Schranken bei Seite schiebend, untergrub die julischclaudische Ehegesetzgebung mit dem ethischen Fundament auch das ökonomische und soziale. Um möglichst zahlreiche Ehen hervorzurufen, wurden nicht nur testamentarische Bedingungen (z. B. Nichtheiraten der Wittwe) beseitigt, sondern neben der rechten Ehe eine Ehe zweiter Klasse eingeführt, wodurch der Begriff der Bigamie gegenstandslos wurde. Ehescheidungen wurden geradezu provociert, daher selbst römische

Schriftsteller die kaiserliche Sozialpolitik den legal eingerichteten Ehebruch nannten, alle möglichen Nachteile auf die Unverheirateten gelegt
und Verlöbnisse unter Kindern gestattet. Welche Segnungen solche
Regierungsweisheit hatte, zeigt die Thatsache, daß schon unter Tiberius
ein Senatsbeschluß nötig wurde, kraft dessen vornehmen Frauen
verboten wurde, die Unzucht zum Gewerbsbetrieb zu machen! Später
wurde es noch schlimmer. Es kam soweit, daß, wie Laktantius erwähnt, Maximin das Gesetz einführte, daß Niemand ohne Erlaubnis
des Kaisers sich verheiraten dürfe, ut ipse in omnibus nuptiis prae-
gustator esset (das fabelhafte jus primae noctis in seiner ersten Be-
glaubigung!). Welch furchtbare Verkehrung ein edles Gesetz durch ruch-
lose Interpretation finden kann, zeigt die in der Kaiserzeit geübte
Praxis, Jungfrauen, die man nach altrömischem Recht nicht hinrichten
durfte, erst durch die Henker zu defloriren, ehe sie enthauptet wurden.
So wurde eine heilsame und zartsinnige Verordnung nur Anlaß zu
doppelter Schmach. Nec vir fortis nec femina casta! war allmählich
das Resultat des allgemeinen Sittenverfalls.

> Fecunda culpae secula nuptias
> Primum inquinavere et genus et domos,
> Hoc fonte derivata clades
> In patriam populumque fluxit.
> Hor. Carm. 1, 3.

C. Das Christentum.

I. Das christliche Altertum.

So schwer es ist, wenn die Sonne aufgegangen ist und mit ihrem
Licht die Welt erleuchtet, die verblassende Leuchte des Mondes und der
Sterne zu würdigen, ebenso schwer ist es, selbst den edlen und für sich
genommen erhabenen Erscheinungen des Heidentums im Licht des
Christentums noch gerecht zu werden.

Was ist denn das Eigenartige und Gewaltige an der christlichen
Religion? Man ist neuerdings gewillt, dasselbe einzig in der Erhabenheit seiner Sittenlehre zu sehen. Es ist richtig, daß das Christentum
auch sittlich die Welt umgeschaffen, und es ist naheliegend, von diesen
unläugbaren Früchten des christlichen Gedankens aus dessen Hauptwert
zu bestimmen und im sittlichen Gehalt die Essenz der Religion zu erkennen, aber es hieße doch, das Haus mit dem Dach anfangen, wenn

man bei Beurteilung einer Weltbewegung mit der Moral derselben be=
ginnen wollte. Eine Ethik läßt sich nicht ins Blaue bauen; man kann
vom Menschen nicht verlangen, er soll Unerhörtes leisten, wenn man
ihm nicht unerhörte Garantien bietet, daß die Forderungen berechtigt
sind und Verdienstlichkeit bringen; auch ist die schönste und erhabenste Sittenlehre unnütz, wenn nicht zugleich die Kraft mitgegeben wird, sie aus-
zuführen. Auch die Lehren der griechischen Weltweisen waren edel
und großartig, aber wer setzte sie ins Leben? Wer konnte das im
antiken Heidentum bei der Ungewißheit über das jenseitige Leben, über
den Ratschluß der Götter, über das Wesen der Welt?

Die That des Christentums war es, daß es s i e g r e i c h e Ge-
w i ß h e i t über das Reich Gottes und dessen Verwirklichung auf
Erden gab, daß es durch die Wundermacht seiner Einsetzung und
die Erhabenheit seiner Lehre unerschütterliche Ueberzeugung einflößte,
und damit unbesiegbaren Mut und Heldenkraft, ins Werk zu setzen,
woran bisher die Menschen verzweifelten. Dieser mystische transcen-
dentale Kern darf nicht vergessen werden. „Die Religionen," sagte schon
vor hundert Jahren Herder gegen Nikolai, „haben historisch nicht durch das
gewirkt, was ihnen mit dem gegenwärtigen Denken gemein ist, sondern
durch das, was sie davon entfernt: durch ihre Wunder, ihre Symbole, ihre
Mythologie. Drei sind, die Zeugnis geben für das Evangelium, nicht
drei Personen, sondern drei Begebenheiten: das Wort des Vaters bei
der Taufe, die Auferstehung, die Ausgießung des Geistes am Pfingst-
fest. Wären die Apostel blos Moralisten gewesen, so hätten sie ihrer
Zeit nichts geboten; aber sie kamen mit der vollen, sicheren Gewalt
des Glaubens an die erfüllte Zeit einer im innersten Kern verzweifeln-
den Welt entgegen, die nach einem Wunder verlangte, aber nicht die
Kraft hatte, das Wunder zu erzeugen. Nicht das m o r a l i s c h e, sondern
das m y s t i s c h e Element des Christentums war es, was ihm Zu-
gang in die Gemüter verschaffte."

Das Christentum ist nicht bloße I d e e, wie die Theorien der
Weltweisen, sondern T h a t u n d L e b e n. Nur Leben kann Lebendiges
erzeugen. Nicht ein Buch, nicht eine Tradition, sondern eine Persönlichkeit steht an der Spitze, ein Mensch gewordener Gott, der Gedanken aus-
spricht, die man noch nie gehört, aber auch, was mehr ist, diese Gedanken
und Worte durch unerhörte Thaten beglaubigt, der in seiner eigenen
geheimnisvollen Person und in seinem persönlichen Wandel der verklärte Spiegel seiner Rede ist und durch den wunderbaren Eindruck

seines Wirkens und durch seinen erhabenen Opfertod ein Feuer ent-
zündet, das im stand ist, ein Weltbrand zu werden. Ein persönliches,
kindlich vertrauliches Verhältnis zu Gott begründet zu haben, ist der
Triumph des Christentums, G o t t n a h e g e b r a c h t zu haben, der den
Alten so fern war, daß sie den unbekannten Schöpfer überall suchten,
daß sie in den kindlichsten Dingen: im Rauschen der Haine, in den
Eingeweiden der Tiere, im Flug der Vögel, in den Räthseln unver-
ständlicher Orakel seine Stimme zu vernehmen trachteten und doch nie
über die Ratlosigkeit in Betreff des Welträthsels, des Zwecks des Daseins, der Natur des Bösen, der Aufgabe des Lebens hinwegkamen.
Daß Zeus keineswegs der ewige Walter und Schöpfer der Welt, sondern
eigentlich ein Emporkömmling sei, der nur durch blutige Tyrannei sich
aufgeschwungen und einst sammt der leichthinlebenden Göttergesell-
schaft seiner Weltherrschaft werde entsetzt werden, ist der unheimliche
Hintergrund des Prometheusmythus, gleichwie auch die deutsche Re-
ligionsmythe, die Edda, ein Ende der seligen Götter, das sie mit dem
furchtbar erhabenen Wort „Götterdämmerung" bezeichnet, drohend
verheißt!

Schon die Juden standen in diesem Punkte weit über den Griechen:
„Wo ist ein Volk, das seinen Gott so nahe hat?" jubelt der Psalmist;
darum konnten sie dessen bildliche Repräsentation entbehren, ertönte
doch seine Stimme in der Schechinah und bekundete seinen Willen durch
den Hohepriester!

Bei Aristoteles ist Gott der erste Beweger, sonst nichts, daher
kein persönliches Verhältnis, keine mystische Vereinigung, nicht das Band
persönlicher Liebe. Wie kalt stand der Grieche seinen Göttern gegenüber, wie äußerlich waren seine Gebete und Opfer! Was wollte und
ersehnte er von ihnen? Zeitliche Güter, eine glückliche Ernte, Rückkehr von gefahrvoller Reise, Untergang der Feinde; nie aber bat der
Grieche und Römer um sittliche Kraft, um Herzensveredlung, det vitam,
det opes, aequam animam mihi ipse parabo. Hor. Epist. 1, 118.
Der Begriff Gnade als übernatürliche Vervollkommnung ist dem Altertum unbekannt. Sittliche Vollkommenheit, war allgemeine Ansicht, müsse
der Mensch aus eigener Kraft erringen; waren doch die olympischen
Götter in diesem Punkt selbst nicht besonders erhaben; die Helden
und großen Charaktere standen eher über als unter den mythologischen
Gottheiten, daher nicht mit Unrecht gesagt wurde: die Alten gaben den
Göttern das Glück und den Menschen die Tugend.

Eine liebende Beziehung zu Mächten, die nach Willkür und Laune
ihre Gaben verschenkten, die das Glück und die Wohlfahrt des
Menschen sogar mit Neid betrachteten, konnte naturgemäß nicht auf-
kommen [1]); die religiösen Anschauungen der Philosophen waren wohl
edler, aber auch blasser und farbloser und konnten den Mangel einer
göttlichen Offenbarung nicht ersetzen. Daher keine Möglichkeit, mit dem
Willen der Gottheit in Verbindung zu treten, keine Beziehung der
Persönlichkeit auf übernatürliche Bestimmung, keine Durchleuchtung des
Lebens von diesem Standpunkte aus.

Das vollbrachte das Christentum, es brachte Aufklärung und
Befriedigung den transcendenten Gefühlen, so daß der Mensch den Sinn
des Lebens verstand und nicht mehr ratlos schweifte im Irrsaal der Welt,
wie Kinder im Walde ohne Führer und Wege, daß er die vielfachen
und widerstreitenden Strebungen des Herzens wie des öffentlichen Lebens
ordnen konnte zu einer zusammenstimmenden Harmonie, ohne Ver-
wischung der Gegensätze von Natur und Übernatur, Geist und Leib,
Staat und Kirche, ohne Erdrückung des Natürlichen durch das Religiöse,
aber mit dessen Verklärung und Erhebung durch das höhere Princip,
denn gratia non destruit sed elevat naturam.

Erst durch das Christentum wurde die Tiefe der Persönlichkeit
erschlossen, und kam der Reichtum der geistigen Triebkräfte in Religion,
Kunst und Societät zur Entfaltung, erst das Christentum statuirte den
Adel der Menschenseele ohne Rücksicht auf Geschlecht und Abstammung
und hob das Weib aus tiefer Entwürdigung. Die Ungleichheit der Geschlechter konnte die wahre Religion nicht verkennen, aber die Gleichheit
der Seelen lehrte sie: „hier gilt weder Mann noch Weib, sondern
ihr alle seid eins" (Galat. 3, 28). Das Verhältnis von Mann und
Weib war nunmehr ein auf Gleichberechtigung fußendes, womit notwendig die seelischen Beziehungen der Ehegatten viel edler und inniger
werden mußten, als wo das Weib als willenlose Waare galt, dessen
Gefühle in keinen Betracht kamen. Sagt doch Aristipp, es sei gleich-
giltig, ob Einen die Weiber lieben, „auch mein Wein und mein Fisch
lieben mich nicht und doch lasse ich sie mir schmecken."

---

1) Wie wenig die griechischen Götter in ihren Entscheidungen von sittlichen Tendenzen geleitet wurden, beweist die seltsame Motivierung, die Athene
bei ihrem Schiedsrichterspruch über das Loos des Orestes kund gibt: sie stimme
für seine Erlösung, weil sie Männern wohlgesinnt und Männerwerk treibende
Gottheit sei!

Das Gefühl der alles durchbringenden Nähe Gottes des Allschauenden, der Herzen und Nieren durchforscht, erklärt das Gebot unbedingter Herzensreinheit, der Beherrschung auch der Phantasie, denn „wer nur ein fremdes Weib ansieht mit ungehörigen Gedanken, hat schon im Herzen die Ehe gebrochen!" „Wandle vor mir und sei vollkommen!" dies Wort gibt den Schlüssel zur Moral des Christentums. Solche Gedanken waren den Heiden zu neu, als daß sie sie verstanden. Im Octavius des Minutius Felix sagt der Heide Cäcilius (c. 10.), ein Gott, der auf Sitte und That Aller, ja auf die geheimsten Gedanken merke, sei ein lästiges, unruhiges, unverschämt neugieriges Wesen, das an allen Orten umherirrend weder dem Einzelnen dienen könne, da es im Ganzen zerteilt sei, noch dem Ganzen zu genügen im stande sei, da es um die Einzelnen beschäftigt wäre. Nur um die wichtigsten Dinge kümmere sich die Gottheit nach Euripides und Sokrates, das Geringe überlasse sie dem Zufall. Es zieme sich nicht für die Majestät der himmlischen Götter, sich so eingehend um die unten auf der Erde sich bewegenden Dinge zu befassen.

Freilich, im Munde eines Zeus hätte das Wort: „Wandle vor mir!" nur Lächeln erwecken können. Was hätte der Liebhaber der Leda, der Semele, der hundertfache Ehebrecher, der von seiner kelfenden Gattin vor dem ganzen himmlischen Hof die berechtigsten Klagen ob seiner schlechten Aufführung hinnehmen muß, für Ehrfurcht durch seine Nähe einflößen können! Man denke an des Terentius Wort: hi fecerunt, et ego homuncio non? und halte dagegen das Beispiel Christi, der Apostel, der Heiligen!

Jetzt wurde Ernst gemacht mit den großen Ideen der alten Welt und mit den noch größeren der neuen, vor Allem mit der Keuschheit; jetzt tauchten in Massen auf die jungfräulichen Seelen[1]), „die Engel auf Erden", wie sie Athanasius nennt, die vom Fleisch des Lammes genährten und von dem Wein, der Jungfrauen sprießen läßt, die Tempel des heiligen Geistes, denn, wie S. Lucia, sagt: caste et pie viventes castrum sunt Spiritus Sancti. Als das Wort Fleisch geworden, als das Fleisch der Jungfrau der geweihte Tempel des Gottmenschen wurde, hat Christus sich mit unserer Natur umkleidet, diese geheiligt und begnadigt und Kräfte des höheren Lebens ihr geschenkt. Er ist Fleisch geworden, damit das Fleisch Gott werde. Nun beginnt ein neues Ge-

---

1) Schon Justin erwähnt viele Männer und Weiber, die bis zu 60, 70 Jahren unbefleckt geblieben.

schlecht. Jungfräulichkeit wird jetzt die höchste Tugend, sie ist die schönste Blume der Christenheit, wie Cyprian sagt, aber sie bleibt Rat: „Wem es gegeben ist zu fassen, der fasse es!" Nicht einmal dem Priester wird das G e b o t des Cölibats auferlegt; sagt doch Paulus: der Bischof sei e i n e s Weibes Mann, aber das höhere, das echte Bild des Erlösers ist doch die jungfräuliche Seele. Nicht menschliche Berechnung war es, die den Cölibat einführte, sondern die naturgemäße Entwicklung und Auslebung des christlichen Gedankens von der Gottähnlichkeit der Menschen.

Von diesem Prinzip aus eröffnet sich ein klaffender Gegensatz gegen die heidnischen Keuschheitsideen, wie sie etwa in den Idealgestalten einer Athene und Artemis repräsentirt sind. Hier ist die Naturbasis nur die spröde Scham der ungeschwächten Jungfrau, der Stolz und Widerwille, sich dem Manne zu ergeben, nicht ein höheres Motiv. Wie wenig Milde diese Stimmung bewirkte, sehen wir in der unweiblichen Kampfeswut der einen, und rohen Jagdlust der andern, die am Mord unschuldiger Tiere sich vergnügt. Ähnlich unsympathisch zeigt sich uns Hippolyt, der hellenische Josef. Wie häßlich klingt seine Rede: O Zeus, warum hast du doch das gleißende Übel, die Weiber, ans Licht gebracht? Er meint, die Götter sollten den Männern Nachwuchs ohne weibliche Vermittlung gewähren. Solchen unvernünftigen Geschlechtshaß äußert kein christlicher Priester, keine gottgeweihte Jungfrau. Neidlos erkennen sie die Heiligkeit der Ehe an als gottgewollte und gesegnete Verbindung, sie dem gewöhnlichen Kreis des bürgerlichen Lebens überlassend; für sich aber wählen sie zu engerer und ungeteilter Beschäftigung den ehelosen Stand, als den, welchen der Herr selbst gewählt und für das Vollkommenste erklärt hat. Das keusche Leben, die jungfräuliche Reinheit ist s e l b s t h e i l i g, die Ehe b r a u c h t H e i l i g u n g, denn sie wurzelt auf einem zwar natürlichen, aber gefährlichen und der Ausartung fähigen Trieb. Darin liegt keine Geringschätzung der Ehe: „Wenn auch der Honig süßer ist als Alles, so wird doch deshalb keiner den süßen Saft der Früchte verschmähen," sagt Methodius. Auch die Eheleute bedürfen des erhebenden Anblickes der idealen Musterbeispiele und sind keineswegs der Pflicht überhoben, maßvolle Disciplin im ehelichen Verkehr zu üben. Statt der Ehe feindlich zu sein, ist der Cölibat eine indirekte Stütze und ein Läuterungsmittel der Ehe. „Gerade die Pflege der Jungfräulichkeit, sagt der hl. Ambrosius, dient der Wahrung und Förderung des öffentlichen Wohles. Wollte Gott,

ihr erzöget mehr Jungfrauen, dann stünde es um die Familien besser.
Eine Jungfrau ist eine Priesterin der Züchtigkeit im Schooße der
Familie, ein Opfer für die Eltern, ein Sühnopfer der Gemeinde, das
täglich die Gerechtigkeit Gottes verscheucht. Wo die Jungfräulichkeit
nicht in Blüte steht, nehmen die Völker ab. Die Pflege der Jungfräulichkeit steht im genauen Verhältnis zur gesunden Kraft und Anzahl
der Bevölkerung." Nicht müde werden die Väter, diese Tugend zu
preisen, die sie dem Martyrium an die Seite stellen: „Die Jungfräulichkeit," sagt Chrysostomus „ist soviel besser als die Ehe, als der
Himmel die Erde überragt, als die Engel die Menschen, ja um die
Wahrheit zu sagen: noch mehr. Denn wenn die Engel nicht zur Ehe
nehmen und genommen werden, sind sie auch nicht aus Fleisch und
Blut gemacht, wohnen nicht auf Erden, empfinden nicht die Glut der
Begierlichkeit, brauchen weder Speise noch Trank, können weder durch
lieblichen Gesang erweicht, noch durch ein schönes Gesicht gerührt werden;
sondern wie der Himmel, der durch keine Wolke getrübt ist, in der
Mittagsonne einen reinen Anblick gewährt, so müssen auch ihre Naturen,
weil von keiner Begierlichkeit beunruhigt, rein und glänzend bleiben."

Eben weil die Heiden wußten, wie sehr die Christen Schamlosigkeit verachteten, suchten sie vor Allem dieser Tugend Fallen zu stellen
und den Christinnen selbst mit Gewalt die jungfräuliche Ehre zu entreißen In fornicationem! war der regelmäßige Befehl des Richters
gegen die christlichen Jungfrauen, so bei der hl. Bibiana, Margaretha.
Auch kam immer häufiger die Strafe auf, Frauen, zumal von vornehmem
Stand, nackt vor Aller Öffentlichkeit zu peitschen. Rührend ist es,
wenn die hl. Dionysia bittet: Martert mich, so viel ihr wollt, aber
entblößt meinen Schooß nicht! Diese Antwort ergrimmte die Peiniger
noch mehr und sie stellten die Frau auf einen höheren Standpunkt,
damit sie Aller Augen preisgegeben war. Als nun von Ruthenhieben
das Blut in Bächlein von ihrem Leib floß, rief sie mit Freimut: „Ihr
Handlanger des Teufels, was ihr zu meiner Schande zu thun vermeint,
das ist gerade eine Ehre für mich."

Als das Christentum den Sieg errang, zeigte sich der neue Geist
besonders signifikant im Gebiete des sexuellen Lebens. Die große
Schule der Prostitution, die unter dem Namen der Venustempel geblüht
hatte, wurde unterdrückt, der Stempel der Enthaltsamkeit prägte sich
dem gesammten Leben bis in die entlegensten Verzweigungen durch-
bringend auf.

II. Die germanischen Völker im Mittelalter.

Die Keuschheit des Christentums fand in Deutschland eine gute Vorschule; denn die Deutschen waren von Anfang ein keusches Volk. Schon Tacitus rühmt die inexhausta pubertas der edlen Kraftjünglinge, deren gefährliche Wirkung die geschwächten Römer bald empfanden. Daß die Germania des Tacitus keineswegs blos Schönfärberei des römischen Historikers behufs einer Sittenpredigt für die entarteten Römer ist, bezeugen die bestätigenden Mitteilungen anderer Schriftsteller, besonders des Salvian und die ruhmvolle Art, wie die deutschen Jungfrauen und Weiber ihre Ehre wahrten, so besonders nach der Niederlage des Marius. Als man ihre Bitte, sie als Dienerinnen den Vestalinnen beizugeben, verweigerte, gaben sie sich den Tod. (Plut. in Mario. Val. Max. VI, I, 7. Hieronym. ep. 123.) Ein Beweis der hohen Ehre, welche die Germanen der Keuschheit zuerkannten, ist der römische Befehlshaber in Gallien Pescennius Niger (Rivale des Septimius Severus um den Kaiserthron), der von den Druiden wegen seiner Züchtigkeit zu Ehrenrollen beim Gottesdienst beigezogen wurde. VI scriptores historiae Augustae. „Rei Venereae nisi ad procreandos liberos prorsus ignarus; denique etiam sacra quaedam in Gallia, quae castissimis decernuntur, consensu publico celebranda suscepit" (bei Aelius Spartianus). Auch die Stellung des weiblichen Geschlechts war eine geachtete; die Deutschen ehrten in den Frauen ein der Natur und Gottheit näher stehendes Wesen, überließen ihnen priesterliche Funktionen und trauten ihnen die Gabe der Weissagung zu. Inesse sanctum aliquid mulieribus et providum, sagt Tacitus Germ. 18 und führt Veleda, Albruna und andere als Belege an. Freiwillig folgte die Jungfrau dem Mann, nicht als Waare verkauft, wie noch bei den alten Römern; denn, sagt Gudrun:

> Es hat noch stets gegolten die Sitte meines Herrn:
> Keine Frau sollte nehmen den Mann als mit beider Willen,
> So wollt es Recht und Ehre.

In den Walküren besaßen die Deutschen auch ein jungfräuliches Göttergeschlecht, wie die Griechen in der Athene, der Artemis und ihren Nymphen. (Die Idee der weiblichen Kämpferinnen spukt in der Poesie noch weit bis in die christliche Zeit, s. die Clorinde bei Tasso, die Brabamante Ariosts.) Den Walküren war es Schmach, aus freien

Himmelstöchtern zu Erdenfrauen herabzusinken. Sie sträuben sich
gegen Vermählung und verlieren dadurch ihre Stärke. Brunhilde —
die mit Recht als ursprüngliche Walküre gilt — wehrt sich gegen den
angetrauten Gunther und hängt ihn gebunden an einen Nagel auf,
bis er demütig verspricht, ihr Kleid nie mehr zu berühren. Am andern
Tag aber bezwingt Siegfried in der Tarnkappe die Heldenmaid und
Gunther pflückt nun den Preis, den der uneigennützige Helfer errungen.

> Er pflag der Frauen minniglich, wie es geziemend war,
> Scham und Zorn verschmerzen mußte sie da gar.
> Von seinen Heimlichkeiten ihre lichte Farbe erblich,
> Hei, wie von der Minne die eigne Kraft ihr entwich!

Die Überzeugung, daß die Beiwohnung trotz aller Wonne doch
eine Niederlage, einen schmerzlichen Verlust für die Braut bedeutet,
wie schon die Ausdrücke: schwächen, violare, deflorare besagen, spricht
sich feinsinnig in dem schönen Mythus unserer Voreltern aus.

Vom Christentum befruchtet, blühte die schon gepflanzte Blume
der Menschheit in voller Schöne auf. Zu welch reichen Gestaltungen
diese Tendenz geführt, welche Heimstätten der Cultur, Sitte und Wissenschaft in den Klöstern und klösterlichen Genossenschaften erschlossen
wurden, welche Zartheit und Reinheit das Familienleben durchdrang,
welche Strenge und ehrbare Zucht im Ritterdienst und Bürgerstand
gefordert wurde, braucht nicht näher ausgeführt zu werden. Selbst
Lecky, sicher kein Schmeichler des Christentums, sagt in seiner Geschichte
der Aufklärung: „Die sittliche Anziehungskraft und Schönheit der weiblichen Würde wurde zum erstenmal empfunden. Ein neuer Charaktertypus
wurde ins Leben geführt, eine neue Art der Bewunderung gepflegt. Dieser
ideale Typus flößte einem rauhen, unwissenden Zeitalter eine Vorstellung von der Zartheit und Reinheit ein, die in den stolzesten Bildungs-
stufen der Vergangenheit unbekannt war. In den Blättern voll lebendiger Zärtlichkeit, die manch mönchischer Schriftsteller zu Ehren seiner
himmlischen Beschützerin zurückgelassen, in den Tausenden, die in vielen
Ländern und Zeiten nicht vergeblich ihre Charaktere nach ihrem Bild
zu formen gesucht, in den hl. Jungfrauen, die aus Liebe zu Maria
allem Glanz und aller Lust der Welt entsagten, in dem neuen Gefühl
der Ehre, in der ritterlichen Achtung, in der Milderung der Sitten,
der Verfeinerung des Geschmacks .. in diesen und vielen anderen Kund-

gebungen entbecken wir feinen Einfluß, alles Befte in Europa fammelte fich barum und er ift der Urfprung der reinften Beftandteile unferer Bildung."

Befonders eigentümlich ift dem Mittelalter die **Hochfchätzung des weiblichen Gefchlechts.** Sie geht überall Hand in Hand mit dem Sinn für keufche Sitte. Denn Jungfräulichkeit ift eine hervorragend weibliche Tugend, wie fchon der Name andeutet und Achtung vor der weiblichen Ehre ift das erfte Zeichen des wahren Verehrers der Frauen. Für den Chriften kam noch die Erwägung hinzu, daß das höchfte Wefen des ganzen Menfchengefchlechtes ein Weib und nicht ein Mann war, fie, die uns den „Wiederbringer unferer Ehre" gebracht, wie Heinrich Seuße fagt. Wie der Mann durch das Weib fiel, fo konnte er nur wieder durch das Weib gerettet werden, meint S. Bernhard. Diefen Ruhm, der dadurch auf das ganze Weibergefchlecht ftrahlte, feiert die gefammte Poefie des chriftlichen Mittelalters, z. B. der Sänger des Parzival:

> Nichts Reineres doch auf Erden ift
> Als die Jungfrau fonder arge Lift,
> Nun feht wie rein die Maide find,
> Gott felber war der Jungfrau Kind.
> Unheil und Sünde kamen
> Uns aus des Adam Samen.

Man bemerke, wie im Gegenfatz zur herkömmlichen Redeweife nicht der Eva, fondern dem Adam der Urfprung von Sünde und Unheil zugefchrieben wird, während noch die ganze Patriftik nicht müde ward, die Schuld der Stammutter ins Äußerfte zu vergrößern, und die Niedrigftellung des Weibes, als des Quells der Sünde und Schwachheit, damit zu rechtfertigen, als ob Adam damit ein befonderer Dienft gefchehe, daß er als armfeliger Schwächling fich von feinem Weibe habe überliften laffen [1]).

Der Grundgedanke des „armen Heinrich" von Hartmann von der Aue ift, daß eine reine Jungfrau, die fich freiwillig opfert, von unheilbarer Krankheit befreien könne. Eine feltfame Variation diefes Glaubens an die magifche Kraft der jungfräulichen Hand findet fich

---

1) Auch in der Scholaftik fpielt das Weib keine befonders geachtete Rolle. Bei Thomas wird die weibliche Geburt aus einer Indispofition und Schwachheit der Zeugungsmaterie erklärt! Das Weib habe wenig Verftand, auch fchwächere Sinne. (S. th. I, q. 92 art. I ad 1.)

in der durch eine Uhlandsche Ballade bekannt gewordenen Sage von dem Geisterhemd, das, durch eine Jungfrau in der Hölle Namen gesponnen, stich- und schußfest macht. Auch die Sage vom Einhorn, das nur durch eine Jungfrau gefangen werden könne, gehört hieher. Symbolisch ist Christus und Maria gemeint.

Oft werden in der Minnepoesie Vergleiche angestellt zwischen Mann und Weib und immer fallen sie zu Gunsten des Weibes aus. So sagt Gottfried von Straßburg:

Mannesherz ist ein ärgerlich Ding,
Ihm ist keine Labung zu gering,
Den Durst zu stillen, der ewig flammt,
Der Sehnsucht, die vom Himmel stammt,
Der Mann der alles verloren hat,
Ißt sich mit Lust am Streben satt,
Wenn ihm Gott, Liebe und Freiheit
fehlen,
Kann er noch Steckenpferde quälen.
Die enge Brust voll Eigensucht,
Hascht er nach jeder kleinen Frucht,
Die winkend ihm ins Auge sticht,
Ein armes Stündchen ihm verspricht,
Und hat er dran gekühlt den Sinn,
Wirft er das Spielzeug wieder hin.
Sein Unruh' mag er in dem Nicht'gen,
Im lauten Treiben leicht beschwichtigen
Und nimmer thut er doch sein Ich,
Auch in der Liebe nicht, von sich,
Das freilich, so hat es Gott bestellt,
Die Wurzel ist, die sprengt die Welt.
Kaum, wie sich auch die Loose scherzen,
Stirbt Einer am gebrochnen Herzen.
Ein Weib, das liebte, ist nicht mehr
Ein Ding vom Staube groß und schwer,
Sie stirbt der Erde blöden Banden,
Und ist in Himmelsluft erstanden.
Wie ist ihr Herz so still und rein!

Ihr Du nimmt all ihr Wesen ein,
Für das sie starb, ihr andres Ich,
Und in ihm wohnt Gott sichtbarlich.
Ihr Lieben, das nichts Eignes kennt,
Ist Sterben, Opfer, Sakrament,
Ein Gottesdienst, das ist ihr Leben,
Drum kann ihr Glück nie ganz zer-
stieben.
Wenn alle Sterne ihr erblassen,
So ist sie nicht getäuscht, verlassen.
Wenn dürftig, arm und bloßgestellt,
Im Herzen, ihrer wahren Welt,
Bleibt, wie sich auch das Auge feuchte,
Ein Tempel mit der ew'gen Leuchte,
Drinn für und für mit sanftem Wehen
Die Gottheit waltet ungesehen . . .
Der Liebe zartes Gefäß zerspringt,
Eh' es unheil'ge Flut durchbringt,
Der Tempel stürzt und liegt begraben,
Eh' ihn Nachtgeister verwüstet haben . .
Der Mann geht manche Lebens-
spur,
Das Weib lebt in der Liebe
nur . .
Wie Mancher, der ein Mann, ein Held
Nach Außen leuchtet in der Welt,
Im Herzen gleicht er dem Waisenkind,
Einsam, verwildert, irr und blind.

Ebenso sagt Freidank:

Wer der Frauen Zucht ein Kenner,
Hält sie werter als die Männer,
Sie schämt sich mancher Missethat,
Auf die der Mann nicht Achtung hat,

Ein Mann hat Ehr' von manchen
Dingen,
Die gute Frauen in Schande bringen,
Den Mann mag manches krönen,

Das ein Weib würde höhnen.
Begeht sie eine Missethat,
Dann der Mann wohl tausend hat;
Der tausend will er Ehre haben

Und ihre Ehre drum begraben:
Das ist kein wohlgeteiltes Spiel,
Ein Unrecht, wie es Gott nicht will.

Hoch wird von den Dichtern die Schönheit ihrer Heldinnen gepriesen; so heißt es im Nibelungenlied von Krimhilde:

> Wie der lichte Vollmond vor den Sternen schwebt,
> Der schön, so hell und lauter sich aus den Wolken hebt,
> So glänzte sie in Wahrheit vor anderen Frauen gut,
> Das mochte wohl erhöhen den zieren Helden den Mut.

Die Frauen sind Quell aller Freude:

> Von Freuen sind die Frauen genannt,
> Ihre Freude freut das ganze Land.
> Wie gut der Freude kannte,
> Der zuerst sie Frauen nannte!
>
> (Freidank).

In seiner Einfalt von unbeschreiblicher Lieblichkeit ist folgendes dem König Wenzel zugeschriebene Gedicht; ich gebe es im Original, denn jede Veränderung würde den Duft beeinträchtigen:

> Sit daz der winter hat die bluomen ingethan,
> der kleinen vogelin süezen sank
> in walde und ouch in owen,
> so will ich raten, da wir bezzer fröede han,
> swer volge mir, der habe des dank:
> die reinen süezen frowen,
> die sol man alle stunde
> für bluomen uf der heide sehen,
> hey welch ein lebendes ougetrehen
> swa spilnde blike bringent munt ze munde.

Die Frauen sollen als Ersatz für die vom Winter eingethanen (eingesperrten) Blumen dienen, und ihre Blicke ein lebendiger Augentrost gleich den mit Thauperlen behangenen Blumenkelchen sein.

Mit dieser idealen Auffassung der Dichter steht im grellen Gegensatz die vielfach verächtliche Beurteilung des Weibes in der gleichzeitigen Theologie. Schon Aristoteles, von dem die mittelalterliche Philosophie ganz abhängig war, schilderte das Weib als mißgünstig, tadel- und schmähsüchtig, mutloser, schamloser, lügenhafter als der Mann. Thomas führte die Inferiorität des Weibes auf eine Mangelhaftigkeit des Keim-

ftoffes zurück. (S. th. I, q. 92, art. I ad 1.) Das Weib ist also nur
Abnormität !!

Köstlich ist folgendes Schmähgedicht gegen die Weiber:

Recedite, recedite! ne mulieri credite,
huc accedant, qui sincere viam mentis possidere
pure optant, legant vere.
scripturam sacram percurramus, ut per omnes excludamus;
dicat nobis primus homo, qui deceptus est in pomo:
Sum exclusus pulchra domo,
eram fulgens velut stella, paradisus mihi cella,
sum confusus hac procella!

Nun folgen 28 Stellen aus der Schrift als Belege der Bosheit
der Weiber, zum Schluß heißt es:

Femina foedita, femina sordida, digna catenis,
mens male conscia, mobilis, impia, plena venenis,
horrida, vacua, publica janua, semita trita,
aspide saevior, ungue rapacior est tua vita,
mens tua vitrea, saxea, plumbea, ferrea, nequam,
perdere, prodere, fingere, fallere rem putas aliquam.

Von 19—24:

Femina corpus, opes, animum, vim, lumina, vocem
polluit, annihilat, necat, eripit, orbat, acerbat,
femina fax satanae, fallens lux, dulce venenum,
semper prona rei, quae prohibetur ei,
femina fallere, falsaque dicere, quando cavebit,
aequora piscibus et mare fluctibus ante carebit.

(In einem Confessionale des Savonarola, herausgegeben von
Lazaro Soarbo 1503.)

Auch Fra Giacopone, der Dichter des Stabat mater, hat ein
Schimpflied auf die Frauen gefertigt „de l'ornamento delle donne
damnose." Es beginnt:

Ihr Frauen, ihr sollt Bedenken tragen
Über die Wunden, die ihr geschlagen;
Es birgt sich in euern Blicken
Des Basilisken tötliche Tücken u. s. w.

Natürlich darf nach solchen Produkten verirrter Ascese das Christentum und das Mittelalter nicht beurteilt werden.

Besonders ist es natürlich M a r i a, die hehrste ihres Geschlechts,
deren Virginität ihre Mutterschaft Christi nicht verringerte, sondern

heiligte (non minuit sed sacravit), der in der christlich-mittelalterlichen Dichtung die schönsten Kränze gewunden werden.

> Ave Maria ist ein Gruß,
> Dem mancher Kummer weichen muß.
> Den Menschen söhnt er aus mit Gott,
> Der weiland brach sein heilig Gebot.
> Mit diesem Gruße ward uns Huld,
> Nach Gottes Zorn um Adams Schuld,
> Den Himmel hat er aufgethan,
> Daß er uns offen steht fortan.
> Durch diesen Gruß ist es ergangen,
> Daß Gott die Menschheit hat empfangen,
> Den du geboren, reine Maid,
> Ohne Beschwer und ohne Leid.
> Seine Marter hat uns alle
> Erlöst aus Adams Falle,
> Durch diesen Gruß laß Gnad empfahn,
> Den Sünder, der dich gemahnt hieran. (Freidank.)

Sehr sinnreich ist im Parzival die Schöpfung des ersten Adam aus der jungfräulichen Erde mit der Geburt des Heilandes aus der reinen Jungfrau in Parallele gebracht:

> Die Erde Adams Mutter war;
> Gott bildete ihn aus Erde zwar,
> Dennoch blieb die Erde Magd.
> Als auf der reinen Erde Blut
> Fiel, ihr Magdtum war entflohn,
> Das benahm ihr Adams Sohn.
> Da huben sich der Menschen Zorn und Neid,
> Sie währen fort von jener Zeit.

Wie lieblich ist die mittelalterliche Legende von dem Ritter, der Mönch wurde, aber nichts wußte als das Ave Maria! Als er starb, fand man auf seinem Grab eine Lilie, deren Kelch mit goldenen Buchstaben die beiden Worte Ave Maria geschrieben enthielt. Beim Nachgraben fand man die Blume seinem Munde entsprossen.

Ein reicher Kranz von Marienliedern entsprießt der gottinnigen Frömmigkeit. Einige der schönsten sind folgende:

> Ich habe mir erkoren
> Eine minnigliche Maid,
> Die ist gar hochgeboren,
> Meines Herzens Augenweid.
> Schon vor viel tausend Jahren
> Ist viel von ihr geseit.

> Sie ist von hoher Art,
> Von edlem Stamme her,
> Sie ist der Freudengarten,
> Voll Blümchen wunderbar,
> Meine Trauer, sie verginge,
> Würd ich sie schier gewahr.

Es ist ein Ros' entsprungen
Aus einer Wurzel zart,
Wie uns die Alten sungen,
Aus Jesse kam die Art

Und hat ein Blümlein bracht
Mitten im kalten Winter
Wohl zu der halben Nacht u. f. w.

Nur Dantes schwungvollen Hymnus auf die Himmelskönigin (Paradies 33. Gef.), dem freilich die Naivität der Volkspoesie abgeht, kann man mit jenen innigen Herzenstönen an Adel und Kraft vergleichen:

> O Jungfrau Mutter, Tochter deines Sohnes,
> Demütiger, höher, als was je gewesen,
> Ziel ausersehn vom Herrn des ewgen Thrones!
> Geadelt hast du so des Menschen Wesen,
> Daß, ders geschaffen hat, der höchste Gott,
> In dir Geschöpf zu sein, dich auserlesen.
> In deinem Leib entglomm der Liebe Glut,
> An der die Blume hier zu ewgen Wonnen
> Entsprossen ist, in ew'gem Frieden ruht.
> Du giltst soviel, ragst so in Herrlichkeit,
> Daß Gnade suchen und zu dir nicht fliehen,
> Wie Flug dem Unbeflügelten gedeiht u. f. w.

Die Empfängnis Mariens wird als eine durch das Ohr geschehene bezeichnet:

> Gaude, virgo mater Christi,
> quae per aurem concepisti
> Gabriele nuntio

heißt es in einem Hymnus von Thomas von Becket und auf einem, jetzt im Louvre bewahrten alten Glasfenster wird der hl. Geist in Gestalt einer Taube über der Jungfrau schwebend dargestellt, ein Lichtstrahl strömt aus seinem Schnabel in ihr Ohr, längs dessen ein Christkindlein niederfährt.

Auf das Liebesleben der Ritterzeit übte diese Anschauung vom Weib ihren edlen Reflex. Über das Frauenhafte der Minnezeit sagt Vilmar: „Niemals hat sich die Männerwelt gleich und tiefer in die Gedanken- und Gefühlswelt der Frauen eingelebt. Von den Conflikten des Liebeslebens, die wir in unserer heutigen Poesie fast für unerläßlich halten: Flattersinn, Eifersucht, Untreue, gebrochene Schwüre, die doch nur durch die Männerwelt und ihre Leidenschaftlichkeit in diese Poesie eingeführt wurden, weiß die Minnepoesie nichts. Sie sehnt sich nur und hofft, sie blüht still für sich und ist treu, unverbrüchlich treu, weil sie nicht anders kann. Das Heilige, Ahnungsreiche, was nach Tacitus im Wesen der deutschen Frauen lag, und durchs Christentum ausgebildet und vollendet wurde, die zarte Scheu vor der Tiefe und unantastbaren Reinheit des weiblichen Gemüts, die Ehrerbietung gegen die höhere und edlere Seite der menschlichen Natur, wie sie sich im reinen Weib offenbart, tritt jetzt, nachdem sich die deutsche Welt vollständig ins Christentum eingelebt hatte, ins volle Bewußtsein vor. Christlicher Glaube und Rittergeist sind notwendige Ingredienzien des Frauenkultus im Mittelalter."

Die Minne äußert sich fröhlich, aber mit Zucht, sodaß „die Lilie bei der Rose steht," mehr als Opferdienst, als treuer uneigennütziger Gehorsam wie als heißes Begehren:

> Wahre Minn' ist Treu' allein.
> Cupido! Nimmer trifft
> Mich deines flüchtgen Pfeiles Gift,
> Stets verfehlt mich Amors Speer
> Und Venus mit der Fackel Brand,
> Solcher Kummer ist mir unbekannt,
> Soll ich in wahrer Minne glühen,
> So muß sie mir aus Treue blühen.
>
> (Parzival.)

Ja der Ritter ist so fern von selbstsüchtigen Gedanken, daß er zufrieden ist, nur den Saum des Gewandes zu berühren:

> Genügt auf ewig hätt es mir,
> Wenn ich mit meiner bloßen Hand
> Rühren dürft' an ihr Gewand,
> Ließ ich nun von edler Scheu,
> So schien' ich selbst mir ungetreu.
>
> (Parzival).

Ein feiner Zug ist es im „Rosengarten" (einer Zudichtung zu den Nibelungen), daß der Sieger Hildebrand der Alte, der die Gibichungen im Turnier überwunden, von Krimhilde, der Herausforderin, wohl das Kränzlein von Rosen annimmt, den Kuß aber zurückweist:

> Die Unzucht soll nicht sein,
> Den Kuß will ich verwehren
> Der lieben Frauen mein.

Müller, Keuschheitsideen. 4

Selbst wo die Minne Gegenliebe findet, da gebietet die Sitte spröde Zurückhaltung und lange Prüfung:

> Versagen war stets Frauen Sitte,
> Doch lieben sie, daß man sie bitte. (Freidank).

Dem, der rasche Erhörung will, sagt Sigune Schionatulander im Parzival:

> Deine Jugend war zu Dienst mir nie beflissen,
> Du mußt mich unter Schildes Dach
> Erst verdienen, das sollst du wissen.

Daher mußte der ritterliche Jüngling kühne Abenteuer bestehen; Kämpfe mit wilden Tieren, ritterliche Turniere, Kriege, welche die jugendliche Kraft stählten und das Anrecht auf die Hand seiner Dame erst erwarben. Hiltepold von Schwangau zog erst in den Kreuzzug und verließ Minne und Freunde, „was ihm wegen Gottes nicht zu viel deuchte". Vor dem 40. Jahr des Mannes wurde eine adelige Ehe selten geschlossen. Dafür war aber dann die Kraft gestählt, der Charakter gefestigt, und der Mann kein Spielball der Laune des Weibes. Bewundernd mußte vielmehr dieses auf den Erwählten ihres Herzens blicken, der wie Siegfried und Herwig seine Braut unter treuer Aufopferung und unsäglichen Mühsalen eroberte.

Wie sticht gegen die freimütige Entsagung dieser edlen Kraftjünglinge die Feigheit und Selbstsucht unserer modernen Schwächlinge ab, die es treibt, „nur grade zu genießen" und die mit vierzig Jahren verlernt haben, was man damals in diesem Alter erst lernte: ein Mann zu sein!

In dieser treuen Hingabe ohne Genuß ist der Minnedienst sogar über der Ehe: „Wir lieben, um zu entsagen, das ist die Schule der Minne, die Ehe dagegen begehrt, um zu besitzen", drückt Riehl den idealen Gedanken der Ritterhuldigung aus. Seiner Dame zu Ehren bestand der Ritter die kühnsten Kämpfe und trat jedem Feind entgegen. Es ist ein mittelalterlich-romantischer Anachronismus, wenn Shakespeare in Troilus und Cressida Akt. 1, Sc. 3 Hektor für „seine Dame Andromache" eine Herausforderung an die Griechen ergehen läßt. Dem antiken Empfinden war dies fremd. Die Griechen kämpften wohl um den Besitz von Damen und manchmal, wie die Ilias zeigt, sehr hartnäckig, aber nicht um ihre Ehre.

Dieser heldenmütigen Treue des Mannes entsprach auch gleiche Treue von seiten der Geliebten:

Vor Gott sag ich, daß ich nie
Zum Mann ein Herz gewinne
Und nimmer jeden Andern minne;
Mein Herz versperrt ist und verwehrt
Als nur dem Einen, dem da ward
Die erste Rosenblume
Von meinem Jungfrautume.
(Gottfr. v. Straßburg).

So konnte Walther von der Vogelweide mit Stolz ausrufen: „Tugend und reine Minne, wer die suchen will, der komm in unser Land!"

Auch in der

III. Renaissance

wirkt dieser angeschlagene keusche Ton und zarte Liebesduft der romantischen Frauenminne noch fort. Die rein platonischen Freundschaften zwischen Petrarca und Laura, Dante und Beatrice, Michel Angelo und Vittoria Colonna, Rafael und Fornarina werden ewig am Himmel erhabener, reiner Liebe glänzen. In Petrarcas Sonetten und Canzonen gewinnt die selbstlose, ritterliche Hingebung, die, trotzdem sie nie Belohnung findet, in ihrer Treue nicht nachläßt, vielmehr immer süßere, innigere Laute findet, den dichterisch vollendetsten Ausdruck:

Ein Aar mit ihr ich durch den Äther schiffte,
Zu deren Preis sich mein Gesang entfaltet,
Und ließ bei allem Wechsel der Gestalten
Den Lorbeer nicht, deß' milde süße Schatten
Mich jeder mindern Lust entfremdet hatten. (1. Canzone).

Doch beklagt er auch, daß er sein ganzes Leben hindurch einem Phantom nachgestrebt, nach einer „rauhen Alp" emporgeklettert, die er doch nicht erreichen konnte:

Treu zu erglühen für ein irdisch Wesen
Mit Flammen, die nur Gott allein gebühren,
Ziemt denen nimmer, die um Besseres minnen —
So ruft es laut in mir, vom Pfad der Sinne
Die irrende Vernunft zurückzuführen.
Sie hörts und läßt sich rühren
Und will; doch böse Sitte gibt ihr Flügel
Und zeigt ihr wie im Spiegel
Sie, die nur mich zu töten trat ins Leben,
Weil sie sich selbst, ich ihr zu sehr ergeben.

Sechs „Triumphe" werden im Laufe der Jahre über das arme Menschenkind errungen:

4*

Den ersten erringt Amor, den zweiten die Keuschheit, den dritten der Ruhm, den vierten der Tod, den fünften die Zeit, den sechsten die Ewigkeit oder Gott.

Auch Dante setzt seiner „Führerin zur Ewigkeit," die so erhaben und engelhaft in den Wolken steht, daß man ihre irdische Gestalt nicht einmal genau festzustellen vermocht hat, in seiner göttlichen Komödie ein Denkmal, das beweist, wie rein und fern von aller niederen Beimischung das Verhältnis des großen Florentiners zu seiner Beatrice gewesen sein muß:

> O Herrliche, du meiner Hoffnung Leben,
> Die du zum Freien mich, den Sklaven, machtest,
> Mir halfst auf jedem Weg, in jeder Art,
> Hilf, daß, was du geschenkt, mein Herz bewahrt!
> Daß dir sich einst die Seele dort geselle,
> Die Seele, die gesund durch dich hier ward!

Und in jenem Marienhymnus, dessen Anfangsstrophen wir oben angeführt, bittet der Dichter die hl. Jungfrau um Kraft, „daß er die Augen höher heben könne, um seinen Blick für's höchste Heil zu weihn;" jedwede Wolke seiner Sterblichkeit sei weggebannt durch ihr Gebet! Die Königin möge gesund des Herzens Neigung ihm erhalten und lasse ihn der irdischen Regung widerstehen, „sieh Beatrice und soviel Verklärte, mit mir zugleich — die Hände faltend flehn!" Von dem idealen Einfluß, den Beatrice auf Dante geübt, zeugt das 48. seiner Sonette, wo er sagt:

> Von ihrem Blick, der Sonn' und Sternen gleicht,
> Vor dessen Glanz kein Aug' noch sich erwehrte,
> Der meine Seufzer keimen ließ und nährte,
> Von ihrem Wort, das Huld und Demut zeigt,
> Von diesen Formen himmlischer Gestaltung
> Und Lieblichkeit, die nie zuvor erschien,
> Die selbst die Luft der Liebe Feuer lehrt,
> Von all der Gunst des Himmels und der Waltung
> Der Sterne, die mir gleiche Gaben lieh'n —
> Entsprang die Glut, die mich verzehrend nährt.

Der dritte Dichter Italiens, der seine Leier zu erhabenem Klange stimmte, ist Tasso. Sein „befreites Jerusalem" ist nicht blos ein Siegesgesang heimatlicher Kraft über ausländische Barbarei, nicht blos ein Triumphlied christlichen Geistes über sarazenische Blindheit, sondern auch eine Verherrlichung ritterlicher Zucht über verführerischen Sinnesreiz. Der Held Rinaldo wird von der Circe Armida in den

Zaubergarten üppigsten Genusses wie Tannhäuser in den Venusberg
gelockt, wo seiner Manneskraft härtere Proben als im heißen Schlacht=
gewühl gestellt werden. Der Feuergeist, der, wenn der Blitz der
Waffen sein Auge traf, die Kühnsten überflügelte, er fällt von der
Wollust eingelullt in langen Schlaf, bis Ubald, der alte Kriegsgefährte,
naht und ihm den Demantschild zum Antlitz kehrt:

> Da wendet er den Blick zum lichten Schilde
> Und sieht drin, was er ist, mit Deutlichkeit,
> Er sieht den weichlich zarten Putz im Bilde,
> Geruch und Wollust duften Haar und Kleid.
> Das Schwert, einst blitzend, drohend im Gefilde,
> Verrostet ist's in schnöder Üppigkeit
> Und als unnützer Zierrat zu betrachten,
> Nicht als Gerät, brauchbar im Graus der Schlachten.
> So fühlt ein Mann, in dumpfen Schlaf verstrickt,
> Nach langem Traume das Bewußtsein tagen,
> Wie jetzt Rinald', da er sich selbst erblickt,
> Doch kann er seinen Anblick nicht ertragen.

Und beschämt hört er die vorwurfsvollen Worte des Freundes:

> Was brachte dich nach diesen Felsgestaden?
> Welch eine Schlafsucht lullt den Mut dir ein?
> Auf, auf! Vom Heer des Gottfried eingeladen!
> Schon harrt das Glück, die Siegespalme dein.
> Komm, um nun bald auf schön betretenen Pfaden,
> Verhängnisvoller Held, am Ziel zu sein!
> Der schnöde Tempel, den du schon erschüttert,
> Sei durch dein unbesiegbar Schwert zersplittert.

Bei Ariost, dessen feinste Charakteristik Goethe im Tasso gegeben,
mischen sich schon schalkhaftere und frivolere Töne in die Heldenpoesie.
Hier erscheint Roland in unwürdiger Gestalt; er ist nicht starker,
höchstens vorübergehend in den Zaubergärten Armidas wandelnder
Held, sondern der berückenden Macht völlig verfallen; er ist rasender
Roland, rasend aus Liebe zu Angelika. Die Liebe erscheint nicht mehr
als zarte reine Flamme, Ariost kennt sie gleich Gottfried von Straß=
burg nur als wilden verzehrenden Brand, der den kräftigsten Helden
blind und vernunftlos macht und unwiderstehlich gleich einem magischen
Zauber zu tollem Treiben hinreißt.

> Wer je den Fuß gesetzt auf Amors Huten,
> Such', eh' der Flügel klebt, sich zu befrei'n,
> Denn nichts als Wahnsinn sind der Liebe Gluten,
> Behaupten ja die Weisen insgemein.

> Läßt Rolands Wut nicht immer sich vermuten,
> So stellt sich andre Art von Tollheit ein.
> Und gibt's gewiffre Zeichen eines Tollen,
> Als sich um andre selbst verderben wollen?

Ja selbst die Untreue weiß Ariost zu entschuldigen, indem er ihre Ursache im Kaltsinn des Geliebten findet:

> Die (Liebe) stirbt mit Recht, die durch Versagen kränkte,
> Die nicht dem treuen Freund das Leben schenkte.

Welch andere Sprache gegen die mittelalterlichen Sänger!

Als Roland ein Zaubertrank geboten wird, der ihm die Treue seiner Geliebten anzeigen soll, wagt er nicht ihn zu trinken; ja ihm gilts ziemlich gleich:

> Sei's wahr, sei's falsch, mir ist es einerlei,
> Wenn sie's gethan, so würd' ichs herzlich loben,
> Wofern es nur nicht ruchbar worden sei!

Die richtige Moral Tartüffs und der „guten Gesellschaft"!

Es kommen in dem Gedicht selbst conträre Geschlechtsneigungen vor, so der Fleur d'espine zu ihrer Freundin Brabamante, die deren Bruder Richardette, der seiner Schwester täuschend ähnlich sieht, zu tollem Übermut benützt (er macht ihr als seine Schwester verkleidet weis, daß er von einer Zauberin männliches Geschlecht erhalten habe, und nun die bisherige schmerzliche Sehnsucht befriedigen könne! Dies Wunder beglaubigt er durch die sofort erfolgende — Begattung!) Auch die Erlebnisse Elbans auf der Amazoneninsel sind auf denselben Ton gestimmt, wobei übrigens die tollsten Widersprüche unterlaufen: so wird der kühne Held, der nachher die sämmtlichen Ritter überwältigt, bei der Ankunft von den Kampfweibern gefangen, „ehe er es merkt" und muß eine Reihe demütiger Proben bestehen, wovon die angenehmste allerdings die mit den zehn Jungfrauen ist. Doch kommen hie und da auch edlere Züge zum Vorschein, z. B. der schöne Gedanke, der freilich mit der Tendenz des Ganzen streitet:

> Liebe muß ein niedres Herz erheben,
> Nicht ein hohes Herz herniederziehn.

Aufrichtige Selbstkritik liegt in dem Bekenntnis des Dichters:

> Ich leider bin zum Guten krank und träge,
> Frisch und gesund, dem Bösen nachzugehn.

Bei Bocaccio tritt die Lust am Gemeinen unverhüllt und ohne Scheu hervor. Die seine Sprache verhüllt nur notbürftig die Armseligkeit des Gehalts und die Geistlosigkeit der Geschichten, denen vielfach jede Pointe abgeht und die ohne den Reiz der Frivolität nie ihren Ruhm erlangt hätten.

Bei den Spaniern dagegen, diesem Volk, dem Sittlichkeit, Anstand und edle Manier bis zum Taglöhner herab im Blut steckt, zeigt sich die katholische Ritterpoesie mit allen ihren Zügen im vollsten Glanze. Calderon, der katholische Dichter κ. ἐξ. tritt hier an erste Stelle.

Hoch wird die Keuschheit gepriesen; so überreicht in den „Locken Absaloms" Teuka dem Amnon, der in Liebe zu ihr entbrannt ist, eine Schwertlilie mit feiner Symbolik:

> Wie sie milden Duft bewahrt,
> So entblättert sie nicht bald!
> Denn das Aussehn — die Gestalt
> Hat sie, wie ihr seht, vom Schwert,
> Und die Kolben hier von Gold,
> Wie ihr Anblick euch verführt,
> Flecken, wie man sie berührt,
> Unbetastet sind sie hold!

In einem der herrlichsten Dramen Calderons „der wunderthätige Magus" ergibt sich der Held Cyprian dem Teufel, um Justina, die Christin, zu gewinnen. Großartig ist die Verführungsscene, in der die höllischen Mächte an der gottgeweihten Jungfrau sich versuchen, wunderbar ist in ihr der Conflikt der Sinnesreize mit einem keuschen Gemüt geschildert.

Der Dämon ruft seine Getreuen zum Angriff:

> Auf, ihr des Abgrunds Mächte,
> Verzweiflungsvolles Reich der Höllennächte!
> Aus eurer Kerkerenge kommt herbei!

Sofort lassen sich im Gemach der Jungfrau lockende Stimmen vernehmen. Truggestalten schweben um ihr Haupt und berücken die keusche Phantasie.

> Eine Stimme ruft:
> Welches sind die schönsten Triebe
> Dieses Lebens?
>
> Chor.
> Liebe, Liebe!
> Alles wird in der Natur
> Von der Liebe Glut getragen,
>
> Menschen leben, wo sie lieben,
> Mehr als wo sie athmen nur.
> Bäum' und Blumen auf der Flur,
> Vögel in der Luft, sie leben
> Ganz der Liebe hingegeben,
> Folglich sind die schönsten Triebe
> Dieses Lebens?

Chor.

Liebe, Liebe!

Justina.

Dunkles Hirngespinnste, das mir
Schmeichelnd nahet, lind und leise,
Welchen Anlaß gab ich dir,
Daß du mich auf solche Weise
Quälst mit feindlicher Begier?
Was verhindert, daß ich bliebe,
Die ich war? Und was für Triebe,
Gluten, Flammen fühlt mein Herz?
Was ist dieser fremde Schmerz,
Der mich ängstigt?

Chor.

Liebe, Liebe!

Justina.

Antwort, glaub' ich, hat mir eben
Jene Nachtigall erteilt,
Die mit treuem Liebesstreben
Lockt den Gatten, der daneben
Auf dem Nachbaraste weilt.
Schweig', o schweige, Philomele,
Daß nicht bei so süßem Harm
Ahnung in mein Herz sich stehle,
Wie erst fühlt des Menschen Seele,
Fühlt ein Vogel schon so warm!
Nein — es war der Rebe Lied,
Die verlangend sucht und flieht,
Bis sie hält mit grünen Sprossen
Den geliebten Stamm umschlossen
Und ihn ganz bezwungen sieht.
Laß es, Rebe, mir zu zeigen
Dein sehnsüchtiges Erwarmen!
Denn mir ahnt bei diesem Neigen,
Wenn sich Zweige so umarmen,
Wie erst Arme sich verzweigen.
Oder war's die Rebe nicht?
War's die Blume, welche immer
Schauend nach der Sonne Licht,
Wendet nach dem holden Schimmer
Ihr verliebtes Angesicht?
Hemm', o Blume, diesen Sinn,
Deiner Schönheit stillen Feind;

Denn es ahnt mein banges Wähnen
Weinen Blätter solche Thränen,
Wie das Aug' erst Thränen weint!
Schweige, Sängerin im Wald,
Los, o Rebe, dein Getriebe,
Wandelbare Blume, halt!
Oder nennt mir die Gewalt
Eures Zaubers?

Chor.

Liebe, Liebe!

Justina.

Liebe? Hab' ich je getrachtet,
Ihr zu huldigen? Eitler Wahn!
Stets vergessen und verachtet
Hab' ich, die für mich geschmachtet:
Lälius, Florus, Cyprian,
Aber weh'! ihr weilet hier,
Habt den Anlaß aufgefunden,
Meine sinnende Begier,
Um so frech mich zu verwunden.

Dämon.

Komm, o komm! ich sag' es dir.

Justina.

Wer denn bist du, der vermißt sich
Einzudringen in dies Zimmer,
Das doch rings verschlossen ist?
Sag', ob du ein Blendwerk bist,
Meines Wahnsinns Truggeflimmer?

Dämon.

Das nicht, aber mich verbindet
Mitleid, da im mächt'gen Streit
Leidenschaft dich überwindet,
Daß ich an den Ort dich leite,
Wo sich Cyprian befindet.

Justina.

Nimmer wird es dir gelingen,
Denn die Qualen der Leidenschaft,
Die mein schwach Gemüt durchdringen,
Konnten zwar den Sinn bezwingen,
Aber nicht die Willenskraft.
Hilf mir, Himmel, daß ich finde
Schutz bei dir vor solchem Wüthen!
Mache, daß der Schein verschwinde,
Wie die Flamme vor dem Winde,
Und wie vor dem Frost die Blüthen!

Justina geht siegreich aus dem Kampf hervor. Als Cyprian den Teufel ob seiner Ohnmacht zur Rede stellt, sagt dieser, daß er über Christen keine Gewalt hat. Cyprian wird nachdenklich und beschließt, sich dem wahren Herrscher der Welt zuzuwenden. Er wird Christ und stirbt mit Justina den Martertod.

Dieses Motiv, der gemeinsame Tod zweier Liebenden an Stelle des Eheglücks, findet sich noch in einem anderen Auto Calderons: „Chrysanthus und Daria, die zwei Liebenden des Himmels" und hat überhaupt in der christlichen Martyrergeschichte mehrfachen historischen Hintergrund. (Außer den Genannten gehören hieher die Legenden der hl. Cäcilia, der hl. Dorothea, der Martertod Sophronias und Olynths, den auch Tasso in seinem befreiten Jerusalem poetisch verherrlicht.)

Chrysanthus und Daria schreiten von der natürlichen zur himmlischen Liebe. Auf dem Schaffot gibt der Martyrer seinem Gemütszustand Ausdruck mit den Worten:

> Wann sah ein Menschenlos sich je verbinden
> Affekte, die einander gar nicht gleich?
> Genügt es nicht, daß Leiden mich erreichen,
> Muß ich sie feindlich selbst einander finden?
> Vom Himmel fleh' ich Leben, zu ergründen
> Mysterien des dreifach Geheimnisreichen,
> Und Tod erseh' ich als der Liebe Zeichen,
> Zu dem der Schönheit Reize mich verbinden.
> Nach Tod und Leben, ob das möglich ist?
> Kann flehend jetzt zu gleicher Zeit ich streben.
> Verlust und Trost will ich zu gleicher Frist?
> Und doch vernünftig fleh' ich, mir zu geben
> So Tod wie Leben, denn der Himmel wird
> Ja höchster Richter über Tod und Leben.

Mehr treten die sinnlichen Gefühle hervor bei Tasso in der parallelen Stelle. Als der Holzstoß um Sophronia und Olynth geschichtet ist, klagt Olynth:

> Ist dies das Band, das mich zu Lebensfreude
> Mit dir verknüpft? Ist dies das Hochzeithaus,
> Die Glut dies, die, wie ich geglaubt, die Brüste
> Mit gleichen Flammen uns entzünden müßte?

Doch bleibt ihm der Trost, daß doch ein Scheiterhaufen, wenn auch nicht ein Bett ihnen vergönnt ist, daß beide der Welt zugleich entrückt, ihre Seelen verhauchen in seligem Bund; so wird ihm himmelfüß die Qual der letzten Stunden. Ernst aber mahnt ihn die Leidensgenoffin:

> Freund! andere Gedanken, andere Klagen
> Aus höherem Grund erfordert jetzt die Zeit.
> Willst du der Schuld nicht denken? Nicht dir sagen,
> Wie reichen Lohn der Herr den Frommen beut?
> In Sorgen, neuem Dulden und durch Plagen
> Streb' auf zu Gottes Thron in Freudigkeit!
> Den Himmel sieh'! wie schön er ist, die Sonne,
> Scheints nicht, sie beut uns Trost und höhere Wonne?

Im „Richter von Zalamea" wird Isabel, die schöne Tochter des Dorfschulzen, ein Opfer gewaltthätiger Soldatenlust. Tiefergreifend ist das rührend schamhafte Geständnis ihrer Entehrung dem Vater gegenüber, von dem sie weiß, wie streng er auf Ehre hält:

> Weh' dem Manne, weh' dem Manne,
> Welcher sinnet, Frauenliebe
> Durch Gewaltthat zu erwerben!
> Denn er merkt nicht, rohen Sinnes,
> Daß des Liebesglücks Triumphe
> Nicht bestehn im Beut' Erringen,
> Sondern darin, eines Herzens
> Freie Neigung zu gewinnen.

Crespo tröstet die Verzagende:

> Kind — richten wird dein Vater
> Und er wird dein Recht dir sichern.

In jener großartigen Unterredung mit dem Verführer, welche ein Bravourstück aller Heldendarsteller ist, bietet Crespo alles auf, um für seine mißhandelte Tochter Genugthuung zu verschaffen. Seine ganze Habe soll ihm gehören, er will sammt seinem Sohn als Bettler davonziehen, ja er will sich sogar auf den Sklavenmarkt führen lassen, um mit dem gelösten Gelde noch die Morgengabe zu vergrößern. Nur:

> Stellet wieder her den Ruf,
> Den Ihr raubtet, nicht bedünkt mich,
> Daß Ihr schadet Eurer Ehre:
> Denn was Euren Söhnen künftig
> Mangeln könnt' an Vorzug, Herr,
> Weil sie Crespos Enkel würden,
> Reichlich ja gewännen sie,
> Weil sie Euch als Vater grüßen.

Es wird sich kaum ein zweites Beispiel solch grauenhaften Humors in der Literatur finden. Crespos Enkel mögen den Makel bäuerlicher Abkunft von mütterlicher Seite tragen, aber sie haben dafür ja zum Vater einen edelgeborenen — Spitzbuben!

Als aber seine demütigen Bitten an dem Felsen des adeligen Stolzes wirkungslos abprallen, da richtet sich der niedergetretene Bauer in seiner vollen Würde auf: nun steht statt des flehenden Bittstellers der Richter von Zalamea da, der den Schuldigen durch seine Bauern ergreifen läßt und zum Tod verurteilt. Selbst dem ankommenden General, der dem „starrsinnigen Bauern" die Standesbegriffe des Ritters beibringen will, entgegnet er:

> Freilich ist's ein stierer Bauer,
> Aber fällt dem Starrkopf ein,
> Daß er den dort hängen lasse,
> Glaubt bei Gott, daß er's vollbringt!

Isabel tritt in ein Kloster, „wo sie einen Bräutigam findet, der nicht achtet auf den Stand."

Nur die tiefe katholische Überzeugung von der Erhabenheit einer Jungfrauenseele konnte den adeligen Dichter, der sonst so streng auf Ritterehre sah, dahin bringen, seine Standesvorurteile soweit zu vergessen, daß er einen Standesgenossen eine so klägliche Rolle spielen ließ und einen Proletarier in fast tendenziös demokratischer Weise so siegreich über den Geburtsrang erhob. Heyse's „Hans Lange" trägt viele Züge von dem stolzen Bauernschulzen Calderons, aber er steht in Charakter und Situation viele Stufen tiefer.

Lope de Vegas „König und Bauer" (von Halm sehr feinsinnig deutsch bearbeitet) behandelt ein ähnliches Thema, den Standesgegensatz zwischen Ritter und Bauer.

Rosanne, die Tochter des reichen Bauern sagt dort dem caressirenden Ritter:

> Wenn Euer Sinn nicht nach Vermählung trachtet,
> Wie kann ich Eure Liebesglut erwiedern?
> Und unvermählt zur Schande mich erniedern
> Sollt Ihr nicht, noch ein Andrer! Wenn auch gleich
> Ein Bauer nur mein Vater, ob zwar reich
> Und reicher als im Lande einer wäre:
> Die reichste Mitgift bleibt mir, Herr, die Ehre.

Auch Calderon sagt:

> Ist die Schönheit bei den Frauen
> Eins doch mit der Sittsamkeit!

Cervantes, der dritte große Spanier, ist von demselben sittlichen Geist beseelt. In der Vorrede seiner „moralischen Novellen" sagt er: „Überzeugte ich mich, daß die Lektüre dieser Novellen ihre Leser zu einem bösen Wunsch oder Gedanken verleiten könnte, so wollte ich mir lieber die Hand, womit ich sie geschrieben, abhauen, als sie der Öffentlichkeit übergeben; mein Alter ist nicht mehr so, daß ich mit dem anderen Leben spaßen könnte, denn ich stehe im 64. Jahre und lebe von meinen Schriften."

Spielt auch die Muse des großen Humoristen mehr ins Schalkhafte, so doch nie ins Frivole und Cynische[1]). Zwar die goldene Zeit der naiven Ritterpoesie ist jetzt unwiederbringlich dahin, die den gläubigen Lesern aufbinden konnte, daß ein sechzehnjähriger Knabe einem Riesen, so groß wie ein Thurm, einen Hieb versetzt, der ihn in zwei Hälften spaltet, als wäre er von Teig, daß ein einziger Ritter ein ganzes Heer besiegen kann (Rüdiger im „rasenden Roland" besiegt ein Heer von 20,000 Griechen allein!), daß die Erbin eines Königs- oder Kaiserreichs einem fremden, unbekannten Ritter sich in die Arme wirft und ähnlichen Unsinn. Diesen Rittergeschichten hat Cervantes' unsterblicher Roman für immer ein Ende gemacht; hier ist der Held nicht ein edler Recke, der Riesen und Drachen bezwingt, sondern ein Narr, der, verblendet von der Lektüre alberner Romane, auszieht, um in einer gänzlich prosaischen Zeit, in der die Polizei schon Machtbefugnisse hat, Abenteuer zu verüben, Ritterdienste gegen Frauen und Unterdrückte zu üben, die stets zum Nachteil des uneigennützigen Ritters ausfallen, ohne dessen unverwüstlichen Idealismus zu curiren. So grelle satirische Streiflichter aber auch auf das Lächerliche der alten ritterlichen Frauenminne fallen, so edel und keusch zeigt sich doch wieder der Sinn des Dichters, wo es sich um wahre Ritterlichkeit, namentlich um Achtung vor jungfräulicher Tugend handelt.

Marcella verteidigt sich gegen den Vorwurf, den verliebten Chrisostomo in den Tod getrieben zu haben, in folgender beherzigenswerter Weise: „Der Himmel hat mich schön geschaffen, so daß ihr zur Liebe bewogen werdet, und von mir Gegenliebe verlangt. Ich weiß nun wohl durch den natürlichen Verstand, den mir Gott gegeben, daß alles Schöne liebenswürdig sei, aber ich begreife nicht, daß man darum,

---

1) Wie innig überhaupt der echte Humor mit der Moral zusammenhängt, habe ich in meinem Werkchen: „Das Wesen des Humors" bei Dr. Lüneburg in München 1896 eingehend gezeigt.

weil man geliebt wird, den wieder zu lieben verpflichtet sei, welcher liebt. Es könnte sich ja treffen, daß der Liebhaber des Schönen häßlich wäre; da nun das Häßliche Abscheu verdient, geht es nicht an zu sagen: Ich liebe dich, weil du schön bist, und du mußt mich wieder lieben, obschon ich häßlich bin. Aber selbst, wenn Schönheit auf beiden Seiten gleich ist, muß nicht auch das Verlangen gleich sein; denn nicht alle Schönheiten machen verliebt; einige erfreuen das Auge, ohne zugleich den Willen zu bezwingen. Denn wenn alle Schönheiten Liebe erregten und das Herz fesselten, kämen alle Wünsche so in Verwirrung und einander so in die Quere, daß man nicht wüßte, wo sie festen Fuß fassen sollten."

Ein interessantes psychologisches Thema behandelt die eingeschobene Novelle von jenem Anselmo, der seine Frau in der Treue erproben will, und daher seinen Freund Lothario beredet, derselben den Hof zu machen. Vergebens macht ihm dieser gegen ein so gefährliches Beginnen die vernünftigsten Einwände: die Ehre seiner Frau stehe rein und makellos da; es sei doch widersinnig, ihr Hindernisse in den Weg zu legen, über die sie straucheln könnte; eine richtige Erziehung müsse im Gegenteil der Tugend allen Anstoß aus dem Wege räumen, damit sie ohne Beschwer die Vollendung erreiche, die noch fehle. Eine tugendhafte Frau gleiche einem Spiegel von glänzend reinem Krystall, der aber der Gefahr ausgesetzt ist, durch jeden Hauch, der ihn berührt, befleckt und verdunkelt zu werden. Mit einem sittsamen Weibe müsse man umgehen wie mit Reliquien, die man verehren, aber nicht berühren dürfe; eine tugendhafte Frau müsse man bewahren und schätzen, wie man einen schönen Garten bewahrt und schätzt, der voller Blumen und Rosen steht und dessen Besitzer nicht erlaubt, daß man hintrete und sie betaste; nur aus der Ferne durch die Eisenstäbe dürfe man ihren Duft und ihre Schönheit genießen. Auch sei diese Versuchung seiner eigenen Ehre, wie der seines Freundes nachteilig; falle seine Frau, so werde man ihn wegen seiner Nachlässigkeit als schlechten Gatten betrachten. Den triftigsten Grund, daß er nämlich selbst nicht wohl im stande sei, den Reizen einer schönen Frau, die er zu gewinnen sich anstellen solle, zu widerstehen, verschweigt der beredte Freund. Aber der hartnäckige Ehemann läßt nicht nach und so geht die Komödie an. Richtig kommt es, wie es kommen mußte, die vordem keusche und tugendhafte Frau wird durch die steten Angriffe und die gleichzeitige Vernachlässigung seitens ihres Mannes in eine richtige

Rolette verwandelt, die ihrem Mann die schönsten Hörner dreht und
meisterhaft die verfolgte Unschuld zu spielen weiß. Lothario aber be-
theuert dem guten Freund, daß alle seine Kriegswaffen vergeblich seien
und daß er an seiner Gattin das trefflichste Weib besäße, das je gelebt. Jemehr der Hausfreund ihn entehrt, desto mehr macht er ihn
glauben, seine Ehre steige immer höher, und jede Stufe, welche Camilla tiefer hinab kommt gegen den Abgrund der Berächtlichkeit, dünkt
dem Hahnrei eine Staffel zum Gipfel der Tugend und des Ruhmes.
Schließlich kommt der ehebrecherische Freund, der einmal den Liebhaber der Magd, die es natürlich der Herrin nachmacht, hinaus-
schleichen sieht, zu dem Verdacht, die Frau betrüge auch ihn mit einem
neuen Geliebten; denn „dies ist eine Folge der Schlechtigkeit eines
ungetreuen Weibes, daß sie den Glauben an ihre Ehre auch in der
Meinung dessen verliert, dem sie sich auf Bitten und Überredung hin-
gegeben hat, und dieser glaubt, sie werde sich mit noch geringerer
Schwierigkeit jedem anderen an den Hals werfen." Aus Zorn darüber entdeckt er Anselmo die Untreue, aber nicht seine Schuld, sondern
nur, daß ein Liebhaber eingehe. Er gedachte damit des Nebenbuhlers
ledig zu werden, da Camilla doch nichts gegen ihn gestehen werde.
Aber durch die Magd kommt alles an den Tag und die Geschichte
endet mit Zerrüttung des Familienlebens und mit Todfeindschaft zweier
ehedem inniger Freunde. (Paul Lindau hat in den „beiden Leonoren"
das Motiv wieder aufgenommen, aber die Katastrophe gerade noch im
rechten Zeitpunkt Halt machen lassen.)

Das Unwahrscheinliche an dem interessanten Thema ist immer
das Verhalten des getäuschten Ehemannes.

IV. Das Zeitalter der Reformation.

Eine jede Zeit lebt sich aus. Es kann der Ideengehalt und
sittliche Fond, von dem das Volk zehrt, sein, der sich nach und nach
erschöpft und einem neu auftauchenden Ideengang gegenüber als un-
genügend und widerstandsunfähig erweist. So war es bei dem Untergang der antiken Welt gewesen, wo noch dazu alles Große und Erhabene, was die alte Welt besaß, in die christliche Periode mit herübergenommen werden konnte: die Kunst, das politische Gefüge (selbst
für den kirchlichen Grundbau), ein großer Teil der Ethik und Philosophie und für das Übrige wenigstens das formale Gewand,
so daß dem heidnischen Altertum keine Daseinsberechtigung mehr

blieb, in der es der Menschheit selbstständig etwas bieten konnte.
Es kann aber auch die Form sein, in der eine Ideenwelt gefaßt
wurde, die sich für den Geist als zu eng und nur für eine gewisse Stufe der Cultur- und Völkerentwicklung zugeschnitten heraus-
stellt. Um dieses allein konnte es sich bei der großen Umwälzung der
Reformationszeit handeln. Es kann nicht die Rede sein, als ob mit
dem Auftreten der Reformatoren eine durchaus neue Religion, eine
höhere Offenbarung, welche die bisherige derogirte, geboten werden
sollte. Die Männer, die gegen das Alte ankämpften, gaben sich ja
selbst nur als Wiederhersteller der alten christlichen Wahrheit, die ihrer
Ansicht nach durch Menschengeist und falsche Satzungen entstellt worden
sei; sie wollten nicht wie die ersten Christen den Heiden eine neue Weltanschauung, die mit dem Götterglauben der Alten absolut unverträglich war, entgegenstellen, sondern nur eine bessere Form für die unver-
welkliche christliche Idee bieten; daher sie auch im Anfang und noch
lange keineswegs eine wirkliche Separation anstrebten, sondern eine
Zustimmung der kirchlichen Autorität zu ihren Anschauungen und eine
Reform der ganzen Christenheit auf ihrem Standpunkt keineswegs für
unmöglich hielten.

Von zwei Seiten, die unter sich nicht zusammenhingen, ja eigentlich feindlich zu einander standen, wenn sie sich auch aus Opportuni-
tätsgründen zeitweilig verbanden, wurde die mittelalterliche Form des
Culturlebens untergraben: von einer profanen und einer religiösen.
Die erstere hatte wieder zwei Abzweigungen: eine ästhetische, die
Bewegung der Renaissance, die auf Wiederbelebung der alten Kunst-
formen ausging, und eine naturphilosophische, welche der scho-
lastischen Begriffsmetaphysik gegenüber eine ganz neue Methode der
Naturforschung und weiterhin der Philosophie überhaupt entgegenstellte
und vor allen Dingen auf Ablösung der profanen Wissenschaften aus
dem Bann der Theologie drang. Während diese beiden Richtungen
gemäßigter auftraten, mit der Kirchenautorität sich im Ganzen vertrugen
und dieser erst in moderner Zeit zu gefährlichen Gegnern erwuch-
sen, trat die religiöse Gegenbewegung viel einschneidender und schroffer
auf und führte trotz der gemeinsamen Grundlage zu vollständigem
Bruch und langem blutigen Ringen, dessen schmerzliche Rückschläge wir
heute noch empfinden.

Der eigentliche Grundgedanke der Reformation war die Lehre
von einem unmittelbaren persönlichen Verhältnis des

Christen zu Gott ohne Zuhilfenahme einer Kirche. Daher der mächtige Freiheitszug in der neuen Bewegung: Glaube, Leben und Seligkeit stehen auf eigener individueller That. Keine äußere Vermittlung durch Kirche und Tradition, durch besonders geweihte und bevollmächtigte Priester, durch magisch wirkende Sakramente! Während der katholische Christ auf Schritt und Tritt die Kirche und ihre Heilmittel benöthigt, während nach Augustin Gott Niemand zum Vater haben kann, der nicht die Kirche zur Mutter hat, macht der Protestant seine Sache mit Gott allein ab und braucht keinen Dritten. Die Kirche ist ihm eine Abstraktion, keine wirksame Macht, in ihr gibt es keinen bevorzugten Rang, der Gnade verleihen könnte. Der Geistliche ist nur Prediger, also das, was er aus eigener natürlicher Kraft vermag, und bei einzelnen Sekten ist selbst dieses Amt kein festes, sondern jeder, den der Geist treibt, darf es versehen.

Die Reformation bedeutete eine Verselbständigung des Einzelnen; jeder ist nun Theolog und Forscher in der Schrift, die das einzige Inventar ist, das aus dem alten Kirchenbau mit herübergenommen wird, jeder ist sein eigener Priester und Seligmacher. Während die alte Kirche vor Allem Gehorsam und Glauben an ihre Wahrheiten verlangte und die Einzelnen der Mühe, diese zu suchen, überhob, spannte die neue Lehre die ihr Angehörigen geistig gewaltiger an; Selbstdenken, Schriftstudium und Kritik gewinnen weit höheren Spielraum. Während die alte Kirche die Thätigkeit des Einzelnen mehr in der Richtung des Handelns, der Werke, weckt, so hat die neue Bewegung ihr Schwergewicht im Intellektuellen; denn es handelt sich für sie ja erst um Aufsuchung der göttlichen Lehre, die sich in der Schrift, dem einzigen Organ, dem sie Autorität schenkte, nicht mühelos und von selbst bot.

Daher das rege geistige Leben und der starke Freiheitszug, welcher der Reformation von Anfang an innewohnt. „Freiheit vom Gesetz!" wird die Losung. „Die Freiheit eines Christenmenschen" ist die erste größere Schrift Luthers des Reformators, er versteht darunter Freiheit von den traditionellen Satzungen, von kirchlichen Leistungen, wie Ablaß, Sündenbuße, Beicht, durch welche „Werkheiligkeit" die Verzeihung Gottes gleichsam erhandelt werden sollte, und namentlich Freiheit von der kirchlichen Autorität. Ihr gegenüber erklärt er sogar die weltliche Obrigkeit für berechtigter und höher. Die weltliche Gewalt habe das Recht, Geistliche zu strafen und abzusetzen. Denn die

kirchliche Gewalt habe sich selbst aufgeworfen und ihr Regiment einge-
setzt wider Gott und Menschen. Sie regiere wie der Tyrannen Art
nur aus Gottes Zorn. Die weltliche Hoheit aber sei aus Gottes
gnädiger Ordnung, die Bösen zu drücken und die Frommen zu
schützen.

Da aber die kirchlichen Werke mit den guten Werken überhaupt innig zusammenhingen, so vollzog sich mit der Diskreditie-
rung der ersteren unvermerkt auch eine Verachtung der anderen. Die
Freiheit wurde immer stärker und übermütiger betont, die Leistung
immer weiter eingeschränkt bis auf die innerste, einfachste und ab-
strakteste Handlung, die kaum noch That mehr genannt werden kann:
den inneren Glauben und die Zuversicht, die aus demselben entsprang, welcher Zuversicht die Kraft zugetraut wurde, alle Sünden aus-
zulöschen oder wenigstens ihre Zurechnung unwirksam zu machen. Im
Handumdrehen ist so aus der Betonung der lebendigen sittlichen That
gegenüber gedankenlosem Formenwesen die Verachtung und Entwertung des gesammten sittlichen Lebens geworden. Schon
in der „Freiheit eines Christenmenschen" (1521) herrscht ein durchaus
antinomistischer Zug. Unter Gesetz versteht Luther nicht etwa analog
Paulus das kirchliche Ceremonial- und Opfergesetz, sondern offen und
unzweideutig das Sittengesetz. Das Gesetz und die sittliche Norm
erscheint durchweg nur als lästige Bürde, die den freien Aufschwung
zu Gott hemme und für das übernatürliche Leben völlig wertlos
sei. „Das ist die christliche Freiheit: der einzige Glaube, der
es macht, daß wir keiner Werke bedürfen zu Frömmigkeit und Seligkeit. Denn kein gutes Werk hängt an dem göttlichen Wort, wie der
Glaube, kann auch nicht in der Seele sein, sondern allein das Wort
und der Glaube regieren in der Seele. Zwar soll der Christ an
seinem Leben arbeiten, zuvor an seinem eigenen Leib, aber fromm
wird er nicht dadurch; ja wenn er nicht zuvor glaubt und Christo
gehört, wären diese Werke nichts, sogar sündlich und verdammlich." In den Tischgesprächen heißt es weiter: „Wenn man des Gesetzes gleich am Besten braucht, und es auch sein Bestes thut, vermag
es doch nicht mehr noch anderes zu thun als anklagen, schrecken, ver-
dammen, töten. Aber ob du gleich des Gesetzes Schranken fühlst, sollst
du doch sagen: Frau Gesetz, ich höre dich nicht. Denn du hast eine
schwere, unfreundliche Sprache; zudem ist nun die bestimmte Zeit erfüllt, wie Skt. Paulus Gal. 4, 4 sagt, darum bin ich frei und will

beine Gewalt nicht länger leiben. Ein jeder Gottselige und der ein rechter Christ werden will, soll wohl lernen, daß das Gesetz und das Evangelium zwei ganz widerwärtige Dinge sind, die sich mit oder neben einander nicht leiden noch vertragen können. Wenn Christus gegenwärtig ist, soll das Gesetz ihm gewiß nicht herrschen, sondern weichen und Gott allein das Bett lassen, welches zu eng und die Decke zu schmal ist, denn daß zwei darin sich vertragen möchten, wie Isaias 28, 20 spricht. Darum soll er allein recht haben und herrschen in Gerechtigkeit, Sicherheit, Freudigkeit und Leben, auf daß das Gewissen mit aller Freude in Christus entschlafe, keines Gesetzes, noch Sünde, noch Todes gewahr werde." . . . . „Die Gedanken und Disputationen vom Gesetz soll man austreiben; wenn das Gewissen erschreckt wird und Gottes Zorn fühlt, soll man dafür singen, essen, trinken, schlafen und fröhlich sein, dem Teufel zu Trotz."

Am schlimmsten ist, was Luther über das Geschlechtsver-hältnis sagt: „Wenn ein tüchtiges Weib einen untüchtigen Mann hat, so soll sie zu ihm sagen: Sieh, lieber Mann, du kannst mein nicht schuld werden und hast mich um mein junges Leben betrogen, dazu in Gefahr der Ehr und Seligkeit gebracht (!) und ist vor Gott keine Ehe zwischen uns beiden: vergönne mir, daß ich mit deinem Bruder oder nächsten Freund eine heimliche Ehe habe und du den Namen hast, auf daß dein Gut nicht an fremde Leute zu erben komme, und laß dich wiederum willig betrügen durch mich, wie du mich um meinen Willen betrogen hast. So sprach ich früher, ferner: daß der Mann schuld ist, sie zu verwilligen und ihr die eheliche Pflicht und Kinder zu verschaffen; will er das nicht thun, soll sie heimlich von ihm laufen in ein anderes Land und daselbst freien. Solchen Rat habe ich zu der Zeit gegeben, da ich noch scheu war (!), aber jetzt will ich daß drein raten und einem solchen Mann, der ein Weib also aufs Narren-seil führt, in die Wolle greifen: Die Ehe ist ein äußerlich leib-lich Ding, wie andere weltliche Hantierung. Wie ich mit einem Heiden, Juden, Türken mag essen, trinken, so mag ich auch mit ihm ehlich werden." [1]

---

1) Luthers Anschauung von der Ehe steht tief unter dem Ehebegriff des heidnisch-römischen Staates, denn im römischen Recht ist die Ehe bezeichnet als conjunctio maris et feminae, consortium omnis vitae, divini et hu-mani juris communicatio.

Dann folgt das bekannte: „Will die Frau nicht, so komm die Magd."

Die Jungfräulichkeit, die selbst den Heiden ehrwürdig war, wird von Luther fast als das schändlichste Werk gebrandmarkt.

„Wenn die kluge Hure, die Vernunft (!), das ehliche Leben ansieht, so rümpft sie die Nase und spricht: Soll ich Kinder wiegen, Windeln waschen, Bett machen, Stank riechen, nachtwachen u. s. w., es ist besser frei bleiben und ohne Sorge ein ruhig Leben führen." (Kurz zuvor aber sagte er, es sei entsetzlich, Brunst zu leiden und die Wolluft zu beherrschen!) „Was sagt aber der christliche Glaube dazu? Er thut die Augen auf und sieht all diese verachteten, unlustigen geringen Werke im Geist an und gewahrt, daß sie all mit göttlichem Wohlgefallen als mit köstlichem Gold und Edelstein geziert sind. Darum sage ich, daß alle Nonnen und Mönche, die ohne Glauben sind und sich ihrer Keuschheit und ihres Ordens trösten, nicht wert sind, daß sie ein getauftes Kind tragen, oder ihm einen Brei machen sollen, ob es gleich ein Hurenkind wäre (!). Ursach: Ihr Unorden hat kein Gottes Wort für sich, mögen sich darum nicht rühmen, daß Gott gefalle, was sie thun, wie ein Weib thun kann, wenn sie gleich ein unehlich Kind trägt!"

Dann bespricht er auch die angeblichen körperlichen Nachteile des Cölibats und rühmt die fruchtbaren Weiber als viel gesünder und reinlicher, denn die unfruchtbaren. „Ob sie sich auch müde und tot tragen, das schadet nicht: laßt sie nur tot tragen, sie sind dazu da!! Es ist besser, kurz und gesund als lang und ungesund leben."

Diesem rohen Cynismus ist wohl nichts beizufügen. Endlich hat Luther doch Werke entdeckt, die nicht wie Beten, Almosen, Fasten, Keuschheit „sündlich und verdammlich", sondern „mit göttlichem Wohlgefallen als mit köstlichem Gold und Edelstein geziert sind"! Und welches sind diese mit Unrecht so „verachteten und unlustigen (?) Werke"? Die Werke des Fleisches. Und das soll die Lehre des „christlichen Glaubens" sein!!

Der Protestantismus erweiterte die Moral bis zur Confusion mit dem Vergnügen. Den Mut zur Sinnlichkeit hieß man damals „evangelische Freiheit".

Man muß, um solche Reden, die an Wahnsinn grenzen und das Schlimmste übertreffen, was über das Geschlechtsverhältnis selbst im

modernen Libertinismus gesprochen wurde, richtig zu würdigen, im
Auge behalten, wie geistlos die ascetischen Übungen im damaligen
Clerus geworden waren. Die erhabenen Institutionen, Cölibat,
Mönchtum, Exercitien waren geblieben, aber der Geist war entflohen.
Was sollte die äußere Form, wo das Ideal nicht mehr lebendig in
Herz und Gesinnung wirkte? Was nützte der Cölibat, wenn dafür
Habsucht, Prasserei und Müßiggang grassirten? (Wie es übrigens mit
dem Cölibat selbst in Klöstern stand, beweisen die damaligen Kloster-
berichte und speziell Luthers eigene Geständnisse.) Was sollte der
Mönchshabit für Achtung einflößen, wenn man damit den Gedanken
ewiger Faullenzerei, Bettelsucht und unerträglichen Hochmuts verbinden
mußte? Gerade was die Stifter der Bettelorden zum Grundsatz erhoben: nur von frommen Gaben zu leben, um ja die Anhäufung von
Reichtümern zu verhindern, mußte jetzt zum Fluch werden und Haß
und Unmut beim ausgesaugten Volk erregen. Als zur Zeit der Thesen
Luthers ein Franziskaner bei einem Schmied terminierte, sagte dieser,
er möge doch durch ehrliche Arbeit sich sein Brob verdienen. Sofort
warf der Bruder die Kutte ab und bot sich ihm als Knecht an. Dieser
Vorfall, der rein moralisch genommen in Bezug auf den Franziskaner
als ein Fortschritt zu betrachten ist, gibt ein sprechendes Bild von dem
geistigen Zustand der meisten damaligen Klöster. Wäre etwas von
dem erhabenen Geist des hl. Franz von Assisi noch in jenem Klosterbruder gewesen, so hätte er gesagt: „Lieber Freund! Du meinst, daß
ich ein unnützes Glied der Gesellschaft bin, weil ich bettle? Du irrst;
das Stück Brob, das du mir reichst, wird hundertfach aufgewogen durch
das Beispiel, das ich dir gebe, durch das aneifernde Musterbild der Demut, der höchsten Entbehrung und Reinheit, durch den Trost der Him-
melshoffnung, den ich dir spende. Siehst du nicht, daß ich die
schwerste, edelste und verdienstvollste Arbeit übernommen habe, Seelen
für den Himmel zu gewinnen? War Jesus ein Müßiggänger, waren
die Apostel, die die Welt bekehrt, faule Bäuche? Wir verrichten alle
Arbeit, die ihr thut, dazu aber noch die, welche euch Weltmenschen
unmöglich und übermenschlich scheint." Franz von Assisi hatte seine
Schüler auf's Betteln verwiesen, weil er den Geist der Erwerbsucht,
sogar der rechtmäßigen Erwerbsucht tilgen wollte. Weil er den Geiz
als das „Sakrament des Teufels" verabscheute, hatte die Armut
als Braut erwählt, aber nicht den Müßiggang. Unermüdlich thätig
sein in allen Zweigen der Arbeit sollten seine Schüler, aber das Er-

trägnis ihrer Arbeit sollte unentgeltlich den Armen wieder zu gut
kommen. Wie er selbst von milden Gaben lebte, so wollte er das in
Gott Gegebene doppelt und dreifach wieder geben, um durch dieses
gegenseitige Schenken auf beiden Seiten Verdienstlichkeit und Liebes-
eifer zu wecken.

Indem nun der Protestantismus gegen die Auswüchse des Kloster-
lebens, die Cumulation von Pfründen u. s. w. kämpfte, vernichtete er zugleich die hohen Ideale der christlichen Räte, die stets als der Gipfel der
Vollkommenheit gegolten hatten und drückte das Tugendleben mit ausdrücklicher Verkennung der biblischen Grundlehre zu jener Philister-
haftigkeit herab, die bis auf den heutigen Tag die Signatur der protestantischen Rechtgläubigkeit bildet. Es ist ein Lieblingsexempel Luthers, daß einmal ein Bischof eine Offenbarung erhalten habe, wie er
beim Eintritt in die Kirche den Würdigsten seiner ganzen Gemeinde
erkennen könne. Als solcher erwies sich nach den angegebenen Zeichen
ein einfacher Bauer. Auf die Frage, was er denn Hohes gethan habe,
um als der Erste zu gelten, habe dieser geantwortet, er wisse nichts
besonderes, er habe seine Arbeit verrichtet, geheiratet, Kinder ge-
zeugt und im Übrigen auf Gott vertraut. Das Kinderzeugen ist besonders hervorgehoben, fast als ob in der Hochstellung dieses Bauers
dieses Verdienst den Ausschlag gegeben habe. Man erinnert sich an
Luthers Gestattung der Doppelehe für den Landgrafen Philipp, zu
seines „Leibes Heil und seiner Seele Seligkeit"! Luther
geht in der Glorifizierung der Sinnlichkeit so weit, daß er in Verkehrung aller vernünftigen Anschauungen den Geschlechtstheilen sogar einen
besonders hohen Rang und Vorzug vor den übrigen Gliedern zuteilt,
was an die Phallusverehrung der Alten erinnert. Man muß auf Luthers Lebensgeschichte zurückgehen, auf seine Anfechtungen, auf die
Peinen, die ihm sein verfehlter Beruf bereitete, um den tiefen Haß
gegen das Klosterleben und dessen drückende Forderungen zu begreifen.
Nur so begreifen sich Äußerungen und Tendenzen, die das natürliche
Gefühl auf's Tiefste verletzen und den Protestantismus hinsichtlich der
Sittenlehre weit hinter alle übrigen Religionen, selbst hinter den Mu-
hamedanismus zurückwerfen, der doch Fastenübungen und in den Der-
wischen und Büßern selbst den Cölibat kennt. Während das Christentum beim Eintritt in die Welt ganz besonders durch die Höhe seines
sittlichen Standpunktes, die ideale Reinheit des jugendlichen und Familienlebens imponirte und diese Tugendgröße als unerläßliche Begleit-

und Fruchterscheinung seiner Lehre betrachtete, trat die Bewegung, die mit dem Anspruch auftrat, das reine Christentum herzustellen, mit offener Opposition gegen diese geradezu als Lebensessenz zu bezeichnenden christlichen Tugendrichtungen auf. Es ist auch keineswegs zufällig, daß die drei Hauptbollwerke der Reformation: Preußen, England und Hessen durch Fleischessünden dem Katholizismus entfremdet wurden.

„Der Protestantismus", sagt Schopenhauer, „hat, indem er die Ascese und deren Centralpunkt: den Cölibat eliminirte, eigentlich schon den innersten Kern des Christentums aufgegeben und ist insofern als ein Abfall von ihm anzusehen. Auch äußerlich hat sich dieser bald eingestellt in dem Übergang zum platten Rationalismus, diesem modernen Pelagianismus, der am Ende hinausläuft auf die Lehre von einem liebenden Vater, der die Welt gemacht hat, damit es vergnügt darauf zugehe, und der, wenn man nur in gewissen Stücken sich seinem Willen anbequemt, nachher für eine viel himmlischere Welt sorgen wird. Das mag eine gute Religion für comfortable, verheiratete, aufgeklärte Pastoren sein, aber das ist kein Christentum."

„Die Reformation", sagt Pastor Culman, „hat die verschüttete Grundlage alles christlichen Lebens: die Rechtfertigung aus dem Glauben, wieder ans Licht gebracht, aber die Idee der Heiligung, der Gottebenbildlichkeit bei seite gelassen. Kein Wunder, daß die Ethik ein dürres Zweiglein am Baume des kirchlichen Lebens blieb und die Dogmatik allen Saft absorbirte. Wenn man nicht in der ascetischen Literatur und im Kirchenlied auf frisch sprudelnde Quellen ethischer Erfahrung stieße, möchte man glauben, daß die Kirche eine Wüste geworden, ein Leichenfeld voll dogmatischer Totengebeine."

Der Gedanke der V o r b i l d l i c h k e i t C h r i s t i, wie er die katholische Ethik von Anfang an grundlegend durchzieht, die Idee, daß das absolute Ideal alles menschlichen Wirkens bereits vollendet und lebendig gegeben ist, wir dasselbe also nur zu kopieren haben (während der „Weise" der griechischen Philosophen immer ein schemenhaftes Phantasiegebilde blieb), dieser gewaltige Hebel der Nachfolge Christi, wie er allen Ordensstiftungen zu Grunde liegt, verlor für die Reformation alle Bedeutung. Das Christus-Ideal sollte nun keineswegs zur Nachahmung gegeben sein, es stände für die schwachen Menschen viel zu hoch; die Gabe der Jungfräulichkeit sei „außerordentlich selten", „fast nirgends"; ebenso sei Fasten und Beten nur Leibes- und „Seelenfolter";

wenn Luther auf diese Dinge zu sprechen kommt, redet er stets wie
der Klosterbruder Martin 'im Götz von Berlichingen; ja man mußte
nach den Reden der Reformatoren beinahe zu dem Urteil kommen, wie
es ein Controversredner auch wirklich ausgesprochen hat: Christus habe
gefastet, damit wir nicht zu fasten brauchten.

Die Frucht solcher Lehren zeigte sich alsbald in der Verwilderung der Sitten, die in den neuen Gebieten einriß und gegen
die katholisch gebliebenen Länder einen sehr ungünstigen Abstand aufwies.
Luther selbst macht diese schmerzliche Erfahrung viel Verdruß und er
schreibt sie dem Teufel zu, der das wahre Evangelium zu untergraben
suche. Als einmal die Doktorin, seine Käthe, fragte, wie es komme,
daß sie im Papsttum so hitzig, emsig und oft gebetet, jetzt aber in
in ihren Gebeten so kalt sei und überhaupt selten bete, sagte der
Doktor: „Der Teufel treibt seine Diener immerfort, die sind müh-
selig und fleißig in ihrem Gottesdienst, uns lehrt und ermahnt der
hl. Geist zum rechten Gebet, aber wir sind so eiskalt und träg zum
Beten, daß es nirgend fort will." Liebesgaben, Stiftungen, uneigennützige Handlungen, keusches Leben kam immer mehr ab, daher Luther
schließlich seine Prediger mahnt, sie sollten mit dem Gesetz die Gewissen schrecken, demselben Gesetz, dessen Ohnmacht und Unverbindlich-
keit er so oft betont hatte! Das ist, wie wenn man große Leute
mit dem Knecht Ruprecht erschrecken wollte. Wohl sollten gute Werke
auch fürder geschehen, denn „wenn die Seele rein ist durch den Glauben und Gott liebt, so wolle sie auch, daß alle Dinge rein seien, zuvörderst ihr eigener Leib, darum zwingt sie ihren Leib," wie auch Adam
und Eva das Paradies bebauen sollten, nicht als ob das besonders
nötig gewesen wäre, aber nur „damit sie nicht müßig gingen," aber
wenn sofort beigefügt wird: „fromm wird die Seele aber nicht dadurch," so verliert die ganze Empfehlung ihre Kraft. Wer wird sich
um etwas bemühen, was so große, vielfach heroische Kraft erfordert
und doch schließlich nichts nützt, wenn man mit dem Leichtesten von
Allem, was der Mensch thun kann: einem kurzen Glaubensakt, dem
blinden Vertrauen auf Christi Werk den Himmel und alle Seligkeit
der Heiligen erkaufen kann? Wer wird sich Mühe geben, seine Laster
und Leidenschaften zu bezähmen, wenn er als Auserwählter Gottes
ohnehin weiß, daß sein „Dreck nicht stinkt vor Gott"? Wozu den
Dreck wegräumen, wenn er nicht schadet, zumal das Wegräumen eine
riesenhafte, lebenslange Arbeit bedeuten könnte und auch dann den

Erfolg noch nicht sicher verbürgt? Warum nicht lieber nach Luthers
Rat „essen und trinken und fröhlich sein," wenn das Gewissen erschreckt wird und Gottes Zorn wider die Sünde fühlt, zumal man
nicht sicher ist, ob man nicht gleich allen Nonnen und Mönchen mit
all seiner Mühe und rastlosen Sorge nur ein „sündlich und verdammlich Werk" thut, das nicht einmal soviel wert ist als eine Kinderwindel
waschen oder einen Brei anmachen?

Das Beispiel der Reformatoren war auch nicht angethan, zu besonderem Tugendstreben anzulocken. Luther selbst sagt: Wir bekennen
frei und offen, daß wir nicht so heilig sind, wie wir sollen." Flei-
schessinn, Trunksucht, unbändiger leidenschaftlicher Zorn sind böse
Flecken auf dem Charakter des Reformators, wobei allerdings die
Lichtseiten: Uneigennützigkeit, Mannesmut, tiefe Glaubensmystik nicht
vergessen werden dürfen. Mit der Aufrichtigkeit, oder jener „Tauben-
einfalt" dagegen, wie man sie protestantischerseits gerne hervorhebt, ist
es ehrlichen Forschungen gemäß nicht so richtig bestellt. Luther erweist
sich vielmehr als feinen geriebenen Diplomaten, der päpstliche Commissäre
wie fürstliche Persönlichkeiten auf's Schlaueste an der Nase herumzu-
führen verstand, der die Lüge zur Verbreitung des lauteren Evangeliums in ausgedehnter Weise und mit feiner Berechnung auf sein Publikum zu benutzen wußte. Seine Reden und Schriften wimmeln von
erfundenen Stücklein, z. B. von „Hurengeldern", welche die Bischöfe
von den Pfaffen einheben sollten, daher „keusche Pfarrer den Bischöfen
nicht lieb sind, da sie nichts eintragen", von Ablaßgeldern, die alle
Sünden vergäben, „ob gleich Einer die hl. Jungfrau geschwächt habe"
(immer mischt sich die Geschlechtsphantasie in Luthers Reden!), welche
Reue und Buße vollständig überflüssig machten, von Ablaß selbst für
zukünftige Sünden, von Tetzels angeblichem Spruch: sobald der
Pfennig auf den Boden fiele und klappere, führe eine Seele aus dem
Fegfeuer in den Himmel, von dem angeblichen Ausspruch Bischof Al-
brechts von Mainz auf dem Reichstag zu Augsburg: „Ich weiß
nicht, was das (die Bibel) für ein Buch ist; alles was drinnen steht,
ist wider uns" u. s. w. Aber doch ist die Gestalt Luthers noch sym-
pathischer als die des frivolen, lasterhaften Zwingli und des düsteren
unheimlichen Calvin. Ein Vorbild für moralische Verbesserung wird
man von Keinem erholen können.

So zeitigte die Reformation wohl energische Vertiefung in das
Wort Gottes, das in der klassischen Übersetzung Luthers nun allge-

mein zugänglich wurde, regen Geist für die religiösen Heilsprobleme und freiheitliche Entwicklung des Denkens in fruchtbarster Weise auf allen Gebieten des Geistes, aber auch eine Niederdrückung des sittlichen Ideenflugs, was die Antriebe zu heroischem Tugendwirken bedenklich schwächte, ja selbst im alltäglichen Pflichtenleben zur Schlaffheit und Lieberlichkeit drängte. Alles, was Anstrengung und Opfer kostete: Beichten, Bußübungen, Fasten, fromme Stiftungen, Keuschheit wurde abgeschafft, selbst das Gebet auf's Äußerste reduziert. Nur die Sonntage und wenig stehen gebliebene Festtage blieben noch für den Gottesdienst. Auch hier besteht eigentlich die ganze Thätigkeit des Christen im Zuhören der Predigt, der einige Liedstrophen vorangehen. Was sonst den Kernpunkt jedes Cultus, selbst des heidnischen ausmacht, eine mystische Verbindung mit dem Allmächtigen durch eine heilige Handlung, die der Einzelne durch demütige Selbsthingabe sich anzueignen sucht, das fehlt hier gänzlich. Dem Protestantismus fehlt der gegenwärtige Gott, alle Heiligung ist ins Innere, ins eigene Herzenskämmerlein verlegt, es gibt kein opus operatum, kein numen praesens, die Kirche ist kein Gnadenhaus, man geht nur hin, wie man in einen Conzert- oder Vortragsaal geht, um etwas zu hören, an dem man den Geist bilden kann — der protestantische Cultus ist nur eine höhere Sonntagsschule. Daß der Gläubige bei der Liturgie auch selbst etwas leisten soll, daß er nicht als bloßer Consument bastehen soll, für den der Pfarrer alles zu verrichten hat, geht dem Protestanten nicht ein; die stille schweigende Andacht bei einer katholischen Privatmesse wird ihm stets unverständlich sein. Auch das Gebet ist nur so nebenbei und möglichst kurz. Luther spricht einmal in seinen Tischgesprächen von einem Bauer, den sein Pfarrer nicht zum Abendmahl ließ, weil er den Katechismus nicht wußte. Da sprach der Bauer: „Wir brauchen nicht zu beten; darum halten wir euch und geben euch euern Lohn, daß ihr für uns beten sollt." Charakteristisch ist auch und keineswegs zufällig, daß der Protestant selbst bei seinem kurzen Gebet nur steht, nicht kniet — die protestantischen Kirchenstühle sind nur zum Sitzen eingerichtet. Das Knien ist ihm schon zu erniedrigend, selbst seinem Gott gegenüber, daher Friedrich der Große den Gegensatz der drei Confessionen treffend so charakterisirte: „Der Calviner behandelt Gott wie seinen Untergebenen, der Lutheraner wie seinesgleichen, der Katholik als seinen Herrn." So verlor sich das eigentlich Religiöse und Devotionale immer mehr aus der protestantischen Religion und das sittliche Moment wurde stark geschädigt. Wäre nicht doch noch ein starker Fonds von Glaubenslehren aus dem Papsttum mit hinübergenommen worden, der rückwirkend auch auf das ethische Denken läuternd eingreifen mußte und manche mystische Blume von edler Schönheit zeitigen konnte, es hätte schlimm um die Zukunft des reformatorischen Christentums gestanden. Zum Glück war das mystische Element in Luther und seinen Nachfolgern stark genug, um dem radikalen Widerpart zu halten, ja in einzelnen Formen Gedanken von ergreifender Tiefe und Schönheit hervorzubringen. Diese beiden Gegensätze in Luther, die bei ihm ungeschieden neben einander lagen, sonderten sich später von einander; die mystische Seite gelangte im Pietismus durch den edlen Francke, Spener, Zinzendorf u. s. w., die rationale im auflösenden Kritizismus zur Fortentwicklung und Auslebung.

Man sollte denken, wenigstens für das Familienleben sollte die Reformation ein Gewinn und eine Veredlung geworden sein. Wenigstens wird dies stets von den Freunden derselben behauptet. Die Familie sei nun als das höchste und heiligste Institut hingestellt und von dem Makel, den sie im Papsttum als unvollkommener Stand, ja eigentlich nur als „Rettungsanker gegen die Unkeuschheit" getragen, befreit worden. Aber wir sahen schon aus Luthers Worten, wie zweifelhaft es mit dieser Hochstellung des Ehestands aussieht. Wenn man die Ehe als „ein weltlich Ding, wie jede natürliche Hantierung" erklärt, so kann von einer Heilighaltung zunächst unbedingt nicht mehr die Rede sein. Der Ehe ist damit nicht blos die sakramentale, sondern jede Würde genommen und außerehelicher Beischlaf, Ehebruch, willkürliche Scheidung, Polygamie verlieren jedes Bedenken. Luther erlaubte in Consequenz dessen dem Landgraf Philipp die Doppelehe und rechtfertigte sie mit der angeblichen Dispens des Papstes für den Grafen von Gleichen! Hofprediger Zollner willigte darein, daß Friedrich Wilhelm II. eine seiner Maitressen, die Gräfin Voß, neben seiner Frau sich zulegte und segnete die Ehe ein. Der fränkische Kreistag beschloß nach dem dreißigjährigen Krieg, daß jeder neben seiner Frau noch eine zweite nehme, damit die Bevölkerung sich mehre. In Schottland, dem vielleicht reinstreformatorischen Land, gilt eine schriftliche Erklärung an die Geliebte als Ehe und diese kann später öffentlich gemacht werden. Der Schmied von Gretna Green und seine vielbegehrte Thätigkeit sind bekannt. Milton, der fanatische Puritaner, war ein schlechter, tyrannischer Familienvater und Verfechter der Ehescheidung und Bielweiberei.

Und wenn auch die Sitte und die Gesetze der weltlichen Obrigkeit
die schlimmsten Consequenzen verhüten, so nimmt doch schon der
Wegfall des jungfräulichen Standes und die Herabdrückung der Ehe
zu einem reinen Naturgeschäft auch der Reinheit des ehelichen Verkehrs
wichtige Stützen. Wohl ist im katholischen Christentum die Ehe ein
im Verhältnis zum Cölibat niedrigerer Stand, aber mit demselben
Recht, als der protestantische Familienvater sich dagegen entrüstet, daß
man ihn niedriger zu taxieren wagt, als einen Kapuziner, könnte auch
der reiche Banquier sich beschweren und gekränkt fühlen, daß man seine
wirtschaftliche Thätigkeit für minder wert halte, als die vollkommene
Armut der Nonne, die auf eigenen Besitz verzichtet. Solche Prote-
stationen entbehren nicht eines komischen Beigeschmacks und sind eben
Consequenzen der im Protestantismus erwachten Umkehrung der moralischen Werte. Keinem Heiden, so frivol er leben mochte, wäre einge-
fallen, die Befriedigung sinnlicher Lüste für höher zu halten, als den
opfervollen Verzicht auf den stärksten Trieb. Das casta placent superis
ist ein Wort des keineswegs prüden Tibulls und eine Vestalin, eine
Priesterin der Diana, genoß höchster Achtung auch seitens der aufge-
klärten Römer. Die Rede von dem „unsittlichen Cölibat" ist ein Produkt der Reformationszeit und deutet in ihrem Ursprung auf Männer,
die einen keuschen Lebenswandel nicht mehr zu fassen, ja nicht für möglich zu halten vermochten und ihrerseits in einem solchen Stand allerdings nicht anders wie „unsittlich" zu leben fähig gewesen wären. Selbst
Paulsen tadelt den Zusatz von Naturalismus in Luthers „reinem"
Evangelium, der sich so eigentümlich ausnehme, wenn Luther die Werke
des Fleisches als Gebote Gottes und Enthaltsamkeit beinahe als Auf-
lehnung gegen Gottes Wort darstelle, als ob es sich um „Emancipation
des Fleisches durch das Evangelium Christi" handle. Das fehlte noch,
daß man den Cölibat noch als unevangelisch hinstellte und dem Geist
der Welt noch mit religiösen Gründen zu Hilfe käme; unsozial, wirt-
schaftlich schädigend hat man ihn so schon oft genannt.

Wenn von katholischer Seite betont wird, daß die Katholiken in
der Ehe ja ein Sakrament sehen, sie also sogar als heiligen Stand
betrachten und viel höher würdigen als die Protestanten, so erwidert
Hase: Gerade das sei das Beleidigende, die Ehe als an sich unheilig
anzusehen, so daß sie erst gleichsam ihrer Makel entkleidet werden
müßte. Hier liegt die Lutherische Ansicht von dem rein natürlichen
Ding zu Grund; dann ist aber ein Freibrief zu voller zügelloser Frei-

heit in geschlechtlichen Dingen die notwendige Folge und eine Ehe als
feste Institution entbehrt dann überhaupt der Berechtigung. Ehebruch
ist dann nicht blos erlaubt, sondern entbehrt auch jedes Sinnes und
das sechste Gebot ist aus dem Katechismus zu streichen. Denn ein
rein natürlich Ding wie essen, trinken, urinieren ist doch nichts Böses.

Diese niedere Schätzung der Geschlechtsverhältnisse bleibt für die
ganze Folgezeit das Stigma des Protestantismus. „Sich der Buhlerei
ergeben, schimpft nicht", sagt Logau von seiner Umgebung. Selbst
in der pietistischen Form kommt eine Wertschätzung des Cölibats wenigstens offiziell nie zu stande. Auch die Mystiker Jakob Böhme,
Francke, Spener, Claudius, Lavater, die Orthodoxen Harms, Kanne,
Augusti sind verheiratet; bei manchen Conventikeln z. B. den Herrn-
hutern gestaltet sich die Vermählung als tyrannische Verfügung der
Oberen über die erwachsenen Söhne und Töchter; auch das Loos wird
als Mittel gebraucht, um nach biblischem Vorbild den vermeintlichen
W i l l e n d e r G o t t h e i t zu erkunden, wobei nur mißachtet wird, daß
es sich beim Heiraten doch um eine Sache handelt, bei der der Wille
der B r a u t l e u t e in erster Linie in Betracht zu ziehen ist.

Nachahmungen des katholischen Ordensstandes z. B. die Diakonissinnen sind auf protestantischem Boden stets ein dürftiges Gewächs
geblieben und kommen nur als Notstätte in Betracht für die über-
schüssige weibliche Jugend, wobei die Verheiratung stets das sehnsüch-
tige Ziel bleibt. Innerer Antrieb ist sehr selten vorhanden; daher
auch die geringe Achtung des Standes. Den Diakonissenstand zu wählen,
wäre schon für den besseren Mittelstand geschweige dem adeligen eine
tiefe Entwürdigung, während es katholischerseits nichts Seltenes ist,
daß Angehörige gräflichen, ja fürstlichen Geblüts den Schleier nehmen.
Die geringen Antriebe zur Keuschheit, welche der protestantische Jüngling und das protestantische Mädchen aus ihrer Religion schöpfen
können, geben der protestantischen Jugend überhaupt etwas Herbes,
Hartes, Frühreifes; man vermißt hier die Aloysius- und Madonnen-
gesichter, die namentlich in Klosterinstituten so lieblich überraschen und
den Kindescharakter bis ins Mannes- und Frauenalter bewahren.
„Die Genfer Mädchen", sagt Fürst Gallizin, „haben weder den Reiz
der Unschuld noch die Grazie der Sünde." Sittliche Vergehungen
werden selbst beim weiblichen Geschlecht in protestantischen Gegenden
weit milder beurteilt als in katholischen, in vielen Bezirken Nord- und

Mittelbeutschlands nimmt überhaupt Niemand daran Anstoß, wenn Bauernmädchen ein Kind um das andere ledig zur Welt bringen. Gibt es ja Orte, wo es umgekehrt Anstoß erregt, wenn der Bräutigam die ehelichen Rechte nicht anticipiren will, eine Manier, die Montaigne treffend mit dem Gleichnis versinnbildet hat: das heißt den Korb kothig machen und ihn dann über den Kopf stülpen. So verabschiedete eine Bauersfrau einen Freier deshalb, weil er ihre Tochter trotz mehrfach gebotener Gelegenheit nicht berührte. „Er mag sie nicht", folgerte die besorgte Mutter und verbot ihrer Tochter weiteren Verkehr mit einem Menschen, der zum Ehemann so schlechte Garantien gäbe. Wenn Paul Heyse den allgemein beobachteten Zartsinn der italienischen Braut, die dem Verlobten nicht die mindeste Vertraulichkeit gestattet, dadurch verdächtigt, daß er ihn statt aus einem richtigen Sinn und Takt aus dem Mißtrauen hervorgehen läßt, welches das südliche Temperament in seine Kraft setze, die Grenzen einzuhalten, die den Nordländerinnen auch in Liebeständelei fest stünden, so ist das eben echt protestantisch. Ähnlich pharisäisch ist der Vorwurf, den Baur dem Apostel Paulus macht, weil dieser der Jungfrau befiehlt, ihr Haupt in der Kirche zu verhüllen, „als ob Männer und Jungfrauen sich nicht ohne Schamröte ansehen könnten"; darin sieht Baur einen Mangel an sittlicher Kraft. Männer von der sittlichen Kraft eines Baur und Heyse können dies freilich. Armer Apostel Paulus!

Selbst bei hervorragenden Geistern der Reformation finden wir ähnlich wie bei Luther die Tendenz zur Verherrlichung der Geschlechtsübung und zur Brandmarkung der Jungfrauschaft. „Der Herr selbst befiehlt uns zu vermehren, Enthaltsamkeit gebietet nur der Satan, der Feind Gottes und der Menschen", sagt Milton und mit lüsterner Phantasie malt er das Liebesglück der ersten Menschen. Entrüstet wendet er sich an die Heuchler, die von Reinheit, Unschuld voller Strenge reden und unrein lästern, was Gott rein erklärt habe:

> Ehelose Scham, von Sünde nur erzeugt,
> Wie hast du doch das menschliche Geschlecht
> Mit leerem Schein der Reinheit arg verblendet,
> Und aus dem Menschenleben allen Segen,
> Der Einfalt und der Unschuld Glück verbannt!

Auch Hamann, einer der eigentümlichsten und scharfsinnigsten Denker und strenggläubiger Lutheraner, trägt diesen faunischen Zug.

Er verdächtigt die Schamhaftigkeit geradezu als etwas Unnatürliches.
In der Zeugung sei der Mensch gottähnlich als Schöpfer und Vermehrer der Menschheit. „Woher kommt's", fragt er, „daß wir uns jener
Gleichheit mit Gott als eines Diebstahls und Raubs schämen?
Ist nicht diese Scham ein heimlicher Schandfleck unserer Natur und
zugleich ein stummer Vorwurf ihres Herrn, des weisen Schöpfers?
Ein angeborener, allgemeiner Instinkt ist es nicht, wie aus dem Bei-
spiel der Wilden, Kinder und cynischen Schule zu ersehen (!?), son-
dern eine anererbte Sitte. Vater sein ist die höchste Autorschaft und
ein ebensogroßes Geheimnis, ja die beste Schule der beiden äußersten
Tugenden: Demut und Sanftmut." Hamann selbst lebte in wilder
Ehe mit seiner Magd.

Auch wo auf protestantischem Gebiet Ansätze zur Ascetik sich her-
vorwagen, die über religiöse Betrachtungen und Bibelstudium hinaus-
gehen, bleibt die Disciplin des Geschlechtstriebes, auch nur die Ein-
schränkung des ehelichen Verkehrs, stets außer jedem Betracht. Be-
mühungen in dieser Hinsicht, wie neuestens von Björnson gehen stets
von freisinniger Seite aus, nicht von protestantisch-confessioneller. Gestattete ja das Consistorium den Pastoren in offenem Widerspruch mit
1. Timoth. 3, 2; Tit. 1, 6 die mehrfache Verheiratung.

Besonders instruktiv ist für Beurteilung der Sittlichkeit in protestantischen Gegenden das Referat, das 1894 aus den Berichten von
über 1000 Landpfarrern auf die Anfrage der Conferenz der deutschen
Sittlichkeitsvereine zu Colmar zusammengestellt wurde.

„Es ist kein erfreuliches Bild, das vor unseren Augen entstanden
ist," sagt der Schlußbericht, „ein Bild, in dem wenig Licht- und viele
Schattenseiten sich finden und der Schatten ist oft so dunkel und
traurig, daß wir unser Auge verhüllen möchten, um nichts davon zu
sehen. Unter sehr beklagenswerten Verhältnissen wächst die ländliche
Jugend auf. In diesen armen Kindern, die von früh auf mit ihren
Eltern, sogar fremden Leuten, Knechten, Mägden in einem Raum,
ja Bett nächtigen, die fast überall Hilfe leisten bei der Begattung der
Tiere, die beständig das schlechte Beispiel der Eltern und erwachsenen
Jugend vor Augen haben, muß ohne Frage das Schamgefühl abge-
stumpft werden, sie müssen sittlich verrohen und verwildern. Das gilt
besonders von den sich selbst überlassenen Hütekindern. Der geschlechtliche Verkehr beginnt mit dem 16. Jahr und wird allgemein intensiv

betrieben. Die Burschen halten sich für berechtigt, jedes Mädchen zu verführen, Mädchen, die ihre Ehre bewahren wollen, werden einfach im Erwerb boykottiert. Die Zahl der letzteren wird aber nur klein sein, denn im Allgemeinen stehen die Mädchen den Burschen an Lüsternheit nicht nach; dazu kommt, daß viele Eltern den geschlechtlichen Verkehr heiratsfähiger Töchter nicht nur billigen, sondern sogar begünstigen. So kommt es häufig vor, daß Mädchen mit ihrem Schatz in der elterlichen Kammer schlafen. Hat dieser Umgang Folgen, so ist es für den Mann Pech, für das Mädchen eher Glück, denn in der Regel folgt, wenn ein Kind vorhanden ist, die Ehe nach. Vielfach wird bestätigt, daß der z u n ä c h s t n u r a u s S i n n e n l u s t g e p f l o - g e n e geschlechtliche Verkehr nicht den Grund zu einem andauernden Verhältnis legt, das ohnehin von dem männlichen Theil nur zu oft als Last empfunden wird. Die Mädchen bauen darauf, sich preis zu geben, um einen Mann zu gewinnen. So kommt es, daß das erste Kind in fast jeder Familie unehelich geboren wird. Wäre es nicht Sitte, den Fall des Mädchens durch nachfolgende Heirat zu sühnen, so würde der Prozentsatz der unehelichen Geburten weit höher sein, womit jedoch nicht behauptet werden soll, daß er gering ist. Sogar Schlafräume werden so angebracht, daß Knechte und Mägde ungehindert verkehren können; wer dies nicht thut, bekommt keine Dienstboten. Die Latifundien im Osten mit ihren besitzlosen Arbeitermassen sind die Herde nicht blos der Unkirchlichkeit, sondern auch der Unsittlichkeit, die Spinnstuben Hochschulen der Unzucht. Doch ist die Unsittlichkeit vielfach eine nicht bewußte, sie ist h e r k ö m m l i c h e S i t t e !! Je geringer der Besitz, desto geringer die Widerstandskraft gegen die Unkeuschheit. In Mecklenburg, dem Ritterstandshauptsitz, ist der Prozentsatz der unehelichen Geburten am Höchsten (13,8 Prozent)."

Für diesen Entgang an wirklichem Bußeifer sucht sich das orthodoxe Kirchentum zu entschädigen durch möglichst feierlich zur Schau getragene Miene religiösen Ernstes, durch strenge Verurteilung unschuldiger Vergnügungen z. B. Theater, Conzerte, Spaziergänge am Sonntag, durch Feindseligkeit gegen die Kunst, besonders gegen die Vermischung von Kunst und Religion, wie sie im katholischen Schmuck der Kirchen sich zeigt. Während jede Religion instinktiv im Bau und in Zierde ihrer Gotteshäuser ihr Höchstes zu leisten sucht und so in der Architektur nicht nur ein Spiegelbild des religiösen Geistes, sondern des ganzen Volks- und Culturlebens bietet, hat es der Protestantismus, soweit er nicht in der glücklichen Lage war, die den alten Christen abgenommenen Gotteshäuser benützen zu können, dahin gebracht, daß keine öderen und phantasieloseren Räume zu finden sind, als eine recht im protestantischen Stil erbaute Kirche: — ein viereckiges Quadrat mit weißen Wänden und braunen Bänken — auch ein religiöses Spiegelbild bezeichnender Art. Mit Verachtung schaut der Bekenner des reinen Evangeliums auf die schwachen Herzen herab, die sich durch religiöse Bilder und „heidnischen Pomp" zur Andacht anregen lassen, das gilt ihm frivol, und wenn keine Orgel in der protestantischen Kirche stände und so doch einigermaßen das mystische Element repräsentirte, das der meist rationalistischen oder flach moralisierenden Predigt in der Regel fehlt, „so wäre sie gar keine Religion", wie Hyazinth Hirsch in Heines Reisebildern sagt. Diese äußerliche Strenge und heuchlerische Muckerei schließt aber die weltliche Erwerbsucht und den intoleranten Nächstenhaß so wenig aus, als der Talmudismus der Juden. Es gab keine raffinierteren und skrupelloseren Kaufleute und Geldmenschen als die Puritaner Cromwells und keine grausameren, blutdürstigeren Soldaten als diese Spitzköpfe, die Psalmen singend und Bibel lesend Wache standen und in Feindesland weder Kinder noch Frauen verschonten. „Fetter Boden, ausgetrocknete Herzen", so bezeichnet ein Pastor den Zustand der reichgesegneten Gegenden der friesischen Ebene.

Von einem Verständnis altchristlichen Lebens konnte unter diesen Umständen keine Rede mehr sein. Die alte Wahrheit, daß das moralische Leben eine Schule braucht, und daß hohe moralische Opfer, wie sie das Leben von jedem fordert, der es ernst mit ihm meint, nicht gebracht werden können, wo nicht im niederen Bereich des Sinnenlebens lange Disciplin vorangegangen, ist in der Reformation verloren gegangen. Hier gilt nur der innere geistige Aufschwung, äußere ascetische Übungen werden von dem „Beefsteakchristentum" verachtet; so etwas ist dem auf der Höhe des innerlichen Christentums Stehenden viel zu armselig, als daß er damit nur anfangen möchte; an Stelle derselben tritt jenes krankhafte Erweckungsleben der Pietisten und Quäcker, wo der Mensch in schauerlichem Bußringen mit Gott die höchste Stufe in Siebenmeilenstiefeln mit einemmal erfliegen will, gleich jenem Schwarzen, der von Livingstone eine Medizin wollte, um mit einem tüchtigen Schluck die Tugend in sich aufzunehmen. Solche

Zaubermittel kannten die Heiligen nicht, sie fingen unten an mit der Dis=
ciplin des Nahrungs= und Geschlechtslebens und fuhren beharrlich fort
und so stiegen sie Stufe um Stufe auf bis zu den mystischen Graden
der Vollkommenheit und Gotteinheit und brachten so ihre Früchte der
Heiligkeit, wie die Schrift sagt, „in Geduld". Wer diesen mühevollen
und schwierigen Weg verschmäht, der rühme sich nur nicht seiner Recht=
fertigung und Heiligkeit! Wie trügerisch solch vorgespiegelte innere
Phantasieheiligkeit ist, davon dürfte ein einfacher Blick auf das alltäg=
liche Leben dieser sonderbaren Heiligen überzeugen, auf ihre Unfähig=
keit im Entbehren des geringsten Genusses, ihren Mangel an Sanft=
mut, ihr streitsüchtiges Christentum, das fast ganz aus Haß gegen die
Andersgläubigen besteht.

In der Kritik freilich stellen sich diese Musterchristen auf den er=
habensten Gipfel der Tugend, so daß alles, was wirkliche Heilige,
Büßer, Martyrer geleistet, als bloße „Werkheiligkeit" tief unten steht.
Man sehe nur, wie Baur die armen christlichen Martyrer beurtheilt:
„Jemehr der Mensch den Schwerpunkt seines Bewußtseins nicht in sich,
sondern außer sich (in der übersinnlichen Welt) hat, um so mehr fehlt
auch seinem sittlichen Bewußtsein noch das feste immanente Princip."
Da habt ihr's! Der Kritikaster in Tübingen steht hoch über euch, ihr
elenden Pauli, Justine, Agathen, Cäcilien, die ihr einen Gott und ein
Gesetz „außer euch" brauchtet; er stirbt zwar nicht für seinen Glauben,
denn erstens lebt er in besseren, erleuchteten Zeiten, wo man Pro=
fessor der Theologie sein kann, wie etwa Herostrat ein Architekt war,
und zweitens hat er keinen Glauben, für den er sterben könnte; seine
Überzeugung ist ein leerer Fleck im Gewissen, ein Minus, gleich einem
ausgebrannten Krater; aber er hat ein immanentes Princip, oder
wie man auch recht schön sagt, ein autonomes Gesetz, d. h. ein
Gesetz, das man sich selbst gibt, was jedenfalls die Ehrfurcht vor dem=
selben ungemein schärfen muß. Das birgt auch das Bequeme, daß man
es aus souveräner Machtvollkommenheit jeder Zeit ändern kann. Wenn
er auch keinen Glauben und keine Gewissensregel hat, so weiß er doch,
daß er, denn das sagt das immanente Princip, keine Regel
über sich anerkennt, ein rein negativer Grundsatz, wie er einem Kri=
tiker, der sich überhaupt nur mit Negation befaßt, ansteht.

Wenn Hegel in der Legende des hl. Alexius, der am Hochzeits=
tag seiner Braut davonlief und zeitlebens als Bettler umherirrte, eine
„Rohheit des Geistes", einen Eigensinn des Fanatismus sieht, den man

als Heiligkeit verehren will", so ist das ganz aus dem Geist des Protestantismus gesprochen. Solcher Rohheit des Geistes hat sich freilich
noch kein evangelischer Christ schuldig gemacht und der Fanatismus ist
zwar stark vertreten, äußert sich aber in minder harmlosen und an-
strengenden Formen. Vor der „Verehrung solcher pöbelhaften Heiligkeit" ist der reformatorische Christ schon dadurch geschützt, daß sich ein
protestantischer Heiliger bis jetzt noch nicht gefunden hat, da die Voraussetzungen dazu, vor Allem die ascetischen Vorübungen, verabscheut
werden. „Bußübungen", sagt Rothe in seiner Ethik III, 458, „und
Abtötungen setzen voraus, daß Einem vorher die Unmäßigkeit zur Gewohnheit und Sinnlichkeit zum Götzen und Tyrannen geworden sein
muß." Ein klassischer Ausspruch! Also Gewöhnung zur Mäßigkeit
und Beherrschung der Sinne sind der menschlichen Natur gänzlich un-
nötig? Waren die christlichen Liebhaber der Abtötung Menschen, denen
„die Unmäßigkeit und Sinnlichkeit zur Gewohnheit" geworden war,
oder nicht vielmehr die reinsten und idealsten Seelen, die aber doch,
der Schwachheit der menschlichen Natur mißtrauend, jene Übungen für
nötig hielten, um Stärke des Geistes, Kraft gegen Versuchungen, Glut
der Andacht und Gottesliebe zu gewinnen? Aber freilich, der fortge-
schrittene moderne Moralist muß das besser wissen; das ist „roher
Fanatismus." Gegen den Gewohnheitssäufer, den ausschweifenden Lüstling mag man Besserungsmaßregeln ergreifen, ihn in Heilasyle verweisen; aber solang noch die Genußsucht sich in der „gesunden Sinnlichkeit" bewegt, ist jede Disciplin fanatischer Unsinn. Wenn man so
das Ideal gleich so tief stellt, daß jeder Krämer, jede Waschfrau ihm
genügt, wenn sie nur ihren Familienberuf gut ausfüllen, woher soll da
Enthusiasmus, Begeisterung zu heroischen Thaten kommen, zu Akten der
Menschenliebe, der Selbstüberwindung, die etwas mehr erfordern, als
solche Philisterehrsamkeit? Sorgt die menschliche Schwäche ja so schön,
daß selbst bei hochgesteckten Zielen der Nacheifer weit genug abläuft!

Die heuchlerische Tugendmaske in der englischen Gesellschaft hat
meisterhaft Makaulay folgendermaßen gezeichnet: „Ich kenne kein lächer-
licheres Schauspiel als das britische Publikum bei seinen periodischen
Anfällen von Moralität. Für gewöhnlich nehmen Entführungen,
Scheidungen und Familienzwiste ihren Verlauf, ohne besondere Aufmerksamkeit zu erregen. Wir lesen von einem Skandal, sprechen einen
Tag darüber und vergessen ihn. Aber alle 6 oder 7 Jahre wird unsere Tugend kriegerisch. Wir können nicht dulden, daß die Vorschriften

der Religion und Moral so verletzt werden. Wir müssen ein Bollwerk gegen das Laster bilden. Wir müssen den Leichtfertigen zeigen, daß das englische Volk die Wichtigkeit der häuslichen Bande kennt. In Folge dessen wird dieser oder jener Unglückliche, der in keiner Weise verderbter als hundert andere ist, deren Ausschreitungen mit großer Nachsicht behandelt worden sind, zum Sündenbock erkoren. Hat er Kinder, so werden sie ihm entrissen, hat er eine Lebensstellung, so wird er aus derselben vertrieben, die höheren Klassen grüßen ihn nicht mehr, die niederen pfeifen ihn aus. Er wird eine Art Prügelknabe, durch dessen Strafe und Schmerz man gleichzeitig alle Missethäter seines Gelichters straft. Wir denken dann mit innerem Wohlbehagen an unsere eigene Strenge und vergleichen mit großem Stolz Englands hohe Moralitätsstufe mit der Pariser Leichtfertigkeit. Damit ist unsere Entrüstung befriedigt, unser Opfer ist ruinirt und unsere Tugend legt sich für die nächsten sieben Jahre wieder schlafen."

V. Die Erotiker des 17. und 18. Jahrhunderts.

Die niederen Naturinstinkte, die durch das ursprüngliche Christentum zwar nicht unterdrückt, aber in strenge Zucht genommen waren, brachen, nachdem die Reformation sie von dem Zwang der kirchlichen Fessel befreit, ja ihnen sogar eine religiöse Sanktion gegeben hatte, wie leicht erklärlich, mit unaufhaltsamer Macht neu hervor. „Natur" wurde nun das Schlagwort, unter dem die libertinistischen Tendenzen sich sammelten. Unter Natur verstand man aber nur die sinnlichen Triebe, nicht die entgegengesetzten ebenso natürlichen aber edleren Affekte, welche die Natur als heilsame Schranken gegen eine Übergewalt des niederen Menschen errichtet hatte. So kam es, daß die Scham, der jungfräuliche Abscheu gegen rohe Sinnlichkeit als Ziererei, falsche Prüderie, „ererbte Sitte" gebrandmarkt wurde, die Lieblichkeit der Unschuld gänzlich unverstanden blieb und frohe Hingabe an die Lust als die einzig richtige Lebensphilosophie galt. Wir sahen, daß selbst Orthodoxe, z. B. Hamann, dieser Ansicht waren, der durch „Kinder, Wilde und Cyniker" beweisen wollte, daß die Scham kein ursprünglicher Trieb sei. Also die niedersten Stufen der Menschheit, die noch unentwickelten, in denen die höheren Kräfte naturgemäß noch schlummern, oder die der Reaktion gegen Überkultur entstammenden verrückten Ausnahmsmenschen sollen allein maßgebend sein.

Auch in der Folgezeit wird mit Liebhaberei „der Wilde", der von der Kultur noch unbefleckte Hurone, als der echte Mensch hingestellt und alle Kultur und Sitte als übertünchte Barbarei gebrandmarkt. Dieser Wilde, wie er z. B. in Diderots Erzählungen eines Missionärs auftritt, hat natürlich mit einem wirklichen Bewohner der Prärien oder der Wüstenoasen nicht das Mindeste zu schaffen; er ist ein Phantasiemensch, der von diesen derben Natursöhnen weit ferner abliegt, als von der geschmähten Kulturwelt; thatsächlich ist er nur ein Erzeugnis philosophischer und moralischer Überkultur, er ist Encyklopädist, hat die gesammte Philosophie der englischen Deisten und französischen Sensualisten im Kopf, hat aber gerade jene Kultur nicht, die auch dem rudimentärsten wirklichen Wilden innewohnt und ihm kräftigen Halt im sittlichen Leben gibt: die nationalen r e l i g i ö s e n Z ü g e, auf denen seine Weltanschauung, sein Verhalten zum Nebenmenschen und seine moralische Führung sich aufbaut. Diderots Wilder in Otaheiti kennt keine Götter, keine Staatsgesetze, nur die Natur. Es herrscht freie Liebe. Die unreifen und alten weiblichen Wesen sind mit einem M a l e gekennzeichnet, aber selbst Notzucht ist nicht so schlimm; wer sich mit ihnen abgibt, verfällt „a l l g e m e i n e m T a d e l"! An stelle der concreten, charakteristischen und individuellen Physiognomie tritt in jener unempirischen und unhistorischen Betrachtung der Naturidealisten eine schattenhafte, universale Humanitätsmetaphysik, die nicht im Stande wäre, auch nur einer Negerrepublik Ordnung und Bestand zu sichern.

a. Rousseau.

Der diese Richtung inaugurierte, war R o u s s e a u, „der Reifrockphilosoph", wie ihn Hamann nennt. Es gab vielleicht außer Christus und Luther keinen Menschen, der ähnlichen moralischen Einfluß übte. Die weitverzweigte naturalistische Richtung bis in die Gegenwart in Frankreich und im Ausland, die Politik der französischen Revolution und der deutschen „Freiheitsfreunde", die neuere Pädagogik in Doktrin und praktischer Bethätigung, die sozialen Systeme der Neuzeit, die modernen Romane, die Humanitätsbewegungen — alles wurde von Rousseau bestimmt und weist auf ihn als geistigen Urheber zurück. Wir haben es nur mit seinen sexuellen Anschauungen zu thun; damit aber treten wir bereits in den innersten Kern seiner Individualität. Dieser ist schrankenloses, u n b e z ä h m b a r e s Gefühlsleben. Das Gefühl ist ihm so allein maßgebend, daß er den Ausdruck wagt: l'homme qui pense est un être dépravé. „Ich habe sehr glühende Leidenschaften und wenn sie mich treiben, kommt nichts meiner Heftigkeit gleich; ich kenne dann kein Maß, keine Ehrfurcht, keine Furcht, kein Wohlwollen; weder Scham hält mich zurück, noch Gesahr erschreckt mich." So charakterisiert er sich selbst. Seine Jugend verbrachte er „ohne die Vergnügungen dieses Alters, verzehrt von Sehnsucht, deren Objekt ich nicht kannte, weinend ohne zu wissen warum, zärtlich meine Chimären liebkosend, weil nichts um mich war, das diesen genügte." Der Vater kümmerte sich nichts um seine Erziehung, die Mutter behandelte ihn hart wegen seiner schlechten Streiche. Er entflieht schon als Knabe, führt ein schlenderiges Vagabundenleben, gerät in die Schlingen einer Frau Warens, „seiner theuern Mama", avancirt zu ihrem innigen Vertrauten, muß aber ihre Gunst bald mit einem Nebenbuhler teilen, wird Erzieher, gefeierter Schriftsteller und endet — er, der „plus aimant des hommes", als menschenscheuer Einsiedler.

Rousseau fehlen keineswegs hohe und edle Ideen, große sittliche Antriebe, aber seiner Jugend fehlte jede Disciplin und so kam es, daß zwischen seinen erhabenen Phantasieen, dem edlem Tugendenthusiasmus und seinem wirklichen Leben der schmerzlichste Widerstreit sich ergab, der ihn bald zu bitterer Reue, bald doch wieder zur Rechtfertigung der niederen, so starken Naturinstinkte brachte. Diese Antinomie in Rousseaus Leben nicht nur, sondern auch in Rousseaus Philosophie ist nicht zu lösen, und darf bei der Beurteilung nicht außer Acht gelassen werden. Gewöhnlich wird Rousseau als glühender Verfechter des Sensualismus hingestellt, aber seine „Bekenntnisse" und „Spaziergänge", in denen er wohl sein innerstes Empfinden gegeben, beweisen, daß ihm ein reges Gefühl der Unhaltbarkeit solcher Tendenzen, sowie tiefe Scham über ihre Inferiorität nicht gefehlt hat; er weiß sich nur mit Annahme einer Art Manichäismus, eines Zwiespalts der Natur, zu helfen, die einmal so zweideutig angelegt sei. Dieselbe Doppelanschauung tritt selbst in der „Heloise" deutlich hervor. Rousseau weiß, daß er ein gefährliches Buch, einen schlechten Roman schreibt, er empfiehlt ihn nur für reifere Leute, die die menschliche Natur kennen lernen wollen. Romane, die Wahrheit bieten wollen, die ungeschminkt das Seelenleben zeichnen, könnten nur verderblich wirken: daher seien sie für die Jugend nicht zu gebrauchen; „Romane für die Jugend zurichten, heißt das Haus in Brand stecken, um die Spritzen spielen zu lassen"; „nie hat ein keusches Mädchen Romane gelesen und ich habe diesem Buch einen sattsam entschiedenen Titel gegeben, daß man beim Aufschlagen wisse, wie man mit ihm daran sei." Man mag in diesem Geständnis, das allerdings alles eher als abschreckend wirkt, Marktschreierei finden, man mag vollkommen Recht haben, wenn man Rousseau „Eitelkeit, die selbst mit den Flecken und Fehlern noch coquettiert" (Frauenstädt) zuschreibt, aber das fällt seiner poetischen Darstellung zur Last; nicht zu vergessen ist auch, daß er als Franzose zu theatralischen Posen hinneigt und selbst als Bekenner und Büßer den Schauspieler nicht verläugnet; aber Heuchelei darf man dies nicht nennen. Rousseau war es ernst mit dem, was er sagte, und gerade durch die Wahrheit, durch den begeisterten Gefühlsenthusiasmus wirkte er so gewaltig. Momentan ist Rousseau immer wahrhaft, er spricht immer aus vollem Herzen, aber er ist als Gefühlsmensch nicht immer derselbe. Da eben seine Gefühle wechseln und Gefühlsphilosophie überhaupt ein einheitliches, widerspruchsloses System ausschließt, so mußten sich Widersprüche ergeben, indem Rousseau bald vom Standpunkt der höheren Moral die Sinnlichkeit verdammte, bald im Interesse des unverfälschten natürlichen Gebahrens die niederen Gelüste verteidigte. Mag er mit seinen Flecken „coquettieren", aber als Flecken erkennt er sie doch an; mag er St. Preux und Julie mit Sympathie behandeln, aber ideale Menschen sind sie ihm nicht. Gerade über seinen Helden spricht er das vernichtende Wort: „Das Geschäft des Unterrichtens zum Verderbnis eines weiblichen Herzens zu mißbrauchen, ist unter allen Arten der Verführung die verdammungswürdigste." Rousseau sagt ausdrücklich, daß er keine idealen Menschen zeichnen will. Er erklärt es für einen Mangel der Romanschreiber, daß sie zu hohe Helden wählen. „Stellt euere Muster etwas tiefer herab, ihr Autoren, wenn ihr wollt, daß man sie nachahmen soll! Warum rühmt ihr die Reinheit, die nie befleckt ward? Sprecht uns lieber von der, die man wieder erringt! . . . Meine Julie ist kein vollkommenes Menschenkind, das ist ein Blendwerk (!), sondern ein junges Mädchen, das die Tugend verletzte, die es liebt, zu ihrer Pflicht zurückkehrt durch das Entsetzen vor einem größeren Verbrechen."

Diese Julie, die vor der auflodernden Glut der Leidenschaft, die sie hundertmal ihren Eltern gestehen will, ohne es zu vermögen, zurückbebt, die den Himmel anfleht, sie zu schützen, den Himmel, „der taub ist gegen das Gebet der Schwachen", diese arme Julie weiß schließlich keine andere Zuflucht als zu dem, der sie in diese schreckliche Lage gebracht. „Mich vor dem Untergang zu bewahren, weiß ich keinen besseren Verteibiger als dich selber (!). Darf ich, wenn du nicht der Verworfenste bist, wenn ein Funke von Tugend in deiner Seele glimmt — dich für so niedrig halten, dies Geständnis zu mißbrauchen, das mein Wahnsinn mir entreißt? Nein, ich kenne dich wohl. Du wirst meine Schwäche unterstützen, wirst meine Schutzwehr sein, wirst mich gegen mein eigenes Herz decken!"

„Wo ist das Ungeheuer", schreibt er zurück, „das, wenn es diesen rührenden Brief gelesen, deine Lage zu mißbrauchen und dadurch seine Selbstverachtung zu beurkunden vermöchte? Nein, theuere Geliebte, fasse Vertrauen zu dem theueren Freund, der nicht geschaffen ist, dich zu betrügen." Nun sollte man erwarten, wird er, dem ein ehrenvolles Verhältnis zu dem adeligen Mädchen nicht möglich und eine Entehrung schändlich ist, den einzigen Ausweg ergreifen, der unter solchen Umständen geboten ist. Er denkt auch wohl daran. „Fuir?" ist ja das erste Wort des Buches. „Fliehen muß ich, das fühle ich wohl!" Aber dann wäre die Geschichte aus gewesen, noch ehe sie begonnen. Darum sucht er mit raffiniertester Gefühlssophistik die Vernunft zu übertäuben. Man höre! „Zwar kenne ich die Maßregeln, die Klugheit an stelle der Hoffnung in ähnlichen Fällen vorschreibt, und kräftig hätte ich mich bemüht, sie zu ergreifen, wüßte ich hier gerade Klugheit und E d e l s i n n (!) in Übereinstimmung zu bringen. Wie möchte ich mich aus dem Hause entfernen, in das mich ein Ersuchen seiner Gebieterin selber geführt! wo sie mich mit Güte überhäuft, wo ich, wie sie glaubt (!), nicht ohne Nutzen für ihr Theuerstes auf der Welt lebe? Wie könnte ich diese zärtliche Mutter um die Freude betrügen, ihren Gatten durch die Fortschritte seiner Tochter zu überraschen? Soll ich unhöflich abtreten, ohne etwas zu sagen? Soll ich ihr die Ursache meiner Entfernung eröffnen und wird nicht selbst dieses Geständnis von seiten eines Menschen eine Beleidigung sein, dem weder Geburt noch Glück das Verlangen nach ihrem Besitz gestatten?"

Dieser edelmütige St. Preux! der blos, um nicht unhöflich und beleidigend zu werden, die Liebesintrigue mit seinem Zögling hinter dem Rücken der Eltern fortspinnt! Ist es möglich, daß ein Mensch ernstlich so wie oben sprechen kann? daß er seine Selbstsucht nicht etwa mit libertinistischen Gründen, sondern mit der Ehrfurcht vor der Mutter des anvertrauten Kleinods rechtfertigen wollte?

Ein Roman von der Naivität, wie sie Rousseau zum Besten gibt, dürfte heute nicht mehr geschrieben werden. Welche Charaktere! Eine Baronin, die zum Hauslehrer ihrer Tochter einen jungen, feurig empfindenden Kandidaten bestellt und sich nicht das Geringste um das Verhalten der beiden kümmert, ein Mädchen, das den Geliebten, dessen wahnsinnige Gegenliebe sie kennt, zur „Schutzwehr gegen ihr eigenes Herz" anruft; ein Verliebter, der auf seine Tugend stolz ist und den nichtswürdigsten Betrug spielt, den ein Erzieher in dem Hause seiner Thätigkeit begehen kann!! Dazu die tolle Romanform in Briefen, als ob ein Liebespaar, das sich täglich sieht und spricht, die Marotte hätte, den leidenschaftlichsten Ausbruch der Empfindungen sich nur brieflich mitzuteilen!

Natürlich kommt es, wie es kommen mußte. Jetzt in dieser Krisis tritt eine neue Figur auf, die erbärmlichste des ganzen Romans, eine Freundin Clara, der Julie ihren Fall mitteilt und von der sie Kritik und Verhaltungsmaßregeln erbittet. „Er ist nicht schuldig, ich bin es allein", schreibt sie ihr. „Er versteht besser als ich zu lieben, denn er versteht besser, sich zu überwinden. Hundertmal war ich Zeuge seiner Kämpfe und Siege. Die Glut des Verlangens sprühte aus seinen Augen, er stürmte im Ungestüm eines blinden, überwältigenden Gefühls auf mich zu, hielt sich plötzlich an, eine unübersteigliche Schutzwehr schien mich zu umgeben, nie hätte seine ungestüme und doch tugendhafte (!) Liebe sie übersprungen." (Man sieht, was Rousseau will: die Paroxismen der rasenden Leidenschaft sollen als edele und übermächtige Äußerungen der Natur erscheinen.) „Zu tief versenkte ich mich in dieses Schauspiel, ich teilte seine Qual — sah seine krampfhaft heftigen Bewegungen zu meinen Füßen, die Liebe hätte mich vielleicht bewahrt, das Mitleid stürzte mich in mein Verderben. . . . Schütz' mich vor Selbstverachtung!"

So etwas war bisher noch nicht geschrieben worden. Ovids ars amandi ist ein Katechismus dagegen. Es gehörte ein ungeheurer Mut dazu, die intimsten Äußerungen rasender Liebesleidenschaft so offen vor aller Augen zu bringen, sie noch dazu einem Mädchen in den Mund zu legen. Die nächste Begegnung wird sogar noch wollusttrunkener und mit behaglichster Zergliederung aller Einzelheiten geschildert! Besonders wird die „friedensvolle Stimmung nach dem Genuß" als Gegensatz zu den „Rasereien der Liebe" gepriesen und Rousseau gibt eingehende Belehrungen über das Verhalten der Mädchen, wenn sie sich von dem Ruhebett erheben!

Die sich aufdrängenden Gewissensstacheln Juliens beruhigt nun vollends der Brief der Freundin. „Warum diese Reue, diese Thränen?

Kann eine Schwachheit so viele Opfer ungültig machen, und ist nicht die Gefahr selbst, aus der du hervorgingst, ein Beweis deiner Tugend? Du denkst nur an deinen Fall und vergissest die schmerzlichen Triumphe, die ihm vorangingen. Wenn du mehr gekämpft hast als die, welche nicht erliegen, hast du auch mehr für die Ehre gethan als sie. Einer Liebe gleich deiner hätte ich nicht widerstanden und unbesiegt bin ich nicht so keusch wie du!"

Einen liebenswürdigeren Beichtvater wird man sich nicht wünschen können. Auch Julie kommt jetzt zur Einsicht, daß „der scheinbaren Standhaftigkeit mehr Dummheit als Mut zu Grunde liegt; der gemeine Mensch kennt keinen gewaltsamen Schmerz, und große Leidenschaften keimen nicht in s c h w a c h e n (!) Gemütern."

„Sei gerecht gegen dich, meine Julie," schreibt nun St. Preux. „Bist du nicht den r e i n s t e n Gesetzen der Natur gefolgt? Hast du nicht frei die h e i l i g s t e aller Verbindungen geschlossen? Was fehlt dem Bande, das uns umschlingt, als die öffentliche Erklärung? O meine Gattin, o meine würdige keusche Gefährtin, willst du u n s c h u l - d i g bleiben, so gehöre stets dem Freund deines Herzens!"

Die letzten Zweifel sind geschwunden. Die Apotheose der Liebe nimmt den höchsten Schwung. Die Liebe ist jetzt nicht blos in ihren letzten Consequenzen gerechtfertigt, sie ist „die keuscheste aller Verbindungen. Die echte, sittsame Liebe entreißt nicht frech der Gunst ihre Gaben, sie entführt sie schüchtern. Das Geheimnis, das Schweigen, die zagende Scham erhöhen und bergen die süßen Wallungen, jede Liebkosung gibt ihrer Glut Adel und Reinheit. Züchtigkeit und Ehrbarkeit begleiten sie selbst im Schooß der höchsten Lust, und sie allein weiß dem Verlangen alles zu vergönnen, ohne der Scham etwas zu entziehen."

Es folgt eine Trennung der beiden Liebenden. Der Tugendheld kommt nach Paris und fällt leider in böse Schlingen, was er pflicht-schuldigst der Geliebten hinterbringt. Spötter ärgern sich, daß er in dem Seinebabel die „alten Schweizersitten" (die aber schon ziemlich durchlöchert waren) beibehalten will und legen ihm eine Falle. Leider gelingt der Anschlag, aber welche Mühe hat er sich wieder gegeben! Man möchte die Erzählung für eine Satire auf den Roman halten, denn es wird niemand geben, der sie ohne Lachen zu lesen vermag, aber die unbewußte Komik muß man eben bei Rousseau von vornherein goutiren: Er wird von der Frau eines Obersten zu Gast geladen, die „auf den Ruf seiner Weisheit Bekanntschaft mit ihm machen will." Er ahnt nichts, erst die Unterhaltung deckt ihm auf, in welche Gesellschaft er geraten war, aber — es ist zu spät. Zwar fortgehen will er nicht, ebensowenig wie am Anfang des Romans von dem gefährlichen Boden seiner Lectionen in der ars amandi (die sechste Bitte im Vaterunser kennen Rousseaus Helden nicht); er will diesen Abend „der Beobachtung" widmen, wie es sich für den Urheber des psychologischen Romans ziemt. Zur Vorsicht meidet er den Wein und verlangt Wasser, merkt aber nicht (!!), daß man ihm Wein statt des Verlangten bringt. Wahrscheinlich war sein Geschmack momentan verloren gegangen, oder er so in „Betrachtung" vertieft, daß er von der Wirkung nichts verspürte. Passierte es doch einmal dem hl. Bernhard, daß er Öl statt Wein verschluckte! Als er schließlich die Täuschung gewahr wurde, war es wieder zu spät. Die Trunkenheit raubte ihm das wenige Bewußtsein, das er hatte und als er zu sich kam, war er ganz überrascht, sich in einem abgelegenen Zimmer in den Armen einer Kreatur zu finden. „Meine schauderhafte Erzählung ist zu Ende. Nicht länger beflecke sie deine Blicke, dein Gedächtnis, o du, von der ich mein Urteil erwarte. Ich erflehe Strenge von dir, ich verdiene sie. Sei meine Strafe, welche sie wäre, sie wird mir minder grausam sein, als die Erinnerung meines Verbrechens."

Zum Glück ist die Strafe nicht so arg. Julie tröstet ihn, der Brief habe sie mehr geschmerzt als erzürnt. „Das Herz hatte ja keinen Theil daran."

Wenn dieselbe aber später sagt: „Ich verdiente die Ehre nicht, Mutter zu werden. Ich fühlte, mein Herz ist für die Tugend geschaffen und kann nicht sein ohne diese", so steht man hier wieder vor einem Rätsel des unergründlichen Dichters. Solche Frivolität ist doch unerhört. Man beachte wohl das Wort Ehre für Schande!

Freilich — und diese oben gekennzeichnete Doppelnatur Rousseaus wird viel zu wenig beachtet — kommen auch entgegengesetzte Stimmungen zur Geltung.

„Ich weiß nicht," schreibt Julie bald darnach auf seine Klage über die Mühe, ihr treu bleiben zu können, „ob Ihre bequeme Philosophie sich schon die Grundsätze angeeignet hat, die ich weiß nicht welches Interesse erträumt hat, als wären beide Geschlechter in diesem

Punkte so verschiedener Natur, als müßte der rechtschaffene Mann zur
Zeit der Trennung oder im ehelosen Leben Hilfsquellen haben, deren
die rechtschaffene Frau nicht bedarf. Wenn dieser Irrtum Sie nicht zu verworfenen Dirnen führt, fürchte ich, wird er Sie doch mit sich selbst ver-
wirren. Ach, wenn Sie verächtlich sein wollen, seien Sie
es doch wenigstens ohne Vorwand und paaren Sie nicht
Lüge und Wüstheit! Alle diese vorgeblichen Bedürfnisse haben
nicht ihre Quelle in der Natur, sondern in der freiwilligen Verderbnis
der Sinne. Selbst die Täuschungen der Liebe reinigen sich in einem
keuschen Herzen und verderben nur ein schon verdorbenes Herz. Die
Unschuld steht durch sich selbst fest, die stets zurückgedrängte Begierde
erwacht allmählich nicht mehr, die Versuchungen vervielfältigen sich nur
durch die Gewohnheit des Erliegens."

Das ist ein musterhaftes Urteil, das dem psychologischen Scharf-
sinn des Dichters alle Ehre macht, ähnlich, wie folgendes, mit dem die
gereifte Julie ihrem ehemaligen Liebhaber, der seine ersten Rechte geltend zu machen sucht, abweist: "Lassen Sie uns mißtrauisch sein gegen
eine Wortphilosophie, die alle Tugenden untergräbt und sich darauf
legt, das Laster zu verteidigen, um sich zu Allem berechtigt zu halten."
. . Und im Hinblick auf ihre ehemalige Schwärmerei sagt sie: "Ra-
sende Leidenschaft verbarg Ihre Wallungen unter diesem heiligen Enthusiasmus, um sie uns lieber zu machen und uns länger zu betrügen."

Es ist klar, daß solche Äußerungen, die übrigens wie überhaupt
der zweite Theil des Romans die gereifteren Anschauungen Rousseaus
wiedergeben, nicht die Sünden des ersten Buches gut machen können.
Stets wird die Julie als das glühendste Gemälde der Sinnenlust dastehen und von ihm Schillers Epigramm gelten, das auf einen Roman
von Hermes gedichtet wurde:

> Töchtern edler Geburt ist dieses Buch zu empfehlen,
> Um zu Töchtern der Lust schnell sie befördert zu sehn.

So wirkte es auch auf die Folgezeit. Es ist eines der gefährlichsten Bücher. Trotz seiner ästhetischen Fehler und des Monotonen
der ewigen Gefühlsschwelgerei und Seelenvivisektion im ersten Theil
wird man sich dem Zauber der Rousseau'schen Sprache nicht entziehen
können und bei den vielfach feinen Bemerkungen und reichen Belehrungen, auch abgesehen von dem erotischen Gehalt, viel profitieren.

Aber eine klare Stellung des Dichters zu dem Problem ist nicht gegeben, so wenig als in Goethes „Wahlverwandtschaften", die bald als
Apotheose des Ehebruchs, bald umgekehrt als warnendes Exempel davor
gefaßt werden. Beides ist falsch; Rousseau und Goethe gaben ein
poetisches Bild ihrer Erfahrungen, kein moralisches. Daß der
Dichter seine Stellung klar zu erkennen gebe, ist übrigens eine Grund.
forderung des Romans, deren Verletzung auch bei einem Rousseau und
Goethe nicht zur Tugend wird.

Rousseaus Roman fiel wie eine Bombe in eine Zeit, wo in der
französischen Litteratur nur der seichte, chevalereske Ton, die zarteste
Hofetikette herrschte, wo der Liebhaber selbst bei dem Kniefall nicht die
untadelhafte, cavaliermäßige Haltung vergaß, und als höchste Gunst
die dargereichte Spitze der Handschuhe küssen durfte. Das Einbrechen
der Jakobiner in das Palais royal konnte kein größeres Entsetzen hervorrufen, als die Erscheinung dieses St. Preux, der mit Leidenschaften
geladen wie eine Elektrisirmaschine in den gewaltsamen Ausbrüchen
seiner Leidenschaft, in dem glühenden Pathos seiner Deklamationen auf
die Nerven seiner Zuhörer und Hörerinnen nicht die mindeste Rücksicht
nahm. Rousseau wollte zeigen, wie der Mensch wirklich ist, er wollte
neben die Helden Corneilles, Racines, Marivaux', die nur Ehre und
ritterliche Hingebung athmen, die nur die gewähltefte Sprache des
Hofes reden und jeden Affekt zustutzen und abschleifen, bis er salonfähig wird, natürliche Menschen stellen, welche die ungeschminkte Sprache
der Leidenschaft reden — er wollte weniger diese Menschen und diese
Leidenschaften glorifizieren, als sie wenigstens einmal zur Sprache
kommen lassen, um Wahrheit und Natürlichkeit in die hohle Affektation
der Litteratur zu bringen: „Ich habe mich gezeigt, wie ich war. Ent-
hülle jeder sein Herz zu den Füßen seines Thrones mit derselben Auf=
richtigkeit und dann wage er zu sprechen: ich bin besser als dieser
Mensch!"

Freilich könnte man sagen: Einige Gran Paprica mögen am
Platze sein, wenn die Sauce gar zu schal ist, aber man muß doch nicht
gleich eine Handvoll hineinwerfen, die den Gaumen blutig beizt. Aber
es ist stets derselbe Gang der Geschichte; was wir bei der Reformation
auf religiösem Gebiet gesehen, geschieht jetzt auf ästhetischem: Die Re-
formpartei hält nie Maß, erst eine lange Fortentwicklung kann endlich
nach schwankendem Pendeln beim richtigen Ziele anlangen. Die nächste
Folge der naturalistischen Reaktion gegen die Hof= und Theatersprache

war das mächtige Erwachen einer erotisch-lüsternen Litteratur zunächst in Frankreich, dann auch in England und Deutschland.

Typisch hierfür sind die französischen liaisons dangereuses von Laclos, die 1788 erschienen. Julian Schmidt sagt hierüber:

„Hier ist das Laster nicht mehr eine Verirrung der Sinnlichkeit, sondern ein Raffinement des Verstandes. Valmont verführt eine tugendhafte Frau, deren Gewissen er zuvor noch schärft, um sich über die Tugend lustig zu machen; er stößt sie, nachdem er seinen Zweck erreicht, von sich, obgleich er sie im Grunde wirklich liebt, und bei all seinen Handlungen ist das Motiv die hohle Eitelkeit." Er sagt ferner: „St. Just, der bei seinem Tod 1794 noch nicht 25 Jahre alt war und in dem Ruf stand, ein Cato, ein echter Römer zu sein, hat in seinem 20. Jahr einen Roman „Organt" geschrieben, welcher nicht an sinnlicher Kraft, aber an cynischen Anspielungen mit den schlimmsten Schöpfungen jener Poeten sich messen kann, er ist schmutzig, aber zugleich düster, trägt Spuren von Empfindsamkeit mit matter Verachtung der Menschen. Er sagt darin: Den Tag, wo ich mich überzeugt haben werde, daß es unmöglich ist, dem französischen Volke zarte (!), energische und gegen die Tyrannei unerbittliche Sitten zu geben, werde ich mich erdolchen. Das ist der tugendhafte Cato! Nun denke man an die Apostel der Göttin Vernunft, an die Hebert, Chaumette, Marat, und jene Romane werden eine ganz andere, finstere und unheimliche Beleuchtung finden!" Die schönste Charakteristik der Revolutionsmänner ist übrigens in dem Vers von Laya im „ami des lois" gegeben worden:

> Ce sont tous des jongleurs, patriotes des places,
> d'un faste de civisme entourant leurs grimaces,
> prêcheurs d'égalité, pétris d'ambition,
> qui pour faire haïr le plus beau don des cieux
> nous font la liberté sanguinaire comme eux.

b. Die Erotik in England und Deutschland.

Auch nach England schlug die von Rousseau angeschlagene Stimmung Wellen; ähnliche Opposition wie Rousseau gegen die Tragödie erhob Fielding gegen die steifen Salonromane Richardsons und stellte den Clarissen, Pamelen, Grandisons seine lebenswahren, aber lockeren Tom Jones, Junker Western gegenüber. Doch bewegt sich immerhin hier im kälteren Norden die naturalistische Bewegung in maßvolleren Bahnen.

Am weitesten ging der Geistliche Lorenz Sterne in seinem sonderbaren, formlosen Roman Tristram Shandy. Diese Geschichte wimmelt von Cynismen und verschleierten Zoten, z. B.: „Ein Auf- und Abwärts muß es geben, wie zum Geier wollten wir in die Thäler gelangen, in denen Natur so manche Tafel des Freudengenusses für uns aufdeckt!" — „Bruder Shandy", sagte mein Onkel, „du erhöhst mein Vergnügen nicht wenig dadurch, daß du in deinem Alter noch Kinder für die Familie Shandy zeugst." „Und dadurch", ließ sich Dr. Slop vernehmen, „erhöht Herr Shandy sein eigenes Vergnügen auch." Fast bei jedem Schritt der Erzählung zeigt sich anscheinend ganz unversehens irgend eine Fatalität, welche eine Beziehung auf das Geschlechtliche enthält: ein zerrissener Fleck der Hose, eine Verletzung des Steißbeins u. dgl.; schon die Geburt Tristrams zieht sich mehrere Bücher hindurch fort mit all ihrer reichen Ausbeute für die faunische Phantasie des Dichters, bis endlich der Held der Geschichte an das Licht des Tages tritt. Lasciver noch ist seine „empfindsame Reise", aber lesbarer und mehr dem feineren Cynismus angepaßt. Bei Beschreibung einer höchst lüsternen Scene sagt der Dichter: „Ihr mit dem kalten Kopf und lauwarmen Herzen, die ihr euch darauf versteht, die Leidenschaften hinweg zu vernünfteln oder zu entnerven, sagt mir doch, was ist es für eine Sünde, daß die Menschen Leidenschaften haben? Oder hat der Geist bei dem Urheber des Geistes etwas anderes zu verantworten, als daß er seine Leidenschaften bekämpft? Hat die Natur das Gewebe der Empfindungen so verflochten, daß mit demselben einige Fäden der Liebe und des Verlangens verknüpft sind, muß das ganze Gewebe zerrissen werden, um diese Fäden herauszuziehen? Peitsche mir solche Stoiker tüchtig aus, du großer Beherrscher der Natur! Wohin auch die Vorsehung mich stellt, um meine Tugend zu prüfen, wie groß auch die Gefahr, in welcher ich mich dabei befinde — laß mir immer die Gefühle, die daraus entspringen und die so menschlich sind!"

„Sterne," sagt Nietzsche, „ist der große Meister der Zweideutigkeit. ... Der Leser ist verloren zu geben, der jederzeit genau wissen will, was Sterne eigentlich über eine Sache denkt, ob er bei ihr ein ernsthaftes oder lächelndes Gesicht macht ... seine Eichhornseele springt mit unbändiger Unruhe von Zweig zu Zweig; was nur zwischen Erhabenem und Schuftigem liegt, alles ist ihm bekannt, auf jeder Stelle hat er gesessen, immer mit dem unverschämt wässerigen Auge und dem empfindsamen Mienenspiel. Er war, wenn die Sprache vor einer solchen Zusammenstellung nicht erschrecken sollte, von einer hartherzigen Gutmütigkeit und hatte in den Genüssen einer barocken ja „verderbten Einbildungskraft fast die blöde Anmut der Unschuld. Eine solche fleisch- und seelenlose Zweideutigkeit, eine solche Freigeisterei bis in jede Faser und Muskel des Leibes hinein besaß vielleicht kein anderer Mensch."

Übrigens war das Leben S. Reverend des Herrn Pfarrers Sterne nicht besser als seine Schriften. Die Orgien der „Liebesmahle", die er unter gleichgesinnten Freunden veranstaltete, mit denen er den Orden der zwölf Mönche von Medmenham unter der Devise von Rabelais Abtei Thelema: Thue was du willst! gegründet hatte, seine lockeren Familienverhältnisse und Reiseabenteuer, selbst seine Predigten, die alles andere als Erbauungsreden sind, zeichnen den Dichter als treues Abbild des Menschen.

Gehen wir auf Deutschland über, so ist hier Wieland der Chorführer. Wieland hatte sich zuerst in frommen Poesieen versucht, aber bald gefunden, daß er hier nicht wahr zu reden verstehe. Daher sprang er rechtzeitig auf das Gebiet über, auf dem seine Phantasie zu Hause war und wurde der erste deutsche Erotiker. Seine Haupttendenz ist die Unwahrheit jeder Ascese und Entsagung nachzuweisen. Daher werden die Stoiker und das Christentum, das er als Fortsetzung der Stoa betrachtete, mit Lucianischem Spott überschüttet. Wenn Musarion die biedern stoischen Philosophen mit leichter Mühe zu lüsternen Böcken herabwürdigt, während sie, die lächelnde Grazie der Schönheit, hoch über solch unpoetischer Entartung schwebt, wenn Agathon entzückt von dem tugendfesten Adel der Psyche bald zu der niederschlagenden Erfahrung kommt, daß seine geistige Schwärmerei nur der Anfang der Liebe sei, die sich in allen Formen gleich bleibe und ihre Forderungen solange erweitere, bis sie im Besitz aller ihrer Rechte ist — so sehen wir deutlich das Evangelium des neuen Propheten. Auffallend ist, daß Wieland regelmäßig die Folie der antiken Kulturwelt für seine Romane wählt. Er ist dadurch auch zum Verleumder des Altertums geworden und hat, wie wir noch sehen werden, ein verhängnißvolles Beispiel für die Späteren gegeben. Nichts ist dem wahren, kraftvollen Griechentum so entgegen, als diese modernen, lüsternen Zierlinge, die Wieland als Vertreter der Antike aufmarschieren läßt. Auch in der Darstellung ist keine Spur von hellenischer Plastik, individueller Charaktergestaltung zu finden, wir sehen nichts als blasse, phantasmagorische Gestalten ohne Saft und Gehalt, aber farbenreiche Gemälde der Sinnlichkeit.

Die Tugend spielt zwar auch eine Rolle in der Phrase, aber diese Tugend ist maßvoll. Klugheit im Lebensgenuß mit etwas deistischer Metaphysik, aber ja ohne schwärmerische Ideen! Nirgends große, begeisternde Gedanken, nichts Kräftiges, Läuterndes, Elevirendes! Insofern ist eben Wieland der klägliche Antipode des gleichzeitigen Klopstock. Wo er kraftvolle Helden zeichnen will, werden es Karrikaturen. Sein Agathodämon (Apollonius von Thyana) soll ein edler Philosoph sein, der den Plan zur vorsichtigen Aufklärung der Menschheit von allen Phantasmen gefaßt hat. „Wiewohl er sich von allen Vorurteilen losgebunden hatte, so erkannte er doch, was so manche voreilige Weltverbesserer zum größten Schaden derer, denen sie helfen wollten, nicht gesehen haben, daß es wohlthätige Vorurteile gibt und schonungswürdige Irrtümer, welche weder eingerissen noch untergraben werden dürfen, bis das neue Gebäude auf einem festeren Grund aufgebaut ist." Daher umgibt er sich mit einer „mystischen Hülle" und spielt als feiner Jesuit den gefeierten Wunderthäter. Apollonius ist geheimer Arzt, er weiß Scheintote durch Elixire zu erwecken, Blinde zu operieren, er ist auch Erfinder des Generalbasses, dazu Prophet, sieht die spätere Macht des Christentums vorher, besgleichen den Untergang des römischen Reiches, sogar die Übergewalt des Papsttums und den endlichen Sieg der Humanität in Wielands Zeiten! Auch politische Fäden liebt er, stürzt durch seine Freunde Domitian und hebt Nerva und Trajan auf den römischen Stuhl (was die Weltgeschichte gänzlich vergessen hat). Jetzt aber, wo man denken sollte, daß er seine Ideen zur Verwirklichung bringen werde, zieht er sich zurück und verschwindet.

In den Evangelien sieht er weder Sinn noch Geschmack, tadelt die Christen, daß sie selbst ihre Verfolgungen provociren: „sie brauchen ja nur den anderen Religionen eben die Duldung angedeihen zu lassen, die sie selbst für sich fordern." (Wie giftig schaut hier der Mann der Toleranz auf das gehaßte Christentum!) „Warum wollen sie auch von den alten Nationalgöttern nichts wissen und geben ihnen so beleidigende Ausbrücke!!"

Apollonius hat auch heroische Tugenden und Ascese im höchsten Grad getrieben. (Es ist überhaupt ein Kniff der Erotiker, Enthaltsamkeit einerseits als etwas ganz leichtes oder so geringwertiges hinzustellen, daß ein Geistesmoralist darin die höchste Vollendung erreichen würde, wenn er sich nur mit so etwas Kleinem befassen möchte, andererseits die Stoiker und Asceten als Heuchler zu schildern, die nur

Lüsternheit mit ihrer fadenscheinigen Tugend bedecken). Sein besonderer
Sport ist, leichtsinnige Hetären zur Belehrung zu bringen. So hält
er der Chrysanthis ein Privatissimum über den Unterschied zwischen
der Venus Urania und dem gemeinen Volksidol. „Es gehörte nämlich
zum Plan meines Lebens, keiner moralischen Gefahr aus dem
Weg zu gehen" (dem „Führe uns nicht in Versuchung!" haben die
Erotiker ganz besonders Feindschaft geschworen) und keine Gelegenheit
zu versäumen, wo ich selbst das Äußerste erfahren könnte, was menschliche Kraft vermag, um über Lust und Schmerz zum Sieg zu gelangen.
Die schöne Chrysanthis auf den Weg der Tugend zu bringen, war
doch des Versuches wert; nach meinen Grundsätzen wäre es die schändlichste Feigheit gewesen, wenn ich mich durch die Gefahr, in welche
meine eigene Tugend dabei geraten konnte, von diesem Versuch hätte
abhalten lassen." (Alle Moralisten und zwar solche, die wirklich Vernunft und Charakterstärke bewiesen haben, sagen das gerade Gegenteil
als dieser hohle Schwätzer, daß man nämlich Gefahren nicht aufsuchen
solle, namentlich wenn's dabei mit der „eigenen Tugend" so hapert). Die
Tugend kam auch in Gefahr, denn die schöne Chrysanthis machte während
des klassischen Vortrags ihres Professors bald Miene, denselben durch
praktische Demonstrationen zu erläutern, „ohne recht zu wissen wie es
zuging, lag sie in meinen Armen und ihre glühenden Lippen an den
meinigen; ich erkannte, daß diese Scene keinen Augenblick länger
dauern durfte." Armer Tugendphilosoph! So schmählich geht dein
Collegium aus! Aber die Leser sind um eine lüsterne Scene reicher
und das ist es ja einzig, worauf es abgesehen war. Zuletzt bereut der
Held, daß er soviel geopfert und „die zartesten Bande, womit die Natur
ihre Lieblingskinder zu einer einzigen Familie verweben wollte, von
seinem Herzen gerissen."

So wird der Wieland'schen Lebensphilosophie ihr Recht.

Als eigentlichste Collegen Wielands sind Thümmel und Heinse
zu betrachten. Thümmels Jugendgedicht: „Die Inokulation der Liebe"
kennzeichnet schon den späteren Schmetterling. Inokulation der Liebe
war der einzige Zweck seiner Schriftstellerei überhaupt und der einzige
Ton, auf den seine Leyer gestimmt war. Am bekanntesten ist seine
„Reise in die mittägischen Provinzen Frankreichs." Die Erzählung
beginnt ganz harmlos mit einer Reisebeschreibung, um allmählich wohl
vorbereitet in das eigentliche Ziel, die mit faunischer Lüsternheit geschil-
derte Verführungsgeschichte eines provençalischen Mädchens zu münden.

Diese Geschichte ist das Ekelhafteste und Schamloseste, zugleich Heuchleri-
scheste, was ich wenigstens in der Litteratur kenne. Der reisende Schriftsteller gewinnt ein bigottes, aber fabelhaft dummes Mädchen durch das
Anerbieten einer Reliquie, nämlich des — „Strumpfbandes der hl. Jungfrau" zu seiner Geliebten. Diese Reliquie, mit der Alexander VI. (!)
das Privileg verbunden hatte, ohne Sünde Hurerei treiben zu dürfen (!!!),
wird von dem Erzähler bei einer Versteigerung¹) in Avignon erstanden
und dient als Lockspeise für das fromm-katholische Mädchen. Clara
gerät ganz in Entzücken: sie betrachtet das Anerbieten als „übernatürliche Fügung". „Das Strumpfband der Gebenedeiten ist mir unschätz-
bar; ich weiß nicht, ob ich es überleben würde, wenn ich mich von ihm
trennen sollte." Das damit verbundene und gehörig verbriefte Privileg
obigen Betreffs muß dazu dienen, den Kaufpreis plausibel und harmlos
erscheinen zu lassen. Und wie schön weiß der glückliche Besitzer das Anerbieten einzukleiden: „Wenn selige Geister auf die Handlungen schwa-
cher Menschen, die sie ja auch waren, achten, so wird der verklärte
Papst mit Wohlgefallen meinen Eifer erblicken, das liebste Mädchen
seines vormaligen Gebiets aller Indulgenzen würdig
zu machen, die er der Besitzerin dieses heiligen Gürtels zu seinen
Lebzeiten vermacht hat (!!!).

Die Entehrung des Mädchens, das allerdings selbst für protestantische Leser zu dumm-katholisch ist, gelingt und wird vom Erzähler
als „psychologisches Experiment" betrachtet!

Und was glaubt man, daß nun folgt? Etwa einige Scham
dieses Lotterbuben über die Tiefe seiner Verkommenheit? Bewahre!
Sondern eine von tugendhafter Entrüstung strotzende Philippika auf
Sanchez, Escobar u. s. w., auf die Schlechtigkeit der katholischen Religion, die solche Seelenruhe im größten Laster verleihe. Es wird
nämlich der protestantische Leser so bornirt vorausgesetzt, daß er glaube,
ein Papst hätte wirklich einmal solche Privilegien gegeben und Sanchez, Escobar enthielten obscöne Stellen oder Rechtfertigungen Thümme-
lischer Moral. „O ihr Päpste, Pröpste und Mönche, die ihr eine Le-
gion von Lotterbuben nicht zur Bewahrung, sondern zur Verführung
der Tugend auf die Altäre gebracht, durch heillose Künste das Zartgefühl des Gewissens verhärtet, manche schwache Seelen durch Frei-
pässe zum Laster sicher gemacht, an jede Lampe, die eure hl. Concor-

---

¹) Bei derselben Gelegenheit kamen auch „drei Steine aus der
Blase der hl. Clara" zur Auktion.

bien, Magbalenen und Madonnen erleuchtet, einen Trost für Verbrecher gehängt habt 2c. 1"

Thümmel als Sittenprediger! Aber schließlich wirft er die Maske ab: „Sage mir auf dein Gewissen, ob man es einem Schriftsteller, der nur einigermaßen hoffen darf, in gute Häuser (!!) zu kommen, ob man, anstatt ihn zu tadeln, es ihm nicht als Verdienst anrechnen sollte, wenn er das Herz faßt, Mädchenliebe zu predigen, und sie mit so lebhaften Farben, als diese Art Malerei nur vertragen kann (!!), zu schildern sucht! Ziehe erst, ehe du mit mir rechtest, den schleichenden, unmännlichen, unnatürlichen Gang in Betrachtung, den die schönste aller Leidenschaften in einem Zeitalter nimmt, das in sovielen Rücksichten nur von ihr seine einzige Hilfe erwartet!" An Weiße schreibt er zu seiner Rechtfertigung, aus Aberglaube erfolge Verderbnis der Sitten und daraus Umsturz der Staaten, sodaß erst wieder eine andere Generation entstehen müsse, um der Natur zu ihrem Recht zu verhelfen. „Aus Aberglaube Verderbnis der Sitten" ist sehr gut.

Genug! Thümmels zehnbändiges Schmutzwerk erlebte in wenig Jahren im protestantischen Deutschland sechs Auflagen!

Wilhelm Heinse (das Schamloseste ist seine Vorrede zum Petronius) ist der unmittelbare Schüler Wielands. Komisch sieht es aus, wie es diesem ob der ausgestreuten Saat zu gruseln beginnt und wie er eifrig diese Anhängerschaft seiner Nachfolger abzuschütteln sucht. Es hat fast den Anschein, meint Julian Schmidt, als ob Wieland ein Privileg, schlüpfrig zu schreiben, beanspruchte. Mit sehr feinem Spott schreibt der verläugnete Schüler an seinen Meister: „Setzen Sie einmal Ihre Diana, die Sie einem Satyr überlassen, gegen meine Alwina! Ihre Behandlung ist räsonnirt, meine im Taumel der Fantasie begangen, ich dächte, daß der Meister dem jungen Artisten verzeihen kann. Bei all dem gelobe ich, künftig keine Zeile mehr zu schreiben, die nicht von den Vestalinnen gelesen werden kann, welchen man Ihre komischen Erzählungen und Ihren Amadis vorlesen darf."

Heinse hat denselben Kniff wie Thümmel nämlich die Manier, seine eigene Schamlosigkeit als die lascive Kehrseite der katholischen Bigotterie auszugeben und für seine nichtswürdigsten Charaktere Kardinäle, Priester, fromme Adelige auszuwählen. Stets ist eine rechte Zote in Verbindung mit einem frommen Spruch gebraucht, als wäre das bei Katholiken und Italienern ganz herkömmlich, z. B.: „Wenn Arbinghello mir

7*

meinen Bräutigam Florio aus der Sklaverei erlöst und zärtlich liebt und schweigt, so soll er meine höchste Gunst haben oder Madonna soll mich nie zu Gnaden annehmen." So werden katholische Jungfrauen geschildert! Man bedenke, daß Florio Bräutigam der Bittstellerin ist! Aber das macht nichts; Heinses Princip lautet ja: „Brüder und Helden, jeder wert, ein Mann zu sein, sollten sich eine Freude daraus machen, ein schönes Weib gemeinschaftlich zu lieben. Der geringste Genuß wird durch Anteilnahme Mehrerer verstärkt und gewinnt dadurch erst seinen vollen Gehalt, warum sollte es nicht so sein beim größten? Und ist eine junge Schönheit nicht im Stande, ihrer viele zu vergnügen? Verliert der Eine, wenn die Andern auch aus der Quelle trinken, woran er schon seinen Durst gelöscht hat?"

Ein Kardinal und ein Neffe des Papstes sind Rivalen des Helden bei einer Dirne. Ardinghello kommt in ein blutiges Rencontre mit diesen und schreibt selbst an den „heiligen Vater, an den Kardinal und Großherzog, um ihnen die Natürlichkeit und Notwendigkeit der Begebenheit und seine Unschuld vorzustellen." Die raffinierte Berechnung geht darauf, die Kirchenherrschaft nicht blos als schlecht und schamlos, sondern auch als indifferent gegen Duell und Hurerei hinzustellen! Man sieht wieder die protestantische Spitze. Die lüsternen Böcke Norddeutschlands verlegen ihre schlechten Phantasieprodukte auf den Boden der katholischen und romanischen Welt und sonnen sich im Ruhmesglanz der „keuschen deutschen Sittlichkeit."

Friedrich Schlegels „Lucinde", die gewöhnlich als Ausbund aller Gottlosigkeit an den Pranger gestellt wird, nimmt sich diesen Schlammprodukten gegenüber fast harmlos aus. Schlegel hätte man seine Lucinde gern verziehen, wenn er nur nicht das entsetzliche Verbrechen begangen hätte, darnach katholisch zu werden. Auf Rechnung des Katholizismus kann man die Lucinde nun nicht wohl setzen, dafür aber wird der Charakter Schlegels in der zünftigen Litteraturgeschichte auf's Niederträchtigste entstellt. Die Lucinde ist nun freilich kein moralisches Produkt. Mit souveräner Verachtung altväterlicher Sittenvorschriften offenbart der kühne Dichter durch seinen Julius und dessen Lucinde Gedanken über die freie Entfaltung der Individualität, die göttliche Größe des Müssiggangs, dieses „einzigen Fragments von Gottähnlichkeit, das uns noch aus dem Paradies blieb," über die Würze der zweideutigen Rede, „welche die Gespräche frisch erhält, wie Salz die Speisen; es wäre ja grob, mit einem reizenden Mädchen zu reden, als wäre es ein ge-

schlechtsloses Amphibium" u. ä. Die öffentliche Meinung wird als
häßliches Untier geschildert, das zertreten werden müsse, und offen kün-
digt der Dichter das Motiv seines Buches an mit den frivolen Worten:

„Ich schreibe, wie du siehst, nicht ohne Salbung, aber es geschieht auch nicht ohne Beruf und zwar göttlichen Beruf. Was darf
sich der nicht zutrauen, zu dem der Witz selbst durch eine Stimme vom
Himmel rief: Du bist mein geliebter Sohn, an dem ich mein Wohlgefallen habe."

Es ist lächerliche Abgeschmacktheit, die Ideen des Buches, die
mit „göttlicher Frechheit" hingeworfen werden, als Überzeugungen des
Dichters zu nehmen. Sie sind vielmehr Erzeugnis der romantischen
Ironie, jener Stimmung, die sich in einer neckischen Verspottung des
Hohen wie des Niederen gefällt, um das ganze Weltleben in einen
schmerzlos heiteren Schein aufzulösen und so in der souvränen Herrschaft und Unabhängigkeit von allen Ideenmächten poetisches Genüge
zu finden.

Daß man die Lucinde so ernst genommen, ist namentlich die
Schuld der Briefe Schleiermachers „über die Lucinde", die
viel frivoler sind als das Urbild selbst, weil hier an stelle des kecken
Spottes, der sich als solcher leicht kenntlich macht, deutscher Ernst tritt
und das Thema der freien Liebe offen geprebigt wird.

Schleiermacher gibt wie einst Aspasia einem jungen Mädchen,
Caroline, Unterricht in der Liebe. Als Katechismus und Lehrbuch könne
sie am Besten die Lucinde benützen. Aber auch Beobachtung und
Selbsterfahrung sei nötig, um den Gefahren der falschen Liebe auszu-
weichen. Es handle sich darum, „soviel wahre Liebe anzuschauen, als
es ihrer in der Welt gäbe und nichts mit solcher Aufmerksamkeit und
Andacht zu betrachten als sie." Da aber probirt überall über studirt
geht, müsse es auch „vorläufige Versuche" geben, denn „auch die Kraft
der Liebe bedarf der Übung und ist nicht gleich in der ersten Regung
fertig, jeder Versuch trägt bei, das Gefühl bestimmter und die Aus-
sichten auf die Liebe größer und herrlicher zu machen." Solche Versuche müßten aber auch als solche betrachtet werden und dürften nicht
etwa durch dauernde Hingabe sanktionirt werden, das wäre schreck-
licher Mißgriff und hieße eigentlich „sich verführen lassen." Erst am
Ende, „wenn die schülerhaften Versuche längst hinter uns liegen und du
dich auf dem Punkte fühlst, von wo aus du dein Gemüt vollenden und
dein Leben schön und würdig bilden kannst," darf nach zurückgelegten

gymnastischen Exercitien das letzte Siegel der Vollendung angelegt werden.

Schleiermacher war Oberhofprediger in Berlin!

Kleinere Geister wie Hermes, dessen Roman „für Töchter edlerer Herkunft" Schiller so herrlich gekennzeichnet, wollen wir übergehen, um dem größten deutschen Dichter noch einige Rücksicht zu schenken.

Goethe können wir als Verfasser der Stella, der Elegien, des Werther, des Wilhelm Meister, nicht ganz bei Seite lassen, wenn auch hier die üppigen Gestalten durch den Glanz einer höheren Schönheit verklärt sind und den Philinen, Mariannen, Aurelien die Leonoren, Iphigenien und Eugenien entgegenstehen. Abstoßender noch als jene erscheinen die männlichen Schwächlinge: Werther, Fernando, Clavigo, Weislingen, Eduard, die gleichwohl mit unverhohlener Sympathie gezeichnet sind.

Im 3. Kapitel des Wilhelm Meister heißt es:

„Als er aus dem ersten Taumel der Freude erwachte und auf das Leben und seine Verhältnisse zurückblickte, erschien ihm Alles neu, seine **Pflichten heiliger**, seine Kenntnisse deutlicher, sein Talent kräftiger, seine Vorsätze entschiedener." Das ist doch selbst Vischer zu viel. „Ein Ladenschwengel, der Vater wird, ohne noch einen Flaum um das Kinn zu haben und dem eine tüchtige Tracht Prügel gehörte, spricht von heiligen Pflichten, die er bei seiner Dirne gelernt hat!"

Doch bei Goethe sind das Sonnenflecken, die in dem Glanz des großen Genius verschwinden, und ohne welche Goethe erst recht Goethe wäre, bei jenen Pygmäen ist das erotische Flämmchen der einzige Reiz, der die Mißgeburten kümmerlich über Wasser hält!

Diese pornographische Strömung, eingeleitet von den tonangebenden Geistern der Litteratur und treffend in eine Zeit höchst gesteigerter Empfindsamkeit, mußte eine schwüle Atmosphäre und einen bedenklichen Rückgang der Sittlichkeit, namentlich was die geschlechtlichen Verhältnisse betrifft, erzeugen. Die Corruption in den oberen Ständen Nord- und Mitteldeutschlands war eine haarsträubende. Die Ehe wurde für nichts geachtet, ehebrecherische Verbindungen mit Einwilligung der Gatten waren nichts seltenes, ja man rühmte sich dessen. „Ich möchte wissen, was sich gegen eine Ehe on quatre einwenden ließe," sagte die Rahel. Eine neue Art kraftgenialer Weiber kam auf und predigte und übte das neue Evangelium der freien Liebe. Jena, Weimar und Berlin waren die Hauptsitze dieser Heldinnen, unter denen

— 103 —

Charlotte von Kalb, Caroline Schlegel, hie Rahel Levin, Henriette
Herz, eine der verheirateten Geliebten Schleiermachers, u. s. w. die her-
vorragendsten sind. Die alten Begriffe von Moral waren in diesen
Kreisen längst antiquirt. „Er ist soweit voraus in seinen Ideen, daß
man nicht sagen kann, er ist gut oder bös, das ist weit unter ihm,"
sagte Rahel von Wilhelm von Humboldt. Von Humboldt aber rühmt
sie besonders, daß „mit mehr Grazie noch niemand verheiratet war,
völlig Freiheit gebend und nehmend." „Geschminkter Egoismus und
ungeschminkter Unglaube" ist nach Jean Paul das Hervorstechende der
Weimarer Gesellschaft. Sogar die Begriffe Unschuld, Keuschheit, Religion drohten verloren zu gehen, indem ihre Beziehungen auf das gerade Gegenteil angewandt wurden. „Keusch und zart wie einer Jungfrau Kuß, heilig und fruchtbar wie die Umarmung eines Bräutigams,
ja nicht nur wie dies, sondern all dieses selber ist Religion," sagt
Schleiermacher. „Sucht ihr Unschuld, sucht sie in Schäferhütten und
selbst dort verirrt sie sich aus Unerfahrenheit," sagt Wieland.

„Das Ehebett", sagt Hillebrand in seinen „Zeiten, Völker und
Menschen", „war in jenen Zeiten zum wahren Taubenschlag geworden;
man flatterte hinein, heraus, nach Belieben. Was bei den edleren
Naturen ein Wahrheitsbedürfnis (!), das diente den anderen als ein
Freibrief für die nackte Laune." Hillebrand meint nämlich nach dem
berühmten Codex des Geniekultus, es sei etwas ganz anders, wenn
eine Rahel, diese „wunderbar keusche Natur (!)" erklärt: „Einer schlechten Ehe würde ich mich nie fügen, denn wer meine innersten Neigungen
verletzt, behält mich nur als eine Gefangene", als wenn eine Therese
Heyne oder eine Sophie Tieck sich gegen die socialen Schranken auf-
lehnt und die moralische Seele zertritt. „Jene waren eben w a h r
und ursprünglich, folgten ihrer eigenen Natur" (die andern nicht auch?)
und diese Natur war nicht unebel... Keine Nation kann soviele Männer
aufweisen, die bei aller Mißachtung conventioneller Sitte, ja bei vollständigem Verkommen (!!), äußerer Verwilderung und gänz-
licher Haltlosigkeit in der Lebensführung sich einen so
unverwüstlichen Kern bewahrt haben, geistige Potenz und Feingefühl
für die höheren Interessen, einen Funken des Gemüts und Geistes, den
die Überschwemmung des übrigen Menschen nicht zu erlöschen vermochte.
... Es galten weder Gesetze noch Rechte, nur dem innersten
süßen Hang folgte man und durfte man folgen, denn es war
Alles in Allem genommen ein edler Hang." Naiv fährt dann Hille-

brand fort: „So freie Anschauungen über Staat, Nationalität, Ehe, Religion, wie sie im Anfang des Jahrhunderts herrschten, sind nur Höchstgebildeten und Edelgeborenen erlaubt. Bei der Masse würden sie zum staatlichen, nationalen, moralischen Ruin führen; aber erkennen und unterscheiden sollen wir, wer zu jenen Aristokraten gehört [1]).

Reizend ist auch und für die „wunderbare Keuschheit und Reinheit" der semitischen Titanide bezeichnend der naive Ausspruch Rahels bei der „graulich machenden" dumpfen Annäherung der „infamierenden Krankheit", die sie auf ihren genialen Excursionen erholte: sie habe entdeckt, daß sie, die geile Jüdin, nun Aristokratin sei.

Zu jenen Aristokraten und moralisch Privilegierten gehörte auch der bekannte Fürst Pückler-Muskau. Sein Liebesleben, von ihm selbst offenherzig beschrieben, könnte Bände füllen. In einem vornehmen Hause aufgenommen, verliebte er sich zuerst in die beiden Kinder des Hauses, er weiß selbst nicht recht in welches, zugleich ein wenig in die Mutter. Diese, eine Vierzigjährige, umfaßt ihn mit glühender Liebe. Obgleich neun Jahre älter als er, ließ sie sich scheiden, um ihm die Hand zu reichen. Er geht die Ehe ein unter Reservirung seiner un-bedingten Freiheit und des Rechts „auf jede und wieder-holteste Untreue." Nach zehn Jahren scheidet sich das wunderliche Ehepaar, weil die beiden hoffen, der immer noch schöne Fürst könne eine reiche Erbin heimführen und „so die zerrütteten Verhältnisse wieder ordnen." (Welche Vernunft, welch geschäftsmännischer Geist bei diesen praktischen gemütlichen Adeligen!) Ein Heiratsburau mit reichen Erbinnen auf Lager existierte damals noch nicht und auch die „reellen" Heiratsan-träge in den Zeitungen waren noch nicht erfunden. So macht sich denn der Fürst auf den Weg nach London, Hamburg, Leipzig. Auf's Genaueste unterrichtet der Geschiedene die daheim gebliebene Exgemahlin von den Fortschritten und Hemmnissen seiner Brautfahrt. Er ist im Grund sehr

---

1) Wie ganz anders Jean Paul: „Hohe Menschen stehen nicht über der Moral. Gerade von ihnen erwarten die Menschen in tieferen Ständen größere Tugenden, wie sie selbst bei Fürsten über deren Ausschweifungen verwundert sind, statt bei der Menge der Versuchungen vom Gegenteil. . . Warum soll ich moralische Fehler dem Genie vergeben und dem Duns nicht? Höchstens jenem nicht! Und als Gesetz für den Autor stellt er auf: Bist du ein Schriftsteller, so denke dir den besten Menschen auf Erden, der in allen Werken nur das Heiligste und Schönste für seine Brust aushob und nichts Unreines darin bulbete; dann nimm die Feder und suche diesen Menschen zu entzücken! Es ist Pflicht des Autors, sich keinen anderen Leser zu denken und zu wünschen."

zufrieden, daß es nicht geglückt und kehrt wieder heiter und munter zu
seiner „Schnucke“ zurück. „Dies geht gewiß über deinen Horizont“,
schreibt er an eine englische Freundin, aber wir Deutschen sind odd
people.“ Das Ehepaar lebt vergnügt weiter nach dem selbst aufge-
stellten Grundsatz der Schule von Theleme: Thue, was dir beliebt!
Als aber der alte Sünder von seiner ägyptischen Reise gar eine Mohrin
(die Machbuba) mitbringt, ärgert sich die Alte doch, nicht wegen der
Concubine, sondern weil es gar eine Schwarze war. Wie undelikat!
(s. d. Nachlaß des Fürsten von Pückler-Muskau, herausgegeben von
Ludmilla Assing.)

Solche Erscheinungen und Grundsätze blieben zum Glück nicht
ohne Reaktion von Seiten der besseren Geister der Zeit.

VI. Die katholische Gegenströmung in der klassischen Periode.

Von einer katholischen Gegenströmung zu Gunsten einer idealeren
Auffassung des Geschlechtslebens zu reden, wird vielleicht auf den ersten
Blick gewagt erscheinen. Denn man wird einerseits auf die Mithilfe
edler Geister aus dem protestantischen Lager, wie Jean Pauls[1] und
Fichtes[2], andererseits auf den Verfall der Sittenzucht selbst in den
kirchlichen Kreisen der rein katholischen Zeit, auf die libertinistische Richtung der Renaissance, auf Bocaccio, Ariost, Voltaire und die Encyklo-
pädisten, in unserer Litteraturepoche speziell auf die Wiener Müller,

---

1) Über die Keuschheit der Dichtungen Jean Pauls, der die reinen Empfindungen der Kinderunschuld, Freundschaft, religiösen Erhebung wie kaum ein
anderer Dichter zu malen verstanden und über das Verhältnis dieser Seite
seines Charakters zu dem Cynismus seines Humors s. mein Buch: Jean Paul
und seine Bedeutung für die Gegenwart bei Dr. Lüneburg in München,
S. 51 ff. Auf Jean Paul übten die katholischen Mystiker, bes. Fenelon und
die Guyon großen Einfluß.

2) Fichte schreibt in seiner Staatslehre (S. 128):
„Unkeuschheit ist Quelle der Feigheit; unverletzte Keuschheit in Ehren
halten, und Heiligen unserer Person von Jugend an ist das einzige Mittel,
Alles zu werden, was wir können nach der uns verliehenen Kraft im ewigen
Rate Gottes. Verletzung derselben ganz sicher und unfehlbar eine Zerstücklung
und teilweise Ertötung... Woher die Verderbnis und der zur Mode gewordene
Leichtsinn des Zeitalters über diesen Gegenstand? Sie tragen sie nicht im
Herzen als angeborenen Zustand, eben sowenig im Verstand als freierworbene
Einsicht. Sie sehen darum die vorhandenen Keuschheits- und Ehrengesetze als

Blumauer u. a. verweisen, um einen confessionellen Gegensatz in dieser Frage für ungerechtfertigt zu halten. Es ist richtig, daß die lasciven Richtungen zu allen Zeiten ihre starken Wurzeln in der sinnlichen Menschennatur an sich gehabt haben, daher schon im Mittelalter zur Zeit der unumschränkten Herrschaft der Kirche lazere Tendenzen, wie sie im Tristan des Gottfried und selbst in manchen Erzeugnissen des Minnegesangs auftauchten, nicht immer niedergehalten werden konnten; es ist gleichfalls richtig, daß dieser niederziehenden Seite schon eine gleichfalls starke Gegenkraft in den höheren Instinkten und im geistigen Charakter der Menschen entgegensteht, deren mächtige Wirkung wir schon im Heldentum auf rein menschlicher Grundlage ersahen; aber der Einfluß der religiösen Überzeugungen ist diesen unbestimmten und schwankenden Gefühlswallungen gegenüber doch ein starker und ausschlaggebender. Zur Beurteilung derselben muß man ehrlich genug sein, zwei Punkte zu beachten: Es kommt doch wohl, wenn wir von dem Einfluß einer Religion reden, zunächst auf den Geist derselben, nicht auf die Personen an, die ihr angehörten; und dann, wenn wir die Persönlichkeiten zum Vergleiche der Religionen heranziehen, so müssen wir doch Personen wählen, in denen die Doktrin lebendige Gestalt, Fleisch und Blut angenommen hat, nicht solche, die zwar zufällig in einer Religion geboren waren, sich von ihrem Einfluß aber völlig emancipierten. Aus diesem Grunde schon können die oben genannten erotischen Geister der katholischen Welt nicht der Religion, der sie allerdings äußerlich angehörten, zur Last geschoben werden. Jedenfalls ist es ein gewaltiger Unterschied, ob die edleren natürlichen Regungen durch die religiöse Doktrin und Sitte begünstigt und gebilligt oder von dem religiösen Faktor diskreditiert und im Stiche gelassen, ja bekämpft werden. Im ersteren Fall hat der Libertin doch in dem gewaltigen Bollwerk seiner Jugend-

---

willkürliche und eigennützige Beschränkungen der persönlichen Freiheit an, hassen sie, sind im Aufruhr gegen dieselben und suchen alle Welt fortzureißen in diesen Aufruhr. Daher die hinterlistige Verstellung, niedergelegt in manchen verderblichen Büchern, daß man jene Dienstbarkeit gar nicht vermeiden könne. . . Dies Vorgeben ist jedoch falsch und eine freche Lüge. Jener unordentliche Trieb ist gar nicht in dem ordentlich geborenen (nicht gerade aus einer verwilderten und verworfenen Familie abstammenden) Menschen. Der Mensch ist nicht mehr zu dieser Unordnung geneigt als zu anderen, z. B. zum Stehlen. Jene, die es so ansehen, mögen für ihre Person zu solchen gehören, wer heißt sie das Geschlecht so setzen? Mit solchen soll man sich nicht abgeben, und die Berührung mit einer unreinen Phantasie als das eigentliche Gift meiden.

erinnerungen und seiner Umgebung einen starken Rückhalt der edleren
Potenzen zu überwinden, der in letzterem Fall gar nicht vorhanden ist. Die
protestantischen Anschauungen haben nun diese idealere Seite der Natur
ebenso erdrückt, als sie die katholischen gehoben und verstärkt haben.
Das höchste war hier ein ziemlich philisterhaftes, äußerlich tadelloses
Familienleben, das nicht einmal eine religiöse Verklärung erfuhr, da der
Charakter der Sakramentalität aufgegeben war. Auch diese Stufe war
mehr durch die alte Sitte und Tradition, als durch die Lehre und das
Beispiel der Reformatoren geschaffen worden, und konnte schon deßhalb
nicht besonders hoch kommen, weil sie des Hintergrundes und starken
Rückhaltes der eigentlichen Tugend der Keuschheit entbehrte. Selbst
Geister unverfälscht reformatorischen Charakters zeigten sich in sexuellen
Dingen äußerst lax (wie Luther ja selbst), wurden sogar, wie wir gesehen, Chorführer der Libertinisten; dagegen tritt die katholische Literatur, wo sie wahrhaft eine solche ist, stets mit sofortiger Betonung
und Hochstellung der Keuschheit, der Entsagung auf und kämpft unter
diesem Schiboleth. Auch ein anderer Punkt hängt mit dem confessionellen Gegensatz zusammen. Wo zügellose Tendenzen aus katholischem
Lager stammen, treten sie in der Regel mit einer übermütigen Keckheit,
einem neckischen Humor, witzigen Spott auf, dem man es deutlich ansieht, daß er nicht der Überzeugung, sondern der Ausgelassenheit seinen
Ursprung verdankt; die protestantischen Erotiker aber verfechten ihre
Sache mit einem so komischen puritanischen Ernst, einer philosophischen
Dialektik und deutschen Gründlichkeit, die verrät, daß sie noch eine heilige Sache zu verfechten glauben. Hätte man Ariost oder Voltaire
gesagt: Du bist doch ein schlimmer Mensch, wie kannst du so schreiben? so würde der gesagt haben: Narr! brauchst du das als Muster
zu nehmen? dulce est, desipere in loco. Ein Thümmel dagegen empfiehlt seine Grundsätze als „einziges Rettungsmittel einer unnatürlichen
Zeit." Gerade die Übertreibung, die dort auf den ersten Blick frivoler
erscheint, schützt vor den gefährlichen Wirkungen, während hier die Beimischung von Philosophie, Religion, Nationalökonomie und weiß Gott
was noch alles die Sache sehr wichtig macht und die Lage betreffs der
Moralität fast umkehrt. Auch verrät sich die Unsicherheit bei den
katholischen Cynikern in zahlreichen Rückfällen, während die protestantischen viel gleichmäßiger sind. Das Faunsgesicht sitzt jenen nur als
übermütige Maske, während diesen die Bocksohren wirklich angewachsen
und in Fleisch und Blut übergegangen sind. Daher ärgern sich die

deutschen Pornographen über die „frivolen französischen Schöngeister“, welche die Sache biskreditiren und die faulen Punkte recht hervorkehren, statt sie klug zu verdecken.

„Verbrechen“, sagt Dostojewsky, „sind auch früher vorgekommen, aber jene Verbrecher fühlten doch stets, daß sie Verbrecher waren, und ihr Gewissen sagte ihnen, daß sie unrecht handelten; unsere modernen Mordgesellen aber wollen nicht mehr als Verbrecher gelten und glauben, daß sie sich im Recht befinden, ja vielleicht sogar eine gute That vollbringen. Das ist der große Unterschied und er ist auf Rechnung einer allgemeinen Begriffsverwirrung zu setzen.“ Was hier der große russische Novellist und tiefe Menschenkenner von den anarchistischen Attentaten sagt, ist mutatis mutandis auch auf unser Problem zu übertragen und diese veränderte Stellung ist — man mag sagen, was man will — auf die reformatorisch-religiöse Bewegung als Ausgangspunkt zurückzuführen. Eine Culturgeschichte, die ein tieferes Verständnis erschließen will, wird diesen confessionellen Faktor nicht verkennen dürfen.

Es ist hier nicht unser Plan, auf die katholisch-mystische Litteratur, die Schriften Taulers, Eckharts, einer hl. Theresia, eines Fenelon, der Guyon u. s. w. einzugehen, noch das Tugendleben der Heiligen zu schildern, obwohl hier der unversiegliche Quell der katholischen Ascetik, der idealen Auffassung des moralischen, auch des ehelichen Lebens liegt — auch wer nur die schöne Litteratur berücksichtigt, dem muß die keusche Färbung der katholischen Dichtung, die von einem geheimnisvollen Untergrund Zeugnis gibt, sofort auffallen. Schon die Tragiker Frankreichs Corneille, Racine, mehr noch die Sittenschilderer La Bruyère, Bauvenargue, Duclos hatten diesen katholischen Grundzug bewahrt. Ganz gewaltig kam er in der deutschen und französischen Romantik zum Durchbruch und riß selbst die Protestanten mit fort. Hier waren es allerdings weniger epochale Leistungen der derzeitigen katholischen Welt, als die Wiederbelebung der mittelalterlichen, welche diesen Umschwung herbeiführte. Doch sind auch tüchtige moderne Geister zu nennen wie Görres, Brentano, Eichendorff, Louise Hensel, Annette von Droste-Hülshoff. Die religiöse Lyrik von Brentano enthält das Erhabenste und Keuscheste, zu dem sich ein Dichtergenius emporgeschwungen. Selbst Grillparzer, der religiös außerhalb dieses Kreises steht, hat von seinem katholischen Mutterboden wenigstens den keuschen Hauch, der seine idealen Schöpfungen auszeichnet. Vom Mittelalter aus strömte er auf Uhland und die protestantischen Romantiker.

Auf französischem Boden sind Chateaubriand, Lamennais, Montalembert, Joubert u. s. w. das Pendant.

Selbst bei libertinistischen und stark freisinnigen Geistern der alten Kirche treffen wir auf Stellen von echt katholischem Geist. So hat Viktor Hugo in seinen „Miserables" eine schwungvolle Verherrlichung der Religion und des Klostergeistes gegeben. Ich darf wohl die interessanten Stellen hersetzen:

„Das Merkwürdige ist die hochmütige, überlegene, mitleidsvolle Miene, welche diese tappende Philosophie der gegenüber annimmt, welche Gott sieht. Man glaubt einen Maulwurf ausrufen zu hören: „Sie bauern mich, die Thoren, mit ihrer Sonne!" O Ideenblindheit! Der Mensch lebt mehr von der Bejahung als vom Brod... Selbst das Sehen und Zeigen genügt nicht, die Philosophie muß Energie sein, sie muß das Ziel haben, die Menschen zu bessern. Die Wissenschaft muß Herzstärkung sein. Das Absolute muß praktisch, das Ideal für den Menschengeist athembar, trinkbar, eßbar sein. Das Ideal hat das Recht zu sagen: Nehmet hin und esset, es ist mein Fleisch. Die Weisheit muß von der Philosophie zur Religion befördert werden.

„Man ist nicht unbeschäftigt, wenn man in Gedanken versunken ist. Es gibt sichtbare und unsichtbare Arbeit. Betrachten heißt pflügen, denken heißt handeln. Die übereinandergeschlagenen Arme arbeiten auch, die gefalteten Hände thun etwas. Der Blick zum Himmel ist auch ein Werk. Für uns sind die Klosterbewohner keine Müßiggänger, die Einsamen keine Faulen. Überhaupt erscheint uns in dieser letzten Minute, die zum Glück dem 19. Jahrhundert ihre Gestalt nicht hinterlassen wird, in dieser Stunde, in welcher soviele eine niedrige Stirn und eine kleine Seele haben, unter sovielen, deren Moral Genuß heißt, jeder ehrwürdig, der sich verbannt. In der Gegenwart leidet das Weib am meisten und im weiblichen Kloster liegt eine Protestation! Ich habe nie ohne einen innigen religiösen Schauer, ohne ein neidvolles Mitleid jene hingebenden, zitternden, vertrauensvollen Wesen, jene demütigen und erhabenen Seelen betrachten können, die am Rande des Geheimnisses wartend zu leben wagen zwischen der Welt, die verschlossen, und dem Himmel, der nicht geöffnet ist, gewendet nach dem Licht, das man nicht sieht, und glücklich in dem Gedanken, zu wissen, wo es ist, gleichsam zwischen zwei Abgründen auf einsamen Bergen."

„Oftmals erhob sich Valjean, der einstige Sträfling, mitten in der Nacht, um den Dankgesängen der schuldlosen Wesen zuzuhören und er fühlte es wie Eis in den Gliedern, wenn er daran dachte, daß die mit Recht Gestraften ihre Stimme zum Himmel nur erhoben, um zu lästern."

Freilich, die Stimmung hält nicht immer an; kurz zuvor schreibt derselbe Dichter, der hier so herrlich die Ideale seines Glaubens verteidigt und in seinem Bischof Ehregott, der „nach einem Porträt gezeichnet" ist, dem katholischen Klerus ein so herrliches Denkmal gesetzt:

„Das hartnäckige Fortbauern veralteter Einrichtungen ist gleich dem Eigensinn des ranzigen Parfüms, das unser Haar tränken, gleich der Anmaßung stinkenden Fleisches, das uns nähren will, gleich den zärtlichen Äußerungen des Leichnams, der Lebende umarmen möchte, gleich dem Kinderrock, der von uns getragen sein will. Ihr Undankbaren! sagt der Rock, ich habe euch bei schlechten Zeiten geschützt, warum wollt ihr nichts mehr von mir wissen? Ich komme aus dem weiten Meer, sagt der Fisch; ich bin die Rose, sagt das Parfüm; ich liebte euch, spricht der Leichnam; ich civilisierte euch, sagt das Kloster. Darauf gibt es die einzige Antwort: Ehemals! . . Es erscheint seltsam, wenn man an die endlose Dauer abgestorbener Dinge und an die Erhaltung der Menschen durch Einbalsamierung glaubt, wenn man die baufälligen Dogmen restaurieren, die Heiligenscheine neu vergolden, die Klostergänge überstreichen, den Aberglauben ausbessern, den Fanatismus verproviantieren, dem Weihwedel und Säbel neue Griffe geben, die Gesellschaft durch Vervielfältigung von Parasiten heilen will. Wir unsererseits achten die Vergangenheit und schonen sie überall, sobald sie nur wirklich tot sein will."

Noch bis in die neueste Zeit zeigt die katholische Kunst den unverkennbaren Typus keuscher Innigkeit. Riehl klagt einmal, daß die modernen Maler so wenig Sinn für das Jungfräuliche hätten; jede Jungfrau werde zum Weib, wenn nicht zur Kokette, die Maler hätten kein jungfräuliches Auge, und Vischer macht sich über die jetzigen Madonnen lustig, denen man ansähe, daß sie Zschokkes Stunden der Andacht gelesen hätten. Das hängt mit dem Verlust des alten Glaubens zusammen. Die Madonnen Fiesoles, Rafaels, Murillos, Velasquez' und neuerdings die Schöpfungen von Overbeck, Achtermann, Cornelius, Schwind, sie haben nach diesem Betracht unter den protestantischen Künstlern keine Concurrenten, so gediegene und glänzende Namen hier sich bieten. „Jedem religiösen Bild", sagt Klinger in seinen „Betrach-

tungen über verschiedene Gegenstände", „läßt sich ansehen, ob es ein
katholischer oder protestantischer Meister gemalt hat. Man glaubt an
einer gewissen Kälte zu bemerken, daß es den letzteren am rechten
Glauben fehlte." Auch Shakespeare hat nur in der Isabella (in „Maß
für Maß") ein ideal zartes Frauenbild gezeichnet, die nebelhafte Ma-
rina und die ins Gräßliche fallende Lavinia können nicht als reine
Verkörperungen des Jungfrauentypus gelten. (Die Frage bezüglich der
Religion Shakespeares bleibt hier außer Betracht, da der englische
Dichter durch das siegreiche protestantische Milieu sicher stark beeinflußt
war. Daß Shakespeare katholisch gewesen, dünkt uns übrigens schon
aus inneren Gründen unbestreitbar. Shakespeare hat aus den älteren
Vorwürfen seiner Dramen [so gerade dem König Johann, aus dem
Gervinus den echten Protestanten erkennen will] alles ausgemerzt, was
Katholiken anstößig war, und von Kirchenfürsten stets in auffallend re-
spektvollem Tone gesprochen, selbst wo sie wie der Erzbischof von York
als Rebellen auftreten. Selbst katholische Dichter des Mittelalters und
der Renaissance haben in ganz anderen Worten über die Fehler
der geistlichen Gewalt gesprochen und Shakespeare hätte in der furchtbar heißen Zeit der confessionellen Kämpfe, als die katholische Partei
ganz zu Boden lag, dieses wohlfeile Mittel, sich bei der siegreichen
Partei populär zu machen, verschmäht, wenn er wirklich zu ihnen gehört hätte? Das ist ganz undenkbar, auch abgesehen von seinem Heinrich VIII. Shakespeare war mindestens Kryptokatholik; Zurückhaltung
war natürlich bei einer Elisabeth und dem Fanatismus des puritanischen Pöbels notwendig; hatte er doch von letzterem ohnehin genug zu
leiden.) Oder man vergleiche Palestrina, Allegri, Orlando di Lasso,
Witt, Habbel mit Bach und Händel! Die Kirchenmusik der letzteren
klingt herb und weltlich, opernhaft gegen die erhabenen, wie aus
Engelschören herüberschallenden Weisen der ersteren. Nur Richard
Wagner ist es protestantischerseits gelungen, durch liebevolle Versenkung
in die mittelalterliche Glaubenswelt den keuschen Ton derselben einigermaßen zu treffen, obwohl seine Musik nie das Theaterblut verläugnet.
In der Poesie dürften der ältere Redwitz, Weber, Johannes Schrott u. a.
als keusche Dichter genannt werden.

Aber auch die Volkspoesie der katholischen Länder trägt diesen
Zug. Paul Heyse, der eine Sammlung italienischer Volkslieder herausgegeben hat, rühmt als besonders auffallend die „Unschuld und Reinheit" dieser doch aus dem herbsten Volksleben stammenden Gesänge,

die in so schroffem Gegensatz zu der naiven Unzüchtigkeit unserer städtischen Volkslieder ständen. Bei aller sinnlichen Frische und Lebhaftigkeit werde hier vom „echten Volk" eine gewisse Grenze nicht überschritten. Das Volksleben in katholischen Gegenden, da wo es noch innig mit dem Glauben zusammenhängt, zeigt überall ein viel keuscheres Gepräge, als im protestantischen Norden. In Spanien hört man auch vom Proletarier keine Zote, und in dem noch unabhängigen Irland konnte unter König Brien eine Jungfrau mit Juwelen geschmückt von einem Ende des Königreichs bis zum andern ziehen, ohne daß weder ihr Schmuck noch ihre Ehre angetastet wurde. Darauf bezieht sich eines der schönsten Lieder von Thomas Moore: „Die irische Maid."

„O Dame, sag' an, scheust du dich denn nicht,
So einsam zu schweifen im Dämmerlicht?
Sind Erins Söhne dem blinkenden Gold,
Und der Schönheit des Weibes denn nicht hold?"

„„O Ritter, ich fühle nicht Furcht und Weh;
Kein Sohn von Erin beleidigt mich je,
Denn ob sie auch lieben Frauen und Gold,
Mehr sind sie der Ehre und Tugend doch hold.""

Auch heute noch ist Irland trotz seiner Armut das keuscheste Land der Welt. Auf 1000 Einwohner kommen nur 40 außereheliche Kinder und dieser Prozentsatz ist durch die vorwiegend protestantische Provinz Ulster hervorgerufen, in dem rein katholischen Connaught gibt es nur 1 uneheliches Kind auf 1000 Bewohner! Selbst Lecky rühmt die Empfindsamkeit des Irländers für weibliche Ehre und den Abscheu der Nation vor regelwidrigem Geschlechtsgenuß, während in Englands Landkreisen die Hochzeitsfeier rückwirkende Kraft besitze und die vorangegangene Unsittlichkeit austilge. Die Ursache findet Lecky in dem Einfluß der Priester und der Religion überhaupt.

VII. Die moderne Erotik.

Wenn erst die Schande wird geboren,
Wird sie heimlich zur Welt gebracht,
Und man zieht den Schleier der Nacht
Ihr über Kopf und Ohren.
Ja man möchte sie gern ermorden,
Wächst sie aber und macht sich groß,
Dann geht sie auch am Tage bloß
Und ist doch nicht schöner geworden.

Je häßlicher wird ihr Gesicht,
Je mehr sucht sie des Tages Licht.

Goethe.

Die Dichter und Künstler der Gegenwart lieben es, ihre Gemälde auf einen rotgrüngrauen und goldflackernden Grund aufzutragen: auf den Grund einer nervösen Sinnlichkeit. Auf diese verstehen sich ja die Kinder dieses Jahrhunderts. Daher man ihnen heroische Thaten nicht zutrauen darf, sondern höchstens heroisirende, prahlerische Unthaten.

Nietzsche.

Die Sinnlichkeit, sagt Lecky, ist das Laster junger Menschen und alter Civilisationen. Der Fortschritt der Neuzeit liegt darin, daß die Verfechter der Sinnlichkeit nun den Spieß umkehren, aus der defensiven Stellung in die aggressive übergehen und die Gegner der Unnatur, Gewaltthätigkeit, ja Unsittlichkeit anklagen. Es handelt sich jetzt nicht mehr darum, eine Schwachheit zu entschuldigen, ein zu schwer fallendes Gebot als nicht verbindlich hinzustellen, sondern der Übertreter nimmt den Heiligenschein des sozialen Reformators, des Messias der wahren, edlen Naturreligion in Anspruch. Auch extensiv geht das neue Evangelium weiter. Jetzt ist es nicht mehr blos der Cölibat, die freiwillige Enthaltsamkeit, welcher der Krieg erklärt wird, sondern die Ehe, die monogame und dauernde Ehe gilt als lästige Tyrannei und der freie, ungezügelte und schrankenlose Trieb ist das einzig Berechtigte, ja Heilige, nicht blos das Individuum, sondern die Sozietät Beglückende. Eine „Umwertung aller Werte" greift Platz. Alles, was den Menschen veredelt: Familie, sittliche Grundsätze, Pietät, Religion, wird zur Lüge gestempelt, niederbeugende Triebe dagegen mit dem Nimbus des Großen, Erhabenen, mit Unrecht Herabgesetzten verklärt, ihnen mit Vorliebe und Berechnung die Prädikate des Ehrwürdigen, ja Heiligen gegeben und wo dieselben gar zu scheußlich werden, wie im menschlichen Tier Zolas, werden sie durch Zurückführung auf Vererbung verteidigt und mit der Schuld vorangegangener Geschlechter gerechtfertigt. „Unter dem Geißelhieb des raubtierartigen Instinkts und unter dem Zwang, das alte Unrecht zu rächen, konnte er nicht anders," sagt Zola von seinem Helden Roubaud. Ganz neue Instinkte, mystische Triebe, Jahrhunderte lang fortgepflanzte Gedankenverbindungen, von denen die Physiologie und Ethik nichts weiß, werden erfunden, um die gräßlichste That zu entschuldigen. „Das Unheil, welches die Frauen seinem Geschlecht gebracht, ihre von Mann zu Mann gesteigerte Schlechtigkeit (!) hatte seinen Ursprung in so ferner Zeit, vielleicht gar begann es mit dem erſten im Dunkel der Höhle (des Affenmenſchen) verübten Betrug." Alſo der beſtialiſche Mörder erſcheint glorifiziert mit der Martyrer-krone eines Rächers des geſammten männlichen Geſchlechtes! Man beachte noch, wie das Weib hier erſcheint! Von der männlichen „Schlechtigkeit" iſt nie die Rede, immer nur von dem „Betrug" der Weiber; für den Mann gibt es ſolchen Betrug nicht, denn er genießt Freiheit.

An die Stelle der geſammten Ethik iſt als einzige Tugend die Geſchlechtsliebe getreten. Rédemption par l'amour! . . . lui par la force seule de son honnêteté la tirerait peut-être du vice pour toujours! . . l'amour l'a réhabilitée (Alph. Daudet in Sappho). Wie leicht das doch geht! Die Liebe die einzige Medizin, welche höchſte Tugend, Reinheit, Begeiſterung, weiß Gott was noch alles, gibt. Un peu d'amour rend à une âme sa chastetée perdu. (Al. Dumas.)

Pour que la goutte d'eau sorte de la poussière
et redevienne perle en sa splendeur première,
il suffit c'est ainsi que tout remonte au jour
d'un rayon de soleil ou d'un rayon d'amour.
(Viktor Hugo.)

Die arme Dirne der Gaſſe iſt's, die Viktor Hugo glorifiziert und canoniſiert im Gegenſatz zur tugendhaften und vornehmen Dame, die in prächtiger Caroſſe an ihr vorüberfährt. Das arme Ding blickt neidiſch hinauf, ihren ſchrecklichen Kummer in ein ſpöttiſches Lächeln verhüllend, Blumen im Haar, Schmutz an den Füßen, Haß im Herzen; aber dieſer Schmutz enthält noch das reine Waſſer! Man muß es nur auf obige Weiſe herausziehen.

Die Cameliendame, für die Lady Milfort doch ein viel zu edles Vorbild war, bildet jetzt ein beliebtes, rührſeliges Sujet. Alles Edelmutes, einer Großherzigkeit, die an die gefeiertſten Helden des alten Dramas erinnert, ſind dieſe faſt zu tugendhaften Huren fähig [1]).

Sie ſind auch der höchſten Achtung und Liebe des Mannes würdig, ſie ſind chastes au milieu des vices. Die Liebe zu ihnen iſt beſonders verdienſtreich, ja die eigentliche, echt chriſtliche Liebe. „Die Liebe", ſagt George Sand in der Lucretia, „iſt das chriſtliche Erbar-

---

1) Eine Analogie aus dem Altertum: Lyſimachus warf dem Demetrius von Macedonien vor, er habe zum erſten Mal eine gemeine Dirne auf die Bühne treten laſſen. Demetrius erwiderte, dieſe gemeine Dirne übertreffe die Penelope des Lyſimachus an Sittſamkeit.

men auf ein einziges Wesen concentriert, sie gilt dem Sünder, nicht
dem Gerechten, nur für jene bewegt sie sich unruhig, glühend, ungestüm, leidenschaftlich. Wenn du edler und rechtschaffener Mann eine
heftige Leidenschaft für eine elende Buhlerin fühlst, so sei sicher, daß
das die echte Liebe ist und erröte nicht darüber! So hat Christus die
geliebt, die ihn gekreuzigt haben. Der Soldat wagt nur sein Leben,
aber der Spieler seine Ehre!"

Michelet kehrt die Betrachtung um. Er rechtfertigt den ver-
kommenen Mann, den „Camelienherrn", wie Dostojewsky sagt, der
„erkältet vom Leben, von der großen, zu großen Erfahrung im Vergnügen" zur Ehe kommt und ein keusches, reines Klosterkind in den
Armen umfängt, das er erst bilden, „schaffen" (créer) soll. „Willst
du verzagen an diesem großen Werk? Habe Vertrauen zu dir, du
kannst Großes in der Liebe. Auch die Prostituierte ist deren noch
fähig! Je tiefer der Abgrund, desto glühender das Gebet. Ihr seid
geeint auf dem Boden der Liebe, der Liebe Gottes."

Sonst in altväterlichen Zeiten verlangte man sittliche Garantieen
vor dem Eingehen einer Ehe. Nichts davon mehr. „Nulle autre
garantie que l'amour." Sogar eine incubation morale geht aus der
physischen Vereinigung hervor.

Bei dieser Musterliebe werden pikante, blasphemische, selbst
blutschänderische Töne nicht verschmäht: In einem Roman von Balzac
fragt den Helden seine Geliebte: „Liebst du mich auf eine heilige Art?
— Heilig. — Wie eine Jungfrau Maria, die in ihrem Schleier und
ihrer weißen Krone bleiben will? — Wie eine sichtbare Jungfrau
Maria. — Wie eine Schwester? — Wie eine zu geliebte Schwester. — Wie eine Mutter? — Wie eine Mutter, die man heimlich
begehrt." —

Auch das Volk ist ein neuer Held, den die Revolution entdeckt
hat. Das Volk, „das die Zukunft ist, aber nicht die Gegenwart, das
Volk, verwaist, arm, intelligent und stark, niedrig stehend und hochstre-
bend, auf dem Rücken das Mal der Knechtschaft tragend und im Herzen
Vorgedanken des Genies (!), das Volk, das Autorität, Liebe, Fruchtbarkeit repräsentirt." (V. Hugo.)

„Euer Gesammtwille ist die Vernunft selbst," ruft Michelet aus,
„mit andern Worten: Ihr seid Gott! Und wer, ohne zu glauben
Gott zu sein, könnte etwas Großes thun? An dem Tag, wo ihr
diesen Glauben gewonnen habt, reißt ihr euch im Namen der Pflicht

8*

euere theuerste Liebe, euer Herz aus! Seien wir also Gott! Das Unmögliche wird dann möglich und leicht, eine Welt umstürzen ist dann wenig, aber man schafft dann eine Welt."

Dieses blasphemische Deuten sinnlicher, ja lasterhafter Begierden als göttlich, heilig, ist eine besondere Liebhaberei Michelets. Die Familie ist ihm die heilige Dreieinigkeit, le mystère des mystères (übrigens nach Feuerbach!), die Liebe ist immer die Liebe Gottes. Das gemeinsame Bett (le lit commun) ist das Band, der Versöhner der Seele, „communicateur, sagen wir lieber communion!"

Während die französische Tragödie in ihrer Glanzzeit durch und durch aristokratisch war, gleich der spanischen und Shakespeareschen — selbst Voltaire fügte sich diesem Ton — wird sie jetzt durchaus demokratisiert, und die Dichter bewerben sich um die Gunst des Mobs, dessen schlechten Instinkten sie auf die charakterloseste Weise schmeicheln. Aber während die Corneille, Racine, Marivaux, wenn nicht durch Geburt, so doch der Gesinnung nach echte Aristokraten waren und ihre Kunst mit ihren Idealen in vollem Einklang stand, stiegen die demokratischen Dichter nur in der Phantasie zum Volk herab, hielten sich jedoch vom Umgang mit demselben — außer incognito, der Studien halber — vorsichtig fern und schwelgten im raffiniertesten Luxus der besitzenden Klassen. Von ihren reichen Tantiemen floß nichts in die Taschen des armen Pöbels, der in ihnen seine Vorkämpfer feierte. Viktor Hugo hinterließ fünf Millionen, aber nicht einen Sou für die „Miserables", die er so sehr gefeiert hatte; seine Millionen waren nicht einmal in französischen Papieren angelegt. Eugen Sue besaß ein Hausleben mit märchenhafter, orientalischer Pracht. Ein Dichter der Revolution mit gallonirten Bedienten, goldenen Geschirren, ostindischen Gewächshäusern! Aber ohne diesen Contrast wäre diesen Romantikern auch die Lebenslust benommen. Ihre Dichtungen atmen die glühendste Genußsucht. „Das sind die Dichter, die mit unserm Elend soviel Geld verdienen," sagte in den ‚Fliegenden Blättern' kürzlich ein Proletarier zu einem andern.

Ja so sind sie, von Viktor Hugo und George Sand bis Gerhard Hauptmann und Ibsen, und das Schönste ist, daß unser Proletariat auch vollständig damit einverstanden ist. Es will keine Wohlthäter, keine Linder der Armut — die barmherzigen Schwestern, die christlichen charitativen Institutionen sind vielmehr auf's Tiefste verhaßt, weil sie ja den großen Tag verzögern — es verlangt nicht einmal von seinen

Führern ein werkthätiges Herz, es verlangt nur Worte, phrasenhafte Verherrlichung des einzig edeln, tugendhaften Pöbels und Verdammung der bösen, schlechten Kapitalisten. Unsere Sozialisten lassen die Singer, Vollmar auf ihren Geldsäcken prassen, sie schonen sogar Rothschild, verteidigen die Börse und das semitische Kapital und sind zufrieden, wenn einige Tausend nicht etwa für das notleidende Volk, sondern für den Agitationsfond, also wieder für die Führer und Geschäftsmänner der Bewegung gezollt werden. Man verdenkt den Verkündigern ihrer Ideen in keiner Weise, daß sie ein Aristokratenleben führen, sowenig als ein Graf, ein Millionär in ihren Augen gewinnt, wenn er Mönch wird; er verliert im Gegenteil. Soweit sind schon die Früchte der ausgestreuten Saat moralischer Gedankenverwirrung gereift.

Eugen Sue hat die „sieben Todsünden" in ebensoviele Tugenden umgewandelt. Es ist nichts leichteres als das. Ein Gerichtsassessor wird durch seine zornige Leidenschaft in die größten Conflikte mit seiner Stellung gebracht. Wie wird er nun ein edler Held? Einfach, er gibt sein Amt auf, wird Corsar und kann jetzt die Kraft seines Zorns zum Nutzen seines Vaterlandes anwenden. Ebenso geht's mit der Wollust. Eine Frau, deren Schönheit und Koketterie unwiderstehlich ist, benützt diese Gabe, um die Guten zu belohnen und die Bösen zu bestrafen. Einen grausamen Wucherer bringt sie zur Herausgabe seiner Quittungen und zuletzt rührt ihn der Schlag. Ein österreichischer Obrist erteilt ihretwegen den italienischen Rebellen Amnestie, gibt die Einwilligung zur Heirat seines Sohnes mit einer Bürgerlichen u. s. w. (Das Motiv ist übrigens schon in den „Mysterien von Paris" gegen den Wucherer Ferrand angewandt.) Selbst die Faulheit ist eine Tugend! Ein junges Ehepaar thut den ganzen Tag nichts, als in einer Hängematte sich wiegen und von der kühlen Luft umspielen lassen. Da dieses paradiesische Schlaraffenleben aber Kapital erfordert, so halten sie einige Jahre in angestrengter Arbeit aus, bis die nötige Summe erspart ist.

Julian Schmidt charakterisirt dieses Buch folgendermaßen:

„Brutale Ergüsse des Neides gegen jeden Vorzug, Anrufungen des tierischen Instinktes der Menge, eine Liederlichkeit, die sich nur schwach hinter moralischen Anwandlungen versteckt, Blasiertheit gegen jedes ernstere und tiefere Gefühl — mit einem Wort, die gemeinste Spekulation auf die Sympathie für das Schlechte ist der Charakter des Buches."

So wird diese Welt der Romantik zu einer Kupplerin für das Reich des Bösen.

Selbst Chateaubriand hat mitunter lüsterne Töne, so wenn er in den „Martyrern" die Seligkeit mit den Entzückungen einer legitimen Liebe vergleicht. Auch in der Athala weht eine recht schwüle, lüsterne Luft.

Diese Klänge vom Westen sind von unseren heimischen Sturm= und Drangpoeten verständnisinnig aufgenommen worden. Auf deutschem Boden muß sich die pornographische Verdrehung der moralischen Wertanschauung natürlich durch eine tiefere, philosophischere Grundlage auszeichnen. Hier haben wir ja unseren großen Nietzsche, der die Moral des Christen= tums so meisterhaft als entsprungen aus Sklavennaturen dargelegt und die bête humaine so siegreich auf den Thron der Sittlichkeit resti= tuirt hat. Moral ist Notlüge, Feigheit, der Verbrecher vertritt die Herrenkaste, das Gewissen ist etwas Krankhaftes, Widernatürliches, die Folge der gewaltsamen Abtrennung von der tierischen Vergangenheit, eine Kriegserklärung gegen die alten Instinkte, auf denen bis dahin die Kraft, Lust und Furchtbarkeit beruhte. Obgleich der „Sklaven= aufstand der Moral" gesiegt hat, hofft Nietzsche auf ein drittes Reich, in dem die Bestie wieder zu Ehren kommt, wo Andere zu quälen, zu verachten und niederzutreten die größte Lust und Ehre sein wird. Dann wird man sich ein Gewissen machen, gegen Andere rücksichtsvoll, sanft, barmherzig zu sein. Freilich, wer dies erhoffte Reich herbeiführen wollte, bedürfte dazu einer Art sublimer Bosheit, einer List, einer Ge= wissenlosigkeit mit Wille und Erkenntnis, wie sie noch nicht dagewesen; es müßte der Antichrist, der Besieger Gottes sein. Die jetzige Zeit hat wenigstens die Aufgabe, diesen zweiten besseren Messias zu züchten und vorzubereiten.

Nichts ist wahr, alles ist erlaubt! lautet die neue Lehre, asce= tische Gedanken sind Nietzsche verhaßt wie die Pest, ebenso alle Selbst= beherrschung, Sanftmut, Güte, vor Allem die Wahrhaftigkeit. Selbst Verstandesgründen muß man sich aus Charakterhaftigkeit verschließen. Nietzsche lobt den Willen, der sich aus Charakter gegen jeden Gegen= grund verschließt. Nietzsche hat auch das schöne Wort „Moralin" er= funden.

Nach Adolf Gerecke („die Aussichtslosigkeit des Moralismus") ist ein moralisches Volk immer ein geistloses Volk. Es schafft nichts Neues, schreitet nicht fort. Die Gelüste, das Verlangen nach Genuß und die intensive Empfindung desselben ohne moralische Bedenken find der Humus, aus dem die herrlichsten Blüten des Geistes emporwachsen.

Alle Gefühle sind Erregungen von Nervenpartieen und haben sonst keine Bedeutung. Häckel führt die Liebe auf die Wahlverwandtschaft zweier Zellen: der Spermazelle und Eizelle zurück. Welch idealer Gewinn für die Kunst! Liebe ist überhaupt mit Sinnlichkeit identisch. „Ich hänge diesem Menschen mit einer um so heißeren Sinnlichkeit an, je tiefer meine seelische Liebe zu ihm ist, ich neige ihm mein Inneres um so williger zu, je höher er meine sinnliche Natur beglückt." (Otto Ernst.) Welch klägliche Anschauung von der Liebe! Gerade das Gegenteil. Je weniger die grobe Sinnlichkeit in Frage kommt, desto zarter, tiefer, opferwilliger pflegt die Liebe zu sein, während sie oft erkaltet, wenn jene befriedigt wird. Das Wesen der Liebe und ihr schönster Glanz ruht in der Freundschaft, die nicht das Ihre sucht.

Diesen Anschauungen entsprechend sind auch die Melodieen, die wir in der Poesie zu hören bekommen; denn in moralischen Stücken läuft unsere Zeit „wie ein frischer Windhauch", bemerkt Bruno Wille (auch ein solches Zeitlüftchen). Während Paul Heyse die Sünde noch „anmutig im Schlafrock spazieren führt", wie Bleibtreu treffend bemerkt, gehen die modernen Jüngstdeutschen schon weiter:

„Er fühlte das Bedürfnis, sich einmal ganz wegwerfen zu können, er hatte das Bedürfnis, seine Seele nackt spazieren gehen zu lassen." (Heinz Tovote.) Ähnlich sagt René in Bourgets Mensonges: „Es gewährt doch manchmal eine ungeheure Erleichterung, sich wie ein Tier zu geberden."

Das Bedürfnis, „ihre Seele nackt spazieren zu führen", haben die Modernen nun sehr stark. Man muß schon mit kräftigen Desinfektionsmitteln sich versehen, um von diesen Offenbarungen des Innern nicht völlig zu Boden geschlagen zu werden.

Wenn schon weiland St. Preux in seinen Liebesparoxismen sehr indezent wurde, so machen's seine modernen Schüler noch etwas herber: „Er stürmte auf sie mit taumelnder, fletschender, heulender Brunst, wie ein hungriges Raubtier", sagt Bahr sehr poetisch. Und immer nur die Wollust, „nichts als die Wollust, in welcher allein die Wahrheit ist!" Eine tiefe Mystik wird in den nackten Begattungsakt gelegt. Sogar Wissenschaft will Strindberg durch den Coitus auf das Weib überpflanzen; ja er meint, die Weiber wären durch die starke Sinnlichkeit des Mannes zu übermächtig geworden, hätten zu viel von feiner Weisheit geschöpft und es bangt ihm vor einer Unterjochung durch das Weib! „Lebensfreude", predigt Johannes, der aufgeklärte Theolog, in der ‚Neuen Zeit' von Voß. „Diese zu fordern, ist unser Recht. Das Leben, das wir nicht freiwillig auf uns genommen, das uns aufgezwungen ward, ist uns schuldig, weit die Thür zu öffnen und uns eintreten zu lassen in seinen Festsaal, wo die Tafel gedeckt ist. Das ist die Parole der Zeit: Arbeit und Genuß! Aus den dumpfen Gründen, welche der Schweiß unseres Tagewerks mit allen Dünsten füllt, wollen wir aufsteigen zum leuchtenden Gipfel der Freude, die staubige Erde tief unter uns."

Und welch kräftige Charaktere à la Nietzsche z. B. jener Bediente in Strindbergs „Gräfin Julie", der seiner Herrin derart imponiert, daß sie ihn zum Geliebten nimmt! Und welche „Herrenmoral" zeigt die blonde Bedientenbestie, wenn sie dann über die Schande der Gräfin und die Vernichtung ihres Stammbaumes sich lustig macht und ihr kaltblütig das Rasiermesser zum Selbstmord reicht!

Das ist großartig gedacht! Was ist die überlebte, lügenhafte sogenannte Schönheit der Antike gegen solche Kraft?

Auch unsere Modernen haben den Franzosen den Kniff abgelaufcht, die Sinnlichkeit oder wie man schöner sagt: die Liebe als höchste Tugend, ja als Quelle aller übrigen darzustellen. „Schon Lessing pries an Goethe die Gewandtheit, mit der er ein körperliches Bedürfnis in eine geistige Vollkommenheit zu verwandeln wußte." Die Modernen gehen noch viel weiter. Sie gehen ernstlich daran, der „Verteufelungen des Eros", wie Nietzsche die christlichen Jbeen von Ehre, Familie, Keuschheit nennt, für immer ein Ende zu machen. Todote betont, daß die besten Söhne, die aufmerksamsten Brüder, die eifrigsten Beamten, die ehrenhaftesten Geschäftsleute, Menschen, denen Niemand einen Vorwurf machen konnte, ihre Mußestunden nur zu sehr mit den Weibern ausfüllten. „Man macht sich keinen Begriff, welche Gutmütigkeit und Überschwenglichkeit man bei aller sonstigen Gewissenlosigkeit bei diesen Geschöpfen (den Dirnen) antrifft." „O Ninon, o Lais, wie thatet ihr wohl, die bleiche Tugend zu verschmähen! Eine freie Grisette gegen tausend in der Tugend grau gewordene Jungfrauen!" (Max Stirner.)

Bei solchen paralytischen Ausbrüchen möchte man an jenen Dialog Macchiavellis erinnert werden, wo der Dichter im Garten der Circe mit einem Schwein sich unterhält, und ihm schließlich wünscht, daß es wieder ein Mensch werde. Aber dieses ist schlecht dafür verbunben unb jetzt ihm ausführlich ben Vorzug bes Schweins vor bem Menschen auseinanber.

Eheliche Treue, überhaupt Ehe ist natürlich ein längst antiquierter Begriff. „Ich kenne nur ein Verhältniß zwischen Mensch unb Menschen, Mann unb Weib, bas ich würbig nenne: bas auf gegenseitiger Achtung beruhenbe." (Stirner.) „Beſſer Ehebruch als Eheliegen, Ehelügen. Wohl brach ich bie Ehe, aber zuvor brach bie Ehe mich" (Voß). „Es gibt nichts Köstlicheres, weber für ben Mann noch für bie Frau, als ein thöricht vertrauenbes Herz zu betrügen" (Lovote). „Deswegen zu groſſen, aus beleibigtem Stolz, ist ganz thöricht, ist krankhafter Ehrgeiz, ist ganz unberechtigter Egoismus."

Gutzeit, ber Menschheitsbruber, predigt freie Liebe als bas allein Sittliche. Auch Leute mit perversen Geschlechtsneigungen soll man nicht zu hart behanbeln. Es sinb geistige Zwitter, bei benen männliche unb weibliche Geschlechtseigenschaften vorhanben seien. Oskar Wilbe sei Unrecht geschehen. Jules Duboc verteibigt jeboch schüchtern gegen Bebel bie Ehe als nicht „so unsittlich" als bieser meine; bie freie Liebe sei nicht immer (!) so erhaben, vielleicht bei „großen Geistern"!! Wie gut gemeint!

Unb Bleibtreu singt mit kühnem Mut:

> Alle bie verzagten Wichte, Blaustrumpfhüpfer um uns her,
> Wonnebrenzler, Feigenblättler jagen wir mit scharfem Speer.

Unb welche Angst, einer solchen Dichterei könnte staatlicherseits boch einmal Einhalt gethan werben, welche Aufregung, als bie lex Heinze beraten wurbe, als ob ber ganze Buchhanbel bebroht würbe! Diese armseligen Schmutzlinge sinb nur auf ben einen Ton gestimmt, sie können absolut nichts anberes machen unb gestattet man ihnen nichts Pornographisches, so müſſen sie ganz aufhören, wobei freilich nichts verloren wäre.

Freilich kommt boch manchmal in lichten Intervallen Einem bie Besinnung; so sagt Conrabi: „Wir sinb so gut wie ausgehöhlt, burch Leibenschaften gebrochen, benen wir uns ergeben haben, weil wir nicht mußten, wie wir beſſer unsere Zeit totschlagen sollten. Wir sinb ratlos, weil wir erkannt, baß unsere Ibeale Illusionen gewesen. So sinb wir hagebuchene Inbivibualisten geworben." Ein wertvolles Geständnis, bas ben wunben Fleck beutlich zeigt. Ja eine entsetzliche Ibeenlosigkeit zeigt sich bei unseren mobernen beutschen Dichtern, selbst wenn man die edleren, Paul Heyse, Sudermann, Spielhagen, Ganghofer u. s. w. einbegreift. Immer das Weibliche! Aber das Weib in der niederen, ausschließlich sinnlichen Beleuchtung. In unserer Litteratur ist's wie im alten Rom: nulla fere causa, in qua non femina litem moverit. Höchstens nebenher noch patriotische Anklänge, preußische Kasernenideen und der hölzerne Ehrbegriff, der den Tod fordert, nicht wenn der Inhaber ein Schurke ist, sondern wenn den Schurken oder ehrlichen Menschen ein Esel angerempelt hat.

Die feineren Züge der Menschennatur entschwinden den Modernen ganz, es fehlt ihnen der Sinn, der Blick dafür, sie können, wie Jean Paul seiner Zeit sagte, die Tugend nicht zeichnen, was freilich schwerer ist als das Laster. Daher die Vorliebe für die fanfarons de vice, die an die Stelle der wirklichen Tugendhelden gerückt sind, aber mit dem Anspruch auf gleiche Achtung. Zola hat Menschbestien, Genüßlinge, Trunkenbolde im letzten Delirium erschreckend deutlich gemalt, als er aber einmal einen Helden der Neuzeit schildern wollte, wurde dieser eine lächerliche Karikatur. Dieser Dr. Pascal (Helden der Modernen sind überhaupt stets Naturforscher und Ärzte), der die Koch'sche Lymphe entdeckt und durch Einspritzung von Gift der Lungensucht ein Ende macht — auf dem Papier nämlich — welch ein moralisches Nichts! Und so sind sie alle, die „Volksfreunde", die amerikanischen Urwäldler, welche den „Stützen der Gesellschaft" die Larve vom Gesicht reißen, die phrasenreichen Hüttenbesitzer und edelmütigen Fabrikgrafen! Feinsinnige Beobachtung, frappante Ausarbeitung fehlt nicht, wenn nur der Gesichtskreis ebensoviel Umfang als Schärfe hätte, und mit der Feinheit des Geistes auch Adel verbunden wäre! Aber dieser fehlt fast ganz. Trotz des beständigen Anlaufs, das Große und Erhabene zu fassen, bleiben die Modernen im innersten Kerne triviale, erbärmliche Kreaturen, sie fassen das Leben nur von der kleinen Seite, ersinnen absurde Probleme und klagen Gott darüber an, daß er sie nicht lösen kann.

Was Ideengehalt betrifft, sind uns die Ausländer, namentlich die Russen und Franzosen weit voraus. Bourget, Tolstoi, Dostojewsky haben in ihren feinen psychologischen Gemälden den Ton für die zarteren und tieferen Züge des Menschengeistes, namentlich auch für die Keuschheit, wieder gefunden. Sie haben sich an dem christlichen Ideal wieder erfrischt und dadurch das wahre Menschentum wieder gewonnen.

Im „Gelobten Land" gibt uns Bourget wieder einmal das in

ben modernen Dichtungen so seltene, lebenstreue Bild eines keuschen
Mädchens, das nach den verschrobenen und muffigen Gestalten der
Hebba, Magda, Alma wie ein erquickender Quelltrank im Wüstensand
labt. Ein moderner Charakter im Spiegel einer reinen Seele —
könnte man den Roman psychologisch charakterisiren — ist das psychologisch meisterhaft durchgeführte Motiv der Geschichte. Ein junger
Mann hat seine erste Geliebte, eine verheiratete Frau, die ihn mit
einem Kind beschenkt hatte, verlassen und bewirbt sich um ein reines
Mädchen, das ihn vertrauensvoll zum Bräutigam wählt, und nun
werden mit vollendeter Kunst die fatalen Consequenzen geschildert, die
sich unaufhaltsam aus diesem verborgenen Thatbestand ergeben. Francis
Nayrac gehört zu jener Klasse Lebemänner, die sich mit ihrem Gewissen quitt glauben, wenn sie sich eine gewisse äußere Lebensart zu
handeln auferlegen; heimlich aber überlassen sie sich den schuldbarsten
Aufregungen der Leidenschaft. Sie haben die Moralität des Lebens
ohne die des Herzens, eine Anomalie, die früh oder spät zu gleicher
Immoralität des Lebens und des Herzens führt. Heimlich drückt den
Verlobten die drohend im Hintergrund stehende Vergangenheit. „Wenn
man die Liebe eines jungen Mädchens annimmt, ist es Pflicht, diese
wehrlose, vertrauende Seele nicht zu täuschen, der heilige Respekt vor
der Unschuld gebietet es [1)]“ — aber die Furcht, das Kleinod zu verlieren, verschließt ihm den Mund. Da — erscheint plötzlich die ver-
lassene Geliebte auf dem Schauplatz und die Gefahr beginnt imminent
zu werden. Er sah sie, sah ihr Kind, sein Kind! Welche Augen,
welche Züge hatte das Kind, das er nicht kannte, von dem er nur
wußte, daß es lebte, daß seine Füße dieselben roten Teppiche der
Marmortreppe des Hotels traten.

Francis sucht dem Unheil zuvorzukommen, sucht Friedensunter-
handlungen mit der Feindin anzuknüpfen, hat geheime Unterredungen.
Die Mutter der Braut, der mit weiblichem Spürsinn schon das Er-
bleichen bei der ersten Begegnung aufgefallen war, argwohnt, was ja
heutzutage so leicht zu argwohnen ist. Es glückt ihm, den Sturm einst-
weilen durch klug erfundene Ausreden zu beschwichtigen. Doch bemü-
tigt ihn diese Nothilfe. „Lügen, nichts als Lügen! häßliche und herab-

---

1) Das klingt ganz anders, als Michelets rohe zuversichtliche Sprache:
Habe Vertrauen zu dir, spring' nur keck hinein mit deinem schmutzigen Körper
in den reinen Quell heiliger Unschuld; die Liebe, die alles Gesetzes Erfüllung
ist, macht alles gut!

würdigende Gewohnheit!" wie er sie solange praktiziert, als er im Ehebruch war und die er geglaubt hatte, hinter sich zu haben, mit den
Schwindelcompromissen schuldbarer Leidenschaft!

Aber die Ereignisse drängen unaufhaltsam zur Enthüllung. Der
Schuldige schüttet der Mutter sein Herz aus und fleht sie um Für-
sprache an bei dem betrogenen Kind. Diese hält ihm wohl eine Straf-
rede für seine Unehrlichkeit: „Man verheiratet sich nicht mit Geheim-
nissen von solch schmerzlicher, das Gewissen berührender Gravität" —
aber sie kennt die Männerwelt und ist, von seiner Reue gerührt und
die kokette ehebrecherische Frau noch schärfer verurteilend, bereit, für
ihn bei Henriette einzutreten, falls diese sich mit dem fait accompli
zufrieden geben wolle. „Die Liebe allein mit ihrer unerschöpflichen
Großmut kann siegen über diese Indignation." Aber — und hier beginnt nun der Höhepunkt der Meisterschilderung — die Wirkung der
Nachricht ist für das liebende Mädchen niederschmetternd.

Henriette ist ein echtes katholisches Klosterkind, erzogen in der
keuschen Atmosphäre religiöser Entsagung, die Geheimnisse des Geschlechtslebens sind ihr unbekannt geblieben. „In diesen Jahren freilich ist die vollkommenste Unschuld keine völlige Ungewißheit mehr. Es
ist eine Art Dämmerung, so zart, so unbestimmt, daß sie sich kaum
bezeichnen läßt. Wie soll man diesen unbestimmten Instinkt des Geschlechts, das Werk einer unbewußten Arbeit, die sich in dem noch
schlummernden Organismus vollzieht, in bestimmte Worte fassen? Wo
gibt es eine Analyse, die fein genug wäre, jedes einzelne Element der
Erkenntnis abzuwägen, wie es für das in strenger Sittsamkeit aufge-
wachsene Geschöpf z. B. die Heirat einer vertrauten Freundin darstellt,
die es besucht wie vorher, in deren Zimmer es tritt, mit der es in
voller Vertraulichkeit plaudert, die es endlich Mutter werden sieht?
Das Alles faßt sich für das junge Mädchen in ein Vorgefühl zusammen, das sich manchmal bis zur Angst steigert. Daher eine Art
Schauer bei dem Gedanken an die geheimnisvollen Beziehungen zwischen
Mann und Weib, aus denen ein neues Dasein, das Kind, hervorgeht.
Was die Verirrungen der Liebe außer der Ehe betrifft, so hat die
Mehrzahl nicht einmal eine Ahnung davon und wenn durch einen gefährlichen Zufall die Sprache oder Lektüre darauf führt, daß eine Frau
sich gegen ihre Pflicht verfehlt, so denken sie nur an Unvorsichtigkeiten
harmloser Art und nicht an Abenteuer derben Genres."

Nun denke man an die Wirkung der brutalen Thatsächlichkeit,

des heimtückischen Ehebruchs, der fortgesetzten Lüge bessen, den ein solches Kind als Ideal in seinem religiös-schwärmerischen Herzen zu verehren sich gewöhnt hatte!

Sie wußte nicht, daß ein Mann lügen kann einer Frau gegenüber, die er liebt und sie doch liebt, noch mehr liebt mit einer Glut, welche durch die Gewissensbisse noch geschürt wird! Das lügen zu sehen, was man liebt, wissen, daß hinter diesem angebeteten Auge ein Gedanke wohnt, der sich euch verbirgt, hinter dieser vergötterten Stirn eine Seele, die euch verrät, welch ein Martyrium! Jedes seiner Worte, jedes Lächeln, jeder Blick während eines Jahres war eine Heuchelei. „Wenn nichts zwischen uns wäre", sagt nachher Henriette ihrer Mutter, „als das Andenken an die Rolle, welche er hat spielen können Tag für Tag, wäre es mir unmöglich, meine Hand in die seinige wie sonst zu legen. Es ist nicht Eifersucht, obwohl es grausam sein muß zu denken, daß derselbe Mund dieselben Phrasen einer anderen gesagt hat — aber daß eine andere geliebt worden ist, wie man sich zuredet, geliebt zu werden, nichts kann das auslöschen. Meine tiefste Qual ist, nicht mehr achten zu können, was ich nicht aufgehört habe zu lieben."

Als das Ärgste findet es Henriette, daß er sich um sein Kind die ganze Zeit nicht bekümmert hat, das Kind, das vielleicht im Elend verkommen sein konnte. „Kann ein Gewissen heilen, das im Nerv seines Lebens angegriffen, in der Tiefe seines Traumes von Edelmut und Achtung verletzt wurde?"

Um die Schuld, die geschehene, zu sühnen, gerät Henriette auf den mystischen Gedanken, daß sie sich opfern müsse, um Francis zu retten. Sie will das Opfer ihrer Liebe bringen und auf Francis verzichten, der ideale Zweck der Ehe ist für sie dahin. Sie will der Welt und dem Leben überhaupt entsagen und in diesem schwärmerischen Gedanken eines großen Opfers findet sie allein Beruhigung. Zum Glück stirbt die Nebenbuhlerin und der Roman schließt mit Hoffnung. Francis reist mit seinem Kind von Italien, dem Schauplatz der Geschichte, ab und am Horizont, der beleuchtet ist vom letzten Feuer der untergehenden Sonne, scheint ihm das Ufer eines neuen Landes, der terre promise, zu winken wie ein Traumbild von Gold und Purpur, dem das Schiff zueilte. Der Egoist, der nur lebte, um sich zu freuen, sei es auch um den Preis fremden Elends, begann in ihm zu sterben und, indem er den letzten Brief Henriettens an die Lippen preßte, murmelte er einen Dank aus der Tiefe seines Herzens diesem edlen Geschöpfe, das ihm den Weg gezeigt hatte.

Das hervorragende Verdienst dieses meisterhaften Charakterbildes besteht neben dem Vorzug, uns einmal wahre und zwar edle Menschen gezeigt zu haben, darin, daß endlich einmal das Recht des Weibes auf Reinheit der Ehe kräftig betont ist gegenüber der Brutalität, die es beim Mann sogar für einen Vorzug hält, „geschlechtlich aktiv" gewesen zu sein (Eb. v. Hartmann), ähnlich wie man einen tüchtigen Arbeiter, der in seiner Branche schon vielfach thätig gewesen, einem Neuling vorzieht, „ein so in den Prüfungen des Lebens bewährter Bewerber biete eine ungleich größere Bürgschaft als ein Unerprobter" — eine Gemeinheit der Gesinnung, wie sie der Philosoph des Unbewußten in den geschlechtlichen Fragen überall bethätigt.

Wenn Dostojewsky die furchtbare Ruchlosigkeit des Anarchisten Raskolnikow, der sich den „Napoleon einer neuen Moral" à la Nietzsche träumt, und diese Doktrin sofort praktisch in Mordthaten bethätigt, in dem entsetzlichen Eindruck auf das Naturkind Sonja drastisch veranschaulicht, so haben wir darin ein Gegenstück zu dem französischen Psychologen. Das ist die Meisteraufgabe des Romanschreibers, in Seelengemälden, in Reflexwirkungen auf andere, gegensätzliche Charaktere Ideen und Menschen zu charakterisieren; das wirkt anders als die akademischen Moralpredigten des Philosophen; freilich nur Seelenkenner und Künstler der Darstellung wie diese beiden, sind dazu fähig.

Daß Sonja, dieses überaus rührende Naturkind, von einer kopflosen Kritik, wie sie jetzt Mode ist, unter die Cameliendamen gereiht wurde, ist kein Wunder in einer Zeit, wo die Begriffe von Reinheit gänzlich zu sinken, ja gar ins Gegenteil umzuschlagen drohen: hat man doch Bourgets tiefkeusche „Physiologie der Liebe" mit Montegazzas Schweinerei zusammengestellt und sich gewöhnt, Ibsen und Tolstoi als Reformer stets in Einem Athem zu nennen, was ungefähr dasselbe wäre, wie wenn man Christus als den ersten Sozialdemokraten bezeichnete, was übrigens auch schon geschehen ist [1]).

---

1) Als Dostojewsky starb — 40 000 Menschen folgten seinem Sarg — sandten russische Studenten einen offenen Brief an seine Wittwe, worin es heißt: „Nie werden Dostojewskys Ideale vergessen werden. Von Geschlecht zu

Guy de Maupassant, sonst der schlimmsten Einer, hat doch einmal in dem Roman mit dem vielsagenden Titel: „Ein Leben", ein ähnliches Frauenbild wie Bourget gezeichnet, ein betrogenes edles Herz, leidend in einer verdorbenen Atmosphäre, von einer Zartheit, einer Selbstlosigkeit, die hinreißend wirkt. Würden doch unsere Künstler uns öfter den Himmel aufschließen als die Hölle, wenn sie zu beiden den Schlüssel haben! Einen schönen Charakter zeichnen, heißt der Welt einen Heiligen schenken und Heilige machen, sagt Jean Paul — und wie selten geschieht es in jetziger Zeit! Während früher wirklich hervorragende Menschen die Helden der Dichtungen waren und es der Dichter für seine Aufgabe hielt, ihnen die poetischen Seiten abzugewinnen und diese harmonisch für die Handlung zu benutzen, treffen wir jetzt auf die alltäglichsten Gestalten, auf Menschen, die nicht ein Fünkchen Besonderes und Anziehendes haben, ja auf unmögliche Mißgeburten. Freilich hängt das mit einer Depravation des ganzen Milieu zusammen. Die Kunstwerke sind die Culturzeichnung ihrer Zeit und der Künstler kann nichts anderes, als sich und seine Zeitgenossen darstellen. „Ich entsinne mich", schreibt Tolstoi, „als ich Romane schrieb, daß sich mir eine ganz eigentümliche Schwierigkeit entgegenstellte, mit der ich allerlei Kämpfe zu bestehen hatte: ich meine die Schwierigkeit, eine typische Figur aus den höheren Klassen als ideal, gut und edel darzustellen, sie aber zugleich so zu malen, daß das Bild der Wirklichkeit getreu blieb. Von Childe Harold bis zu Hugos, Maupassants Gestalten sind die modernen Helden nichts als verlasterte Freischlucker, die mit all ihrem verfeinerten Luxus die Mühe Tausender verschlucken, selbst aber zu gar nichts nütze sind. Und sonderbar! Eine solche Darstellung, d. h. das Herausstreichen des sittenlosen Wüstlings, des Mörders, des Duellisten oder Kriegers, des müßigen, herumschlendernden Windbeutels

---

Geschlecht werden wir sie vererben als eine theuere Hinterlassenschaft unseres großen geliebten Lehrers. Sein Andenken wird niemals aus dem Herzen der russischen Jugend gelöscht werden, und wie wir ihn lieben, wollen wir auch unsere Kinder lehren, den Mann zu achten und zu lieben, den wir nun so bitter und trostlos beweinen. Dostojewsky wird immer lächelnd vor uns in den Kämpfen unseres Lebens stehen, wir werden immer daran denken, daß er es war, der uns die Möglichkeit lehrte, die Reinheit der Seele unbefleckt in jeder Lebensstellung und unter allen Verhältnissen zu bewahren." Haben wir im modernen Deutschland einen Dichter oder einen Mann, von dem man ein ähnliches Zeugniß geben könnte?

zu einer anziehenden Persönlichkeit erfordert gar nicht viel
Aufwand von Kunst und Mühe. Die Romanleser sind ja in der
großen Mehrzahl auf der gleichen Spur hinwandelnde Leichen und
glauben ganz gern und froh, daß Childe Harold, Onegin u. s. w.
vortreffliche Menschen sind."

VIII. Resumé.

Wir haben unseren Rundgang vollendet. Wir haben gesehen,
wie Enthaltsamkeitsideen, weil tief in der ästhetischen Natur des Menschen gelegen, nirgends und zu keiner Zeit ganz fehlten, wie sie im
Christentum einen mächtigen Aufschwung und reiche Entfaltung nahmen,
wie mit der Reformation eine Entwertung zunächst des Cölibats, dann
der monogamen Ehe begann, bis in der Neuzeit die Fahne der Por-
nolatrie ungescheut und rückhaltslos aufgepflanzt ward.

Es ist ein niederschmetterndes Ergebnis, umsomehr als wir Deutschen leider anderen Nationen gegenüber das Roß der pharisäischen
Kritik zu besteigen kaum berechtigt sind; nicht nur sind wir in den
Reformbestrebungen der Mäßigkeitsbewegungen sowohl wie des littera-
rischen Idealismus gegen fremde Länder weit zurück, wir haben sogar
der Ausgelassenheit, die anderswo mehr Entartung der Sitte ist und
sich als solche gibt, ein wissenschaftliches Fundament gegeben und dem
Materialismus gar noch die Gloriole der sittlichen Erhabenheit aufge-
setzt. „Mit vollem Recht", so meint einer von den Neuesten, die sich
deshalb so grenzenlos erbreisten, „nennt Feuerbach alle Philosophieen,
alle Religionen, alle Institute, die dem Prinzip der Sinnlichkeit wider-
sprechen, nicht nur irrtümliche, sondern sogar grundverderbliche."
„Wollt ihr", sagt er, „die Menschen bessern, so macht sie glücklich;
wollt ihr sie aber glücklich machen, so geht an die Quellen alles Glückes,
aller Freuden — an die Sinne! Die Verneinung der Sinne ist die
Quelle aller Verrücktheit und Bosheit und Krankheit im Menschenleben; die Bejahung der Sinne ist die Quelle der physischen, moralischen und theoretischen Gesundheit. Die Entsagung, die Resignation,
die Selbstverläugnung, die Abstraktion macht den Menschen finster,
verdrießlich, schmutzig, geil, feig, geizig, neidisch, tückisch, boshaft, aber
der Sinnengenuß macht heiter, mutig, nobel, offen, mitteilend, mitfühlend,
frei, gut. Alle Menschen sind gut in der Freude, böse in der Traurigkeit; aber die Quelle der Traurigkeit ist eben die, sei's freiwillige,

sei's unfreiwillige Abstraktion von den Sinnen" [1]).   Der alte Heraklit
sagt einmal: „Die Menge mißt nach dem Magen und den Scham-
teilen, dem, was das Verächtlichste an uns ist, das Glück." O alter
Heraklit! lebtest du heute, wie würdest du staunen, daß nun auch die
deutsche Philosophie auf dem Standpunkt des Pöbels angelangt ist!

Wir stehen eben überall an der Spitze der Zeit, und der Deutsche
nimmt es mit Allem ernster und gründlicher, auch mit der Frivolität.
Eines Nietzsche, eines Feuerbach mit ihrer raffinierten, fast tollen Dialektik der Sittenlosigkeit hat keine andere Nation sich zu rühmen; dagegen müssen die Zola, die Michelet, die Montegazza sich elend ver-
kriechen. Ob das freilich ein Gewinn und Ruhm für die Nation,
dürfte zu überlegen sein. Iram atque animos a crimine sumunt
könnte man mit Juvenal von unseren Phallusverehrern sagen; sie
glauben eine fast heilige Sache zu verfechten. Und dieser widerliche
Fanatismus, diese Entwürdigung und Herabziehung von Allem, was
bisher als hoch, edel und erhaben gegolten, verbunden mit der enca-
naillirenden Wirkung, die solche Lehre auf Volk, Staat, Kunst und
Gesellschaft übt, verleiht unserer Zeit die fin de siècle-Signatur, das .
hippokratische Gesicht, das auf ein greisenhaftes Welken und Verblühen
hindeutet.

Wie anders vor einem Jahrhundert! Damals sang Schiller:

> Wie schön, o Mensch, mit deinem Palmenzweige
> Stehst du an des Jahrhunderts Neige
> In edler, stolzer Männlichkeit;
> Mit aufgeschloss'nem Sinn, mit Geistesfülle,
> Voll milden Ernst's, in thatenreicher Stille,
> Der reifste Sohn der Zeit,
> Frei durch Vernunft, stark durch Gesetze,
> Durch Sanftmut groß und reich durch Schätze . . .

In drei Jahren wird kein Dichter es wagen, in diesem Ton zu
singen, abgesehen davon, daß die Schiller überhaupt fehlen. Weit fern
ist die Zeit, da Walther von der Vogelweide triumphierend singen
konnte:

> Tugend und reine Minne,
> Wer die suchen will,
> Der komm' in unser Land!

---

1) „Empfindung und Denken" von Albrecht Rau, S. 377. Dieses gänzlich unwissenschaftliche und formlose Buch zeichnet sich aus durch Abwerfung so
ziemlich aller Errungenschaften der jetzigen Psychologie.

Freilich unfere Moralphilofophieen und Culturgefchichten wenn man hört, dann wäre es gut beftellt; auf's Tugendfchwätzen verftehen wir uns trotz allen Nationen; befonders wird viel geredet von „deutfcher Tugend", „deutfcher Treue"; im Ausland hört man nichts von franzöfifcher Tugend, englifcher Ehrlichkeit, aber — nur verlorene Sachen werden auf der Straße ausgerufen. Jene kräftigen Charaktere, ausgeprägten künftlerifchen Individualitäten, wie fie z. B. in der Renaiffancezeit maffenhaft auftraten, find heute nur in wenig Exemplaren vertreten. Die Fabrikware, die Dutzendmenfchheit ift faft allein herrfchend und Bureaukratie, Polizei und Schulmeifter thun ihr Möglichftes, um Eigenart und Kraft niederzuhalten und auszumerzen. So kommt es, daß die Erbfchaft reicher Culturerrungenfchaften einem fchwächlichen Gefchlecht anheimgefallen ift, das diefelben nicht zu nutzen und weiterzuführen im Stande ift. In einem franzöfifchen Romane fteht eine Dame vor einem Affenhaus im botanifchen Garten und fpricht das tieffinnige Wort: „Alles in Allem fehlt ihnen nur das Geld!" Man möchte es faft glauben. Gilt ja der Affe als „unfer Ahnherr und Geiftesverwandter" — auch eine Errungenfchaft germanifcher Philofophie!

Auch der Staat paßt fich den veränderten Anfchauungen an. Er protegiert und controliert die Proftitution, ftempelt fie mit dem Siegel der gefellfchaftlichen Autorität und gibt ihr dadurch den Nimbus der fozialen Berechtigung. In Frankreich überwacht er fogar die obfcönen Tänze des Chahut und Chicard und erhöht den Triumph diefer Kunftleiftungen durch den Compromiß mit der uniformierten Moral, der betreßten, fäbeltragenden Sittlichkeit. Nach der Entfcheidung des preußifchen Kammergerichts gereicht der Vorwurf der Unkeufchheit nicht zur Unehre; welches Defizit in den Moralbegriffen läßt diefer Entfcheid ahnen, wenn man erwägt, was heute von den Juriften alles zur Beleidigung geftempelt wird?

Unfere Aufgabe muß es nun fein, in einer entnervten Zeit das Ideal um fo höher zu halten, um fo eindringlicher die ewigen Forderungen des Sittengefetzes und der reinen Menfchlichkeit zu predigen, wobei wir uns nur vor dem Fehler zu hüten haben, im Eifer der Begeifterung den Bogen zu ftraff zu fpannen und die berechtigten Seiten der Sinnlichkeit zu verletzen, wie dies neuerdings auf außerkatholifchem Boden mehrfach gefchehen.

Da heutzutage nahezu Alles in Frage gestellt ist, was die Vor-
welt über die Keuschheit aufstellte, nicht blos die Berechtigung und
Notwendigkeit, sondern selbst die Schönheit ja Möglichkeit eines enthaltsamen Lebens, so müssen wir, um wirksam zu verfahren, in der
Begründung der Sittlichkeit ganz von vorn anfangen.

Über die Möglichkeit der Keuschheit zu reden, nachdem durch eine
Fülle der glänzendsten Beispiele aus allen Zeiten und Völkern der
historische Beweis der Wirklichkeit geliefert ist, dürfte vielleicht überflüssig erscheinen; aber der bloße Thatsachenbeweis gibt noch keine innere
Erklärung; bekanntlich werden der Physiologie die stärksten Waffen ent-
nommen, um die Unnatürlichkeit und Schädlichkeit des Cölibats nachzuweisen, und jene Thatsächlichkeit oder mindestens ihre Idealität und
Nachahmenswürdigkeit, in starkem Maße zu verdächtigen[1]). Wir müssen
also, um sicher zu gehen, auch die physiologische Seite eingehend ins
Auge fassen. Dann wird die ethische, religiöse, soziale Seite zu prüfen
sein, um ein Gesammturteil zu ermöglichen und eine Lebensregel aufzustellen. Alle diese Untersuchungen fassen wir am besten in folgende
Titel zusammen:

1. Die physiologische Möglichkeit der Keuschheit.
2. Die sittliche Schönheit der Keuschheit.

---

[1]) Dem starken Gewicht dieser Thatsächlichkeit gegenüber findet selbst ein
Nietzsche die beliebte Insinuation der „Verrücktheit aller Ascese", der „Karikatur
alles Menschlichen" abgeschmackt. Es hätten „die ernstesten Menschen und ungeheure Religionen darnach gelebt und gelehrt; daß ein solcher Trieb gerade bei
den edleren Menschen entstehen könne, sei doch auch ein Wertmesser des Daseins, über den man mit Schimpfen nicht hinweg komme; selbst wenn ein ungeheurer Irrtum darin läge, gehörte doch die Möglichkeit solchen Irrtums
wieder zu den bunklen Zügen des Daseins." Nietzsche hält die Keuschheit „für
eine der mächtigsten Förderungen der Lebensenergie", wie er auch die Vernunft
der Ehe in ihrer principiellen Unauflöslichkeit sieht, sie bekäme daher ihren
Accent, der dem Zufall von Gefühl, Leidenschaft und Augenblick gegenüber sich
Gehör zu schaffen wisse. Auf einen Affekt, eine Idiosynkrasie lasse sich eine
Institution nicht gründen. Notwendigkeit der Selbstdisciplin sei für jede Lebensführung unumgänglich. Wer über seinen Jähzorn, seine Galle und Rach-
sucht, seine Wollust nicht Meister werden könne und es versuche, irgend worin
Meister zu werden, sei so dumm wie der Ackersmann, der neben einem Wild-
bach seinen Acker anlege und bestelle, ohne sich gegen ihn zu schützen.

---

2. Theil. Begründung der Keuschheit.

---

1. Die natürliche Möglichkeit.

Für gewisse Physiologen, sagt Bourget, ist die Seele eigentlich eine Krankheit des Leibes. Sie setzen eine Pillenschachtel an die Stelle des Evangeliums. „Was ist im Grund eine Seele? Eine Uhr, welche Ideen und Gefühle schlägt." So abgeschmackt dies ist, so fordern Leib und sinnliche Triebe doch auch ihr Recht und mag die Krone des Menschengeistes noch so hoch im reinen Äther sich wiegen, der Stamm wurzelt tief im sinnlichen Organismus und bezieht aus ihm seine Kraft. Aus den Forderungen der Sinnlichkeit nun nehmen die antiethischen Bewegungen ihre Hauptwaffen und hier ist auch eine teilweise Berechtigung nicht abzustreiten. Es fragt sich nur, wieweit und in welcher Weise. Es handelt sich vor Allem darum, die wahre Menschennatur und ihre Forderungen kennen zu lernen.

Im Kind — das müssen auch die fanatischesten Verehrer des Fleisches zugeben — schweigen die geschlechtlichen Triebe. Den Knaben und Mädchen ist das Paradies der Unschuld der natürliche Boden und nur durch entsetzlichen Mißbrauch kann dieser schöne Friede, der selbst den Wüstling noch beschämend mit Achtung erfüllt, gestört und vernichtet werden. „Weh' dem, der eines dieser Kleinen, die an mich glauben, ärgert! Ihm wäre besser u. s. w." Wann aber erwachen die geschlechtlichen Regungen?

Ginge es nach unseren Modernen, dann wäre freilich schon unsere Elementarschuljugend generationsfähig, Strindbergs Romanhelden äußern schon mit dreizehn Jahren sexuelle Triebe und durch Arno Garberg und überhaupt durch die neuesten skandinavischen Modepathologen hat sich die Sucht verbreitet, statt an der sonnig-liebenswürdigen Naivetät der Kindesseele sich zu erfreuen, mit unlauterer Neugier den Zeichen nachzuspüren, die schon im jungen Geschöpf den Träger der Erbsünde erkennen lassen.

Geht die Genußsucht, die Erziehung mit Alkohol, Fleisch und Kaffee, die Überfüllung mit unreifer Romanlektüre, die Entwöhnung von Religion und sittlichen Übungen so fort, so können jene abnormen Zwittergeschöpfe zwischen Kind und Mann bald bis in die erste Kindheit hinabreichen; klagt man doch jetzt schon: wir haben keine Kinder mehr.

Eine gesunde Erziehung muß im Interesse einer kräftigen Entwicklung die Kinderperiode möglichst auszudehnen und durch geeignete Diätetik und sittliche Stärkung die aufkeimenden sexuellen Regungen möglichst hintanzuhalten suchen. Darüber sind alle vernünftigen Menschen einig. Leider sind jene kraftstrotzenden, rotwangigen siebzehn- und zwanzigjährigen Jünglinge und Jungfrauen, denen man ansieht, wie wenig ihnen ihre geschlechtlichen Triebe zu schaffen machen, immer seltener und meist nur noch auf dem Land bei kräftiger Arbeit zu finden.

Wie viel eine richtige Erziehung hier thun kann, hat Graham in seinen überaus lesenswerten „Ermahnungen an junge Männer" eingehend geschildert; er sagt dort: „Wenn wir unsere Kinder im frühzeitigen und freien Gebrauch von Fleischspeisen erziehen, sie an starke Gewürze und üppigen Tisch gewöhnen, wenn wir sie Thee, Kaffee und Wein trinken lehren, wenn wir ihre Körper durch Federbetten und entnervende Kleidung schwächen, kurz wenn wir sie in all jenen entwürdigenden Gewöhnungen des Luxus, der Trägheit, Wollust und Sinnlichkeit erziehen — dann klagen wir nicht, wenn sie die erste Gelegenheit zur Sünde benützen, während wir ihre körperliche Keuschheit bewahren könnten! Klagen wir nicht, wenn sie frühzeitig Opfer von Leidenschaften werden, die wir unter unserer Hand zu unwiderstehlicher Macht entwickeln ließen!"

Werden die richtigen Vorsichtsmaßregeln nicht unterlassen, wird durch gesunde Diät, Arbeit, Pflege der Sittlichkeit und Religion ein starker Charakter erzogen, dann machen sich die sexuellen Triebe erst spät und keineswegs gewaltsam und stürmisch geltend. Sie äußern sich zunächst als ein dunkles Sehnen, das aber keineswegs auf das Sexuelle im Besonderen sich bezieht, vielmehr auch durch ideale Versenkung in einen großen Zweck, durch Studium, enthusiastische Hingabe an patriotische, soziale, religiöse Tendenzen sein Genüge findet. Zwar wird der Jüngling in der Nähe der Jungfrau eines besonderen Gefühls, gemischt aus Ehrfurcht, Scheu und freudiger Ahnung nicht entbehren, aber dieses erste Aufleuchten der Geschlechtsneigung ist in einer unverdorbenen Seele frei von niedrigen Gedanken, wird vielmehr in das Bereich des hohen Ideenkreises, der den Geist erfüllt, gezogen und verklärt. „Es ist eine lächerliche und reine Zeit im frühen Jünglingsalter", sagt Jean Paul, „wo im Jüngling die alte französische Ritterschaft mit ihrer heiligen Scheu sich erneuert und wo der Kühnste gerade der Blödeste ist, weil er die Jungfrau, die für ihn eine aus dem Himmel geflogene Gestalt ist, so ehrt wie einen großen Mann, dessen Nachbarschaft ihm der heilige Kreis einer höheren Welt und dessen unberührte Hand ihm eine Gabe ist."

„Die rein physischen Beschwerden äußern sich", sagt Ribbing („die sexuelle Hygiene"), „beim gesunden Jüngling und Ehemann als Empfindung von Blutfülle, Spannungen und Reizdrang; sie würden nicht so lästig sein, wenn die Gefühle nicht oft zu unnatürlichen Graden durch Bücher, Bilder, Phantasie gesteigert würden. Ein leiblich und seelisch frischer Student gestand mir, daß ich noch nicht stark genug die Leichtigkeit betont hätte, mit der sinnliche Begierden gedämpft werden könnten. Ich bin während meiner zwanzigjährigen ärztlichen Thätigkeit mit Personen, vorzüglich Jünglingen aus allen Gesellschaftsklassen zusammen gekommen, habe aber noch nicht einen einzigen getroffen, der die gänzliche Selbstbeherrschung — guten Willen vorausgesetzt — für unmöglich gehalten hätte."

„Wohl kaum", sagt Graham, „hat eine irrigere Ansicht Verbreitung gefunden, als die Meinung, daß diese starke Neigung den Menschen durch die Natur eingepflanzt worden und ihre Befriedigung in aller Ausdehnung geboten sei. Die Freunde dieser Ansicht scheinen nicht zu wissen, daß die stärkere oder geringere Kundgebung dieser Begierden sich ganz nach ihren mehr oder minder richtigen diätetischen und sonstigen Gewohnheiten richtet. Ich habe verheiratete Männer gekannt, welche so zur Wollust geneigt waren, daß sie ihre Constitution für eine ganz ungewöhnliche hielten und in allem Ernst der Meinung waren, daß sie von der Natur so geschaffen, auch nicht anders als unenthaltsam leben könnten. Dieselben Männer aber haben durch die Annahme einer richtigen Diät und Lebensweise nicht nur ihre Gesundheit in jeder Beziehung außerordentlich gebessert, sondern auch ihre

geschlechtlichen Begierden soweit zurückgedrängt, daß sie fähig waren,
sich des ehelichen Verkehrs zu enthalten und für mehrere Monate den
Körper in vollständiger Keuschheit zu bewahren, ohne den geringsten
Nachteil zu empfinden und ohne sich von ihrer Gefährtin zu trennen.
Bevor wir unseren Lebenswandel durch ein natürliches Gebot zu entschuldigen suchen, müssen wir uns erst Gewißheit verschaffen, ob unsere
Regungen die gesetzlichen und gesunden Einrichtungen eines unverdorbenen Instinktes und ob unsere Organe nicht aufgestachelt und zu
widernatürlicher Erregbarkeit und Empfindsamkeit gereizt sind." . .
Und Graham fährt fort: „Wer wird sich noch der Sinnlichkeit ergeben,
die höhere Würde seiner Natur vergessen und sich damit begnügen
wollen, sein Leben und all seine Kräfte einer rein tierischen Befriedigung zu opfern, wenn das Weltall für edle und erhabene Zwecke so
reichen Stoff bietet und wenn die Zeit und Ewigkeit die vor uns
liegenden Gefilde sind, auf denen tugendhaftes und glückliches Leben,
Unsterblichkeit und unvergängliche Güter geerntet werden können!"

Kraft-Ebing sagt: „Unzählige normal construierte Menschen sind
im stande, von der Befriedigung ihrer Triebe abzusehen, ohne durch
diese erzwungene Abstinenz Schaden zu leiden." Ebenso Akton: „Absolute Enthaltsamkeit bei jungen Männern ist ohne Schaden für die
Gesundheit." S. Beab: „Es kann nicht eindringlich genug gepredigt
werden, daß die strengste Enthaltsamkeit und Reinheit
gleich übereinstimmend ist mit physiologischen wie mit
sittlichen Gesetzen, und daß die Nachgiebigkeit gegen Wünsche,
Begierden und Leidenschaften ebensowenig mit physiologischen und physischen als mit moralischen und religiösen Gründen gerechtfertigt werden
kann."

Ribbing sagt sogar: „Man kann sowohl den Hengst als die
Stute ihr ganzes Leben von jeder Befriedigung des Paarungstriebes
abhalten und zwar nicht nur ausgemergelte Arbeitspferde, sondern
Tiere in bestem Zustand, welche in den Ställen der Vornehmen zu
Luxuszwecken gehalten werden. Die Mittel hierzu sind nicht zu kräf-
tige und nicht zu magere Kost, angepaßte Arbeitszeit und beständige
Beschäftigung, so daß die Vorstellungen des Tieres von den Empfin-
dungen des Paarungstriebes nicht besonders beeinflußt werden."

Was beim Tiere möglich ist, kann der Mensch, dem vermöge
seiner geistigen, freien Natur noch ganz andere Waffen zu Gebote stehen,
wohl in weit höherem Maße.

Aber wie steht es mit den **körperlichen Nachteilen**, die selbst von Ärzten den Cölibatären prophezeit werden: Samenfluß, Hypochondrie, beim Weib Hysterie, Bleichsucht, gestörte Menstruation?

Ribbing spricht von dem Autor einer anonymen Schrift, der eine neue Krankheit erfunden habe: „Die Enthaltsamkeitsstörungen"; ein junger Mensch habe ihm nach der Lektüre derselben gesagt: „Herr Doktor, ich habe mich bisher eines enthaltsamen Lebens beflissen, aber jetzt lese ich, daß das schädlich für die Gesundheit ist."

Ribbing weist die Vorwürfe gegen die Keuschheit zurück: „Verminderte Potenz, Samenfluß und Hypochondrie entstehen **selten oder nie als Folge von Enthaltsamkeit,** dagegen häufig durch (zu strenge) Ascese, naturwidrige Laster und erbliche Veranlagung. Kraft=Ebing widerlegt bezüglich des Weibes entschieden, daß Mangel an geschlecht= lichem Umgang Krankheiten erzeuge. Wo Hysterie bei alten Jung= frauen entstehe, sei die Ursache eine **moralische**, keine **physische**. Unverheiratete Frauen, welche als Ersatz für die Ehe eine ernsthafte, Geist und Seele in Anspruch nehmende Beschäftigung haben z. B. Ordensschwestern, seien höchst selten hysterisch. Geradezu gewissenlos sei es, wenn Ärzte für Hysterie Heilung durch die Ehe hoffen. Hammond sagt: „Meiner Auffassung nach ist die starke Neigung zur Hysterie bei unverheirateten Frauen nicht auf unbefriedigten Geschlechtstrieb zurück= zuführen, sondern auf das Fehlen eines wirklichen Lebenszieles. Ledige Frauen, die selbst für ihren Unterhalt sorgen, sind meiner Erfahrung nach der Hysterie nicht mehr ausgesetzt als Ehefrauen." (Die Kloster= bewohner sind thatsächlich die heitersten und glücklichsten Menschen.) Scanzoni fand, daß unter einer großen Zahl Leidender 75 Prozent Kinder und 65 Prozent mehr als drei Kinder gehabt hatten. Weit öfter als sexuelle Enthaltung trage sexuelle Überreizung die Schuld.

Bleichsucht könne alle Geschlechter und Alter befallen; ihr Zu= sammenhang mit der Genitalsphäre sei mehr als zweifelhaft. (Übri= gens ist ihre Heilung durch Diät und körperliche Arbeit leicht.)

Menstrualstörungen kämen sowohl bei Verheirateten als Ledigen vor. Die Menstruation sei übrigens keineswegs mit der Brunst der Tiere und ihrem starken Drang zur Begattung zu vergleichen. Das Weib zeige während der Menstruation vielmehr **Widerwillen gegen geschlechtlichen Umgang**. Das Mädchen, das men= struirt, sei noch lange nicht heiratsfähig. Mindestens zwei Jahre solle sie ihre Regel gehabt und aufgehört haben, in die Länge zu wachsen.

Wie schädlich Frühverheiratung sei, beweist Ribbing statistisch. Das Verhältnis der Todesfälle der Verheirateten zu den Lebigen im Alter von 14—20 Jahren sei bei den Männern 29,3 : 6,7, bei Frauen 14 : 8.

Auch nicht als Schutzmittel gegen Unenthaltsamkeit sei frühe Verehelichung oder außereheliche Begattung ratsam. „Ich lege feierlich Protest ein, daß ein Arzt seine Zuflucht zum Anraten eines solchen Mittels gebe. Es ist besser für den jungen Mann, ein enthaltsames Leben zu führen. Die streng Enthaltsamen leiden wenig oder gar nicht an jener Reizbarkeit, während die Un-keuschen darauf rechnen können, bei Samenfülle Be-schwerden zu fühlen, die sich immer wiederholen. Die Wahrheit ist, daß viele junge Leute zufrieden sind, eine Entschuldigung für ihre fleischlichen Gelüste zu haben, statt den Versuch zu machen, wie sie diese regeln und beherrschen könnten. Mir ist gar nicht zweifel-haft, daß die genannten sexuellen Beschwerden stark übertrieben oder zu diesem Zweck erfunden sind."

Aber muß nicht der unverwendete Same in Pollutionen sich ent-leeren? Nein. Beweis dafür ist schon, daß kein Tier Pollutionen hat. Außergeschlechtliche Samenentleerung ist unnatürlich und krank-haft. Der angehäufte Same wird von den natürlichen Gefäßen wieder aufgesaugt und dient namentlich bei anstrengender geisti-ger Thätigkeit zu Gehirnarbeit. So reguliert sich die fein angelegte und für die verschiedensten Lebensweisen eingerichtete Maschine des leiblichen Organismus. Wer nüchterne Lebensweise führt, die weichlichen Federbetten meidet und namentlich kalte Bäder fleißig braucht, wird von jenen Störungen nicht oder nur selten heimgesucht werden.

Alle sogenannten Nachteile und Schäden erweisen sich nach dem Urteil der Physiologie als Chimären. Es läßt sich aber im Gegen-teil leicht zeigen, daß zu früher und zu häufiger Geschlechtsgenuß für das physische wie psychische Wohlbefinden schädlich ist. Kraftlosigkeit, Schwäche ist die Signatur des Wollüstlings, die Keuschheit zeitigt Männer wie Alexander, Tilly und Carl XII. Die heroischesten Thaten, die kühnen Entdeckungsfahrten, die schönsten Blüten der Poesie sind der keuschen Jugendkraft, der inexhausta pubertas entsprossen und ohne sie wäre die Menschheit nie zu der Stufe angelangt, die sie im Wissen und Können heute besitzt. Während das türkische Volk vielfach

ben Stempel der Kraft und Gesundheit zeigt, unterscheidet sich der
türkische Effendi mit seinem Harem als blutarm und entnervt; das
überträgt sich auch auf die Regierung des Landes. Der „kranke Mann"
wurde erst krank und ungefährlich, als die Sultane und Großveziere im
Serail schwelgten, statt wie ihre Vorgänger Lagerkost zu genießen und
im einsamen Kriegszelt zu schlafen. Dieselbe Leichtigkeit des frühen
Geschlechtsgenusses führte zur Verweichlichung der Sklavenstaaten Nordamerikas wie der männlichen Jugend Frankreichs, wo der Student
schon mit seiner Grisette Haus hält. Die Natur verlangt, daß der
Mann die Gunst des Weibes erst verdiene und gewinne; selbst die
Rivalenkämpfe der Tiere kann man als Analogie herbeiziehen. Wenn
soziale Verhältnisse ihm diese ohne Kampf schenken, so versündigt man sich
gegen die Natur. Die sozialistische Anschauung, daß der Geschlechtsgenuß
eine reine Privatsache sei, die jedem sofort ohne weiteres als natürliches Recht zustehe, nennt Ribbing eine Reaktion der schlimmsten Art,
eine Schiefheit, die der flüchtigste Blick auf das Leben der Natur verhüten sollte. Im Gegensatz dazu sei als Erfahrungssatz aufzustellen:

„Wie das Vorhandensein des Geschlechtstriebes eine mächtige
natürliche Entwicklungskraft darstellt, so ist doch dessen zeitweilige
oder absolute Beherrschung eine moralische Kulturkraft von
außerordentlicher Bedeutung. Die moderne reformsüchtige Litteratur
begeht in dieser Hinsicht einen großen Fehler. Sie spricht von der
Notwendigkeit frühzeitiger Ehe, damit der Mensch seine Leidenschaft
beherrschen und begrenzen könne; sie vergißt aber, daß die Ehe doch
noch etwas anderes ist als die fortwährende Gelegenheit zum geschlechtlichen Umgang." Ribbing bespricht dann die Schonung, die der Mann
dem Zartgefühl des Weibes schuldig ist, deren Mangel bei ungedul-
digen Männern oft die Schuld ist, daß das spätere Eheglück unwiederbringlich zerstört wird. Die neunmonatliche Schwangerschaft, die Schon-
zeit nach der Geburt und die Zeit, die notwendig ist für Rückbildung
der Organe zum normalen Zustand machten eine zweijährige Ruhepause
für die Ehepflicht nötig, falls nicht schwere Frauenleiden jene Unenthaltsamkeit bitter rächen sollten. Ribbing spricht sich scharf gegen jene
Männer aus, die ihrer Frau nicht einmal soviel Schonung gewähren,
wie einer Zuchtstute und sie von einem Wochenbett ins andere treiben
(s. d. Worte Luthers S. 67), als ob das Weib nur vom Standpunkt
einer Bruthenne zu betrachten sei. Die Frauen der höheren Klassen
fingen daher schon nach der zweiten Geburt an zu kränkeln; ihre

Schönheit verwelke und um das Glück der Ehe sei es geschehen. Auch auf die Kinder übe dies Einfluß. Gesundheit und Widerstandsfähigkeit gegen Krankheiten seien stets geringer bei Kindern, welche schnell nach einander geboren würden als bei solchen, die in längeren Zwischenräumen zur Welt kämen.

„Rechnet man hinzu, daß noch andere Krankheiten, Unterleibsstörungen, Nervenaffektionen u. s. w. der Schwängerung Hindernisse setzen, denen nur der sich beherrschende, zurückhaltende Mann mit Gleichmut begegnen kann, so liegt auf der Hand, daß ein Anspruch auf beständige Ausübung selbst der normalen Geschlechtsbethätigung von der Natur nicht gegeben ist. Man wird sagen, das wird nicht beachtet. Aber dem ist nicht so. Eine wirkliche Liebe ist im stande, das Geschlechtsleben zu läutern und viele Schlacken wegzuschmelzen, welche dessen edlere Eigenschaften verdecken. Die Enthaltsamkeit ist ebensowohl möglich, als zeitweise notwendig."

Bezüglich der Häufigkeit des Coitus setzte Zoroaster neun Tage Zwischenraum, Solon bestimmte dreimal im Monate, Muhamed einmal in der Woche, wenn die Frau keinen Scheidungsgrund haben sollte. Die Rabbiner geben den Kraftmännern die tägliche, Handwerkern wöchentliche, durch Beruf besonders Angestrengten die ein- oder zweimonatliche Distanz. Luther riet zu ein- oder zweimal in der Woche. Dr. Akton warnt intellektuell angestrengte Männer, eher als den 7. oder 10. Tag der Frau zu nahen. Ribbing legt es dem Instinkt der unverdorbenen Natur anheim. Vollkommene Frische und Lebhaftigkeit an Leib und Seele nach der Nacht sei die Probe. Wo diese fehlt, müsse Ascese eintreten. „Da die physischen und psychischen Zustände des weiblichen Organismus mancherlei Schonung erfordern, so sei der Mann feinfühlend und fordere nie die Gunst des Weibes, sondern erbitte sie als freies Geschenk. Der Mann ist zu leicht brutal in der blinden Heftigkeit seiner Begierden, das Weib ist heftig nur in der Verteidigung ihrer Kinder."

Unsere modernen Schwächlinge wissen sich natürlich solch strengen natürlichen Gesetzen gegenüber zu helfen. Da die monogame Ehe solche Beschränkungen auferlegt, die nicht nach dem Sinne des Lüstlings sind, was ist einfacher, als umgekehrt die monogame und dauernde Ehe als unnatürlich zu brandmarken? „Wenn wir die höheren Tiere betrachten," sagt Max Nordau, „so erkennt man unschwer, daß bei ihnen die Leidenschaft (!) des Männchens für das Weibchen nur während der

Werbung und allenfalls noch während der Zeit, die man die Flitter-
wochen oder den Honigmonat nennen könnte, dauert und daß die gegenseitige Treue, die nur bei einzelnen Arten überhaupt besteht, die Geburt des Jungen nicht überlebt. Unser menschlicher Stolz mag sich
noch so ungeberdig dagegen sträuben, wir müssen doch nach diesen Ana-
logieen aus dem Tierreich, die von denselben Lebensgesetzen regiert ist
wie die Menschenart, welche sich biologisch in nichts von ihr unterscheidet, die menschlichen Gepflogenheiten untersuchen, wenn wir wissen
wollen, ob sie natürlich oder künstlich und willkürlich sind."

Stolz sind sie nicht die Herren Darwinisten, namentlich nicht,
wenn tierische Gelüste in Frage sind. Das Tier muß immer herhalten,
wenn die Analogie der Lust schmeichelt, aber nicht da, wo die wahre
Natur selbst im Tiere zu denken gibt, z. B. bezüglich der periodisch
beschränkten Brunst, der Isolierung des Weibchens während der
Schwangerschaft. Hier wird die „feinere Empfindlichkeit" und Reizbarkeit des menschlichen Organismus geltend gemacht, als ob der Mensch
Vernunft nur hätte, „um tierischer als jedes Tier zu sein." Ist wirklich der Mensch auch nur „biologisch in nichts vom Tier unterschieden?"
Wo gibt es denn bei einem Tier die Menstruation, die beim Menschen
soweit besteht, als wir Urkunden und Berichte haben? Und wenn der
Mann, wie auch Schopenhauer annimmt, zur Polygamie angelegt wäre,
ist dies nicht schon naturgeschichtlich undurchführbar, da wegen der
Gleichzahl beider Geschlechter die Vorbedingungen fehlen? Wie zäh
die Natur zur Monogamie drängt, sieht man daran, daß sie sogar in
der Mehrgeburt der Knaben von vorn herein ein Ausgleichsmittel für
die stärkere Sterblichkeit des männlichen Geschlechtes schafft. Oder soll
die Polygamie Vorrecht bevorzugter Klassen sein, ist also die Natur
auf die türkische Religion und Wirtschaft angelegt? Oder gar auf
Promiscuität der Familienglieder und Bordellwirtschaft? Aber dann
würde ja die Geburt verhindert werden.

Man sollte übrigens doch auch an die Rechte der Frau denken,
an ihr Verlangen nach ehelicher Treue, an ihre berechtigten Forderungen
an den ganzen Mann, nicht blos an ein Bruchteil!

Wie sehr andererseits die Prostitution die Sittlichkeit untergräbt, die
Seele vergiftet, die Körper durch Syphilis und andere Krankheiten verzehrt, das Familienleben befleckt und bedroht, und welch eitles Geschwätz
es ist, in der Prostitution einen Schutz gegen ehrbare Frauen zu sehen,
das sollte unseren Staatsmännern doch endlich einleuchten. — Das

Weib als bloßes Genußmittel ansehen, jede ideale Regung, jede Spur
persönlicher Zuneigung, sittlicher Verantwortung, wie sie das Familien=
leben heiligt, aus dem Geschlechtsverkehr verbannen, sodaß nur der
rohe, nackte Fleischesakt übrig bleibt, heißt den Menschen entmenschen,
heißt die künstliche Neigung, das Verlangen der übersättigten Indivi=
duen nach Abwechslung und stets raffinirteren Genüssen auf's Höchste
treiben. Die Meinung, durch die Prostitution würde die Geschlechts=
wut wenigstens von den ehrbaren Weibern und Mädchen abgelenkt, ist
eine ganz irrige. Das heißt den Teufel durch Beelzebub austreiben.
Durch die Prostitution wird das Laster nur verallgemeinert, nicht be=
schränkt, die Gefahr nur vergrößert. Der Reiz, unschuldige Seelen
zu verführen, ist stets ein viel zu lockendes Vergnügen, als daß der
Lüstling sich mit den verdorbenen Weibern begnügen möchte. Auch er
unterscheidet zwischen einer bezahlten Dirne und einem reinen Gemüt,
und ein solches zu vergisten und für die diabolischen Zwecke zuzurich=
ten, bildet gerade die feinste Würze im Genußleben eines raffinierten
Roué. Es gibt kein anderes Mittel, um Heil und Segen zu schaffen,
als die Tugend zu pflanzen. „Vor allen Dingen behüte dein Herz,
denn aus ihm sprießt das Leben."

Ich kann diesen Abschnitt nicht schließen, ohne den Wunsch aus=
zusprechen, die Gründe und die Berechtigung für den Cölibat, wie sie
die Physiologie nahe legt, sollten für die angehenden Priester etwas
mehr auseinander gesetzt werden. Gerade in Pastoralschriften wird zu
sehr nur die ideale und religiöse Seite hervorgehoben, ja nicht selten
trifft man bei Ascetikern auf die Behauptung, der Cölibat sei ein
Gnadenprivileg, etwas Übernatürliches und ohne göttliche Hilfe, ja
außerhalb des katholischen Glaubens gar nicht zu Haltendes. Das ist
erstens unwahr, und zweitens liegt darin ein zweifelhafter Trost. Muß
nicht dem, der sich außerordentlicher Charismen kaum würdig zu sein
hoffen darf, diese Eröffnung ungemein niederschmetternd sein? Wird
hier nicht eine regelmäßige, von jedem Priester, ja von jedem Christen
mindestens während der Jugendzeit zu leistende Pflicht als etwas Un=
natürliches, ja der bloßen Natur Unmögliches hingestellt und dadurch
die Zuversicht und der Mut, dieselbe zu erfüllen außerordentlich ge=
drückt? Und wenn der Cölibatär in Folge ungeregelter Lebensweise
oder sonstiger Ursachen diese Pflicht als hart und peinlich empfindet,
wenn er vielleicht zu heimlichen Sünden sich hat hinreißen lassen, muß
er nicht der tiefsten Melancholie verfallen oder im Unwillen über ein

verfehltes Lebensschicksal alle Schranken der Zucht niederreißen und von jedem Versuch abstehen, ob er das vermeintlich Unmögliche doch erfüllen könnte? Ich glaube, diese Erwägung wäre seitens eines schroffen Mystizismus in Betracht zu ziehen, aus dessen übertriebener Darstellung doch eigentlich nur die sittliche Schwachheit und Fleischesohnmacht spricht.

2. Die sittliche Schönheit der Keuschheit.

„Die Keuschheit ist Mutter aller Tugenden. Sie fesselt die liebste und gewaltigste unserer Leidenschaften. Die von ihr bewohnte Seele erlangt durch sie eine Energie, welche es ihr leicht macht, alle sich auf dem Weg zur Pflicht entgegenstemmenden Hindernisse zu überwinden. Ist die Keuschheit verloren, so ist die Seele weichlich und feig, sie hat dann nur solche Tugenden, die ihr keine Mühe kosten. Sie bringt die kostbarsten Früchte: einen reinen Geschmack, dessen erste Reize nichts abstumpfte, eine klare Einbildungskraft, deren Spiegel nichts getrübt, einen beweglichen, gutgestalteten Geist, geeignet sich zum Erhabenen emporzuschwingen, eine große Biegsamkeit, die keine Krümmung erstarrt hat, die Liebe zu unschuldigen Freuden, die einzigen, welche man jahrelang gekannt, die Leichtigkeit, glücklich zu sein durch die Gewohnheit, allenthalben sein Glück in sich zu finden. Vergleichbar ist sie dem zarten Sammt der Blume, die lange in den eng geschlossenen Banden, in welche kein Hauch bringen konnte, gehalten war. Ihr eigen ist ein ganz besonderer Reiz, den die Seele in sich trägt und auf alles überträgt, sodaß sie ohne Unterlaß liebt und die Fähigkeit hat, immer zu lieben, eine unvergängliche Rechtlichkeit — man darf es sagen, wenn es auch oft vergessen werden mag: kein Vergnügen befleckt die Seele, wenn es durch Sinne gegangen, in welchen jene Unverdorbenheit sich ausgebreitet und langsam inkorporiert hat; endlich gibt die Keuschheit eine solche Gewöhnung von Selbstzufriedenheit, daß man sie nicht mehr aufgeben könnte und vorwurfsfrei leben muß, um befriedigt zu leben."

Ich habe diese schönen Worte von Josef Joubert „Gedanken, Versuche, Maximen" vorausgeschickt, weil sie prägnant und schön die Vorzüge und Kräfte unserer Tugend ins Licht stellen. In der That, es handelt sich nicht um eine Tugend, um eine Vollkommenheit des Geistes, sondern um ein ganzes Netz von Tugenden, um ein Aroma,

eine Tinktur, die der keusche Geist Allem, auch dem Weitliegendsten
aufprägt. „Ist Schamhaftigkeit zum Teufel, so ist die Schwungfeder
zu allem Idealen in der Seele zum Teufel," sagt Theodor Vischer.

Diese centrale Bedeutung der Keuschheit ist schon im griechischen
Wort ἅγιος, das die Doppelbedeutung heilig und rein hat, angedeutet.

Mit der Keuschheit fliegt der Geist davon wie der
Balsam aus der zerknickten Rose, wie aus zerrissenen Saiten der Sil-
berton. Schamhaftigkeit nennt Tieck die Tugend, „die so herrlich
kleidet, daß wenn sie verloren ginge, alle Grazie und der Reiz aller
Kräfte verloren würde."

Keine Tugend strahlt auch so auf den Körper, gibt den Handlungen, den Bewegungen so viel Grazie, so daß sie als die centralste,
die Tugend der reinsten Menschheit bezeichnet werden darf. „Man
kann bemerken, daß ein Mädchen nichts so anrührt wie eine Frau,
eine in der Seele keusche Frau nicht so wie eine, die es nicht ist,"
sagt Joubert, dieser feine Menschenkenner, und Äschylus: „Des jungen
Weibes Feuerblick wird nimmermehr mich täuschen, die den Mann ge-
kostet hat." Aus solchen kleinen Zügen läßt sich das moralische Temperament des Charakters zusammenstellen. Es ist beispielsweise ein
Zeichen von Sinnlichkeit, die Reden mit steten Geberden zu begleiten,
alle Gegenstände, von denen man spricht, in der Luft mit der Hand
zu versinnlichen. Das Auge vollends spricht den Standpunkt des Innern rücksichtlich der Keuschheit unverkennbar aus.

Schön sagt auch Joubert: Das Aussehen von Unschuld, das
man auf den Gesichtern von Genesenden bemerkt, kommt davon, daß
ihre Leidenschaften geruht haben und noch nicht ihre Macht üben.

Ganz besonders ist die Keuschheit die Quelle der **Kraft!** Denn
der beständige innere Sieg über die niederen Begierden muß der Seele
eine Stärke verleihen, die vor nichts zurückschreckt. Die Keuschheit ist
unblutiges Martyrium. Selbst Lecky nennt in seiner Geschichte der
Aufklärung die Keuschheit das Edelste, was wir besitzen, den himmlischen
Funken, der in uns ist, das Gepräge des göttlichen Ebenbildes, das
Princip des Heroismus. Wo sie nicht entwickelt ist, da sei die Civili-
sation, so groß ihr Durchschnitt sein mag, gelähmt und verstümmelt.
In den Einbrüchen, welche der moderne, materielle und ascese-feind-
liche Geist in das Gebiet der Selbstaufopferung gemacht, erblickt er
die tiefe Schattenseite des sonst so glänzenden Bildes der Aufklärung,

durch welche unsere Zeit einen gewinnsüchtigen, käuflichen und un-
heroischen Charakter angenommen habe.

In den Räuberkreisen Apuliens und Griechenlands herrscht die
Überzeugung, daß sie solange unbesiegbar wären, als sie keusch lebten,
und die echten Räuber halten sorgfältig auf diese Auszeichnung. Männer
wie Athanas wird man nun freilich nicht als Ideale aufstellen können,
aber immerhin gibt diese Eigenschaft des keuschen Freischärlers dem
südlichen Brigantentum etwas Ritterliches und Heldenhaftes, das gegen
die gemeinen, vertierten Gestalten des großstädtischen Einbrechertums
rühmlich kontrastiert¹). Selbst dem schwachen Geschlecht verleiht die
Keuschheit heldenhafte Kraft: eine Jeanne d'Arc, eine Deborah ist ohne
diese Tugend undenkbar. Jedenfalls ist ohne Selbstbeherrschung, ohne
Abtötung, ohne Kraftübung im Bereich der sinnlichen Triebe eine sittliche Größe undenkbar und gerade dieser Punkt wird heutzutage in der
Moralphilosophie fast gar nicht betont. Es ist eine auffallende Erscheinung, daß die religionsfeindlichen Ethiker kaum andere Pflichten
kennen als die Nächstenliebe, insbesondere kaum je ein Wort von der
Keuschheit reden, wenn sie die sittliche Kraft des Menschen auf Kosten
der religiösen Hilfsmittel betonen. Da wird nur von der idealen Höhe
unserer jetzigen sittlichen Anschauungen gesprochen, und wenn man zu-
sieht, besteht diese Höhe im bloßen Tugendgeschwätz. Von sittlicher
Übung ist nicht die Rede. Da thut man, als ob sich die Gipfel sittlicher Vollkommenheit durch Lektüre der Kantischen praktischen Vernunft
oder Fichtes „Anweisung zu einem seligen Leben" ersteigen ließe und
sonst weiter nichts notwendig wäre. Und dabei blickt man noch mit
Hohn auf die christliche „heteronome" Moral herab, die einen Himmel
und einen Gott und ascetische Gebote braucht und die zwischen Pflicht
und Rat unterscheidet, als ob nicht, wie Höffding sagt, „das Vollkommenste immer und überall Pflicht" sei.

Freilich wenn das Vollkommenste ein modernes Genußleben mit
einigen Vorträgen in der „ethischen Gesellschaft" bedeutet, dann fällt
solche „Pflicht" nicht schwer. Wie aber ein Mensch, der nie versucht
hat, seinen Begierden Schranken zu setzen, der wohl einige Pfennige
den Armen gibt, aber das Wort: „Willst du vollkommen sein, so

---

¹) Unsere Genußmenschen werden sich durch dieses Lob wohl entsetzen.
Sie sind freilich keine Räuber in den Gebirgen, das wäre zu gefährlich. Sie
begnügen sich, Mädchen die Ehre zu rauben, das geht im Rechtsstaat ohne Gefahr und Einbuße des Renommées ab.

verkaufe Alles, was du haſt" nie verſtanden, dazu kommt, die Helden
der chriſtlichen Liebe, die Pfleger der Kranken, die Miſſionäre der Sand=
wüſten als unvollkommene Bilder des moraliſchen Lebens hinzuſtellen,
iſt doch ſehr eigentümlich. Was man nicht üben kann, ſollte man, wie
Montaigne ſagt, doch achten. Aber dieſe Achtung vor dem Edlen und
Schweren iſt wie das Verſtändnis der Tugend überhaupt heutzutage
ſehr im Schwinden.

„Im Kreis der Weltmenſchen", ſagt Tolſtoi, „herrſcht die Mei=
nung, daß man die erhabenſten Eigenſchaften des ſittlichen Lebens ſich
aneignen könne, nicht allein bei gänzlichem Mangel an „niederen" Tu=
genden, welche die höheren bedingen, ſondern gar bei weiteſter Entfal=
tung des Laſters. Man predigt die Liebe zu Gott und den Men=
ſchen und ſchweigt ganz ſtill von der Selbſtverläugnung, von der Ent=
haltſamkeit, von der Gerechtigkeit; alſo ſie predigen die oberſte, die
erhabenſte Tugend mit Überſpringung aller anderen; die moderne Moral
gaukelt und prunkt vor der Welt mit lügneriſchem Schein; denn Liebe
Gottes, Humanität, hohe Dienſte für die ganze Menſchheit iſt Lüge
ohne Enthaltſamkeit."

„Dies falſche Princip geht ſchon durch die ganze Erziehung.
Weit entfernt zur Enthaltſamkeit zu gewöhnen, was ſchon bei den
Alten die erſte Stufe der Tugend war (ἐγκράτεια, σωφροσύνη),
impft man den lieben Kleinen wiſſentlich und mit grauſamer Conſe=
quenz die Gewohnheiten des weichlichen Lebens, des phyſiſchen Müßig=
ganges, der Modeüppigkeit ein. Nur der grimmigſte Feind möchte dem
Kinde ſo eifrig und beharrlich jenes ſüße Gift des Laſters einflößen,
welches ihm von den Eltern, beſonders von der Mutter, gegeben wird.
Man iſt der Meinung, daß beim Mangel jeder Selbſtbeherrſchung,
bei Unmaß im Eſſen und Trinken, Putzſucht, Müßiggang, ſogar
Unzucht man ein vollkommen gutes und nützliches Glied
der menſchlichen Geſellſchaft ſein könne. Faſten iſt von der
evangeliſchen Chriſtenheit aus dem Regiſter geſtrichen und wird ver=
achtet als Werkdienſt. Die Köchin erhält den höchſten Lohn, einen
beſſeren als der Erzieher der Kinder. Überall, zu allen Gelegenheiten
wird verſchwendet, Geburtstage, Feſte drängen einander. . . .
Wahrlich erſtaunlich iſt's, daß Menſchen, die alle Tage in Tafel=
genüſſen ſchwelgen, gegen welche das Gaſtmahl Belſazars, das jene
wunderbare Drohung hervorrief, ein Nichts bedeutet, in allem Ernſt
behaupten, man könne dabei ein tugendhaftes Leben führen. „Unſer

Christentum steht nicht auf Fasten und Entsagen, es besteht mit Beef-
steaks" — warum schrecken wir nicht zurück vor solch wahnsinniger
Behauptung? Weil sich an uns jenes Wundersame vollzogen hat, daß
wir schauen und nicht sehen, hören und nicht merken. Es gibt keinen
Gestank in der Welt, an welchem der Mensch nicht schon herumge-
schnuppert hat, keinen Klang, auf den er nicht gelauscht, keine Mißge-
stalt, die er nicht schon ins Auge gefaßt hätte, so daß er endlich ganz
das übersieht, was dem Neuling als ein Wunderding erscheinen mag.
So ist's in der Sittlichkeit"!

Wie tief eingewurzelt der Widerwille gegen alle ascetischen Ideen
in unserer modernen Welt ist, mag man aus der Mitteilung der Theo-
sophin Annie Besant entnehmen, die für eine Schrift, in der sie das
Fasten als allgemeine Pflicht des Christentums bewies, keinen Verleger
finden konnte, obwohl ihre Novellen gern und viel gelesen wurden.
Auch in vegetarischen und Naturheilorganen ist wiederholt geklagt
worden, daß Verleger, welche die religionsfeindlichsten Schriften ver-
breiten, ein Buch, das die Impfung oder die Ärzte angreift und Mä-
ßigkeitsideen vertritt, um keinen Preis nehmen wollen.

Äußerst charakteristisch ist hier auch eine Bemerkung Julian
Schmidts bei Besprechung Eugen Sues: Der Katholizismus „weihe"
den sinnlichen Genuß, indem er durch das Gebot des Fastens eine
„unberechtigte Wichtigkeit darauf legt"!! Diese „unberechtigte
Wichtigkeit" ist sehr bezeichnend! Eine solch „unberechtigte Wichtigkeit"
legt die Kirche auch auf Keuschheit, Seelenreinheit und alle anderen
Tugenden. Der Protestant braucht das natürlich nicht. Etwas Neues
ist auch die Entdeckung, daß man dasjenige weihe, was man verbietet.
Der Staat weiht also und verklärt Diebstahl, Raub, Mord, bestialische
Unzucht!!

Noch perfider ist die Insinuation, mit der Schmidt den Katholizismus gewissermaßen verantwortlich macht für Eugen Sues (eines
Juden!) Lasterhaftigkeit. Die neuen Evangelisten, welche die frohe Bot-
schaft des gleich verteilten Sinnengenusses der leidenden Welt predigen,
seien ganz eigentlich im Katholizismus zu Hause, es wäre dies ganz
der katholische Himmel, „nur auf ungläubigem Boden gewachsen". Hier
weiß man nicht, ist Gehirnversandung oder cynische Bosheit Ursache
solchen Blödsinns. Der Katholizismus ist Ursache des Sinnengenusses,
weil er mit allen Mitteln dagegen kämpft, und das irdische Paradies ist das des Katholizismus, weil dieser ein himmlisches annimmt

(das aber nicht in Essen und Trinken u. s. w. besteht). Die protestantische Religion ist folglich Beförderin der Ascese, weil sie dieselbe
verdächtigt und als unnütze Werkheiligkeit erklärt. Logik?

Wenn man christliche Tugenden will, muß man dieselben auch
predigen und muß rastlos auf Erringung derselben hinwirken; sie sind
wahrlich nicht so leicht zu erreichen. Wer diese Vorstufe der Sittlichkeit nicht gehen will, der schweige von Moral! sogut als wer das ABC
nicht lernen will, die Schriften des Aristoteles nicht zu ergründen sich
unterfangen mag.

Die Welt hat die Freiheit proklamiert, was sehen wir aber anders in dieser Freiheit als Knechtschaft der Leidenschaften? Das
jetzige Evangelium heißt: „Du empfindest Bedürfnisse, deshalb sättige
dich, denn du besitzest das Recht, nicht der Reiche allein! Scheue
nicht, die Bedürfnisse zu befriedigen, vermehre noch deine Bedürfnisse! Das ist wahre Freiheit." Die Mittel zur Befriedigung
aber werden dem Armen nicht angewiesen. Was kommt da weiter
heraus als Neid und Wahnsinn?

Und solche Leute träumen von einem künftigen Idealreich, womit
sie nur wieder ein Schlaraffenland schrankenlosen Genusses verstehen,
als ob das glücklich machen könnte, selbst wenn es möglich wäre. So
ruft man unvernünftige und dumme Wünsche hervor und verbestialisiert
den Menschen, indem man gerade die Mäßigkeit, die Unschuld, die
wahren Quellen aller Freude verbannt und den Menschen schlaff und
weichlich macht. „Ich habe einen solchen ‚Ringer für die Idee' gekannt", sagt Dostojewsky in den ‚Gebrüdern Karamasows', „welcher
mir selbst erzählt hat, er sei, als man ihm im Gefängnis den Tabak
entzogen hatte, durch diese Entbehrung dermaßen gepeinigt worden, daß
wenig daran gefehlt hätte, daß er hingegangen wäre und seine ‚Idee'
aufgegeben hätte, wenn um diesen Preis Tabak zu erlangen gewesen
wäre. Und solch ein Mensch sagt: er wolle für die Menschheit ringen!
Wie will er dies ausführen und zu was besitzt er überhaupt Fähigkeit? Allenfalls zu einer raschen That, aber seine Ausdauer wird
nicht groß sein. Wohin will so ein Unfreier, der gewöhnt ist, seine
unzähligen selbsterdichteten Bedürfnisse zu befriedigen? Soweit sind
wir gekommen, daß wir an Besitz reicher, an Freuden ärmer geworden
sind. Anders im Mönchtum. Über Gehorsam, Fasten, Gebet lacht
man, während doch nur hierin der Weg zur wahren Freiheit zu finden
ist. Ich schneide mir die überflüssigen und unnötigen Bedürfnisse ab,

10*

meinen egoiſtiſchen Stolz will ich geißeln und mache ihn durch Ge-
horſam demütig und mit Gottes Hilfe erreiche ich dadurch Freiheit des
Geiſtes und zugleich ſelige Freudigkeit. Wer von beiden iſt wohl ge-
eigneter, Träger eines großen Gedankens zu ſein, der vereinſamte Reiche
oder dieſer von der Tyrannei ſeiner Beſitztümer und Gewohnheiten Be-
freite? Wer übt chriſtliche Bruderliebe, der Mönch in ſeiner Zelle
oder der Reiche in ſeinem abgeſperrten Schloß? Vom Volk wird Ret-
tung kommen, ſolche demütige und fromme Faſter und Schweiger werden
ſich erheben und ſich dem großen Werk weihen.“

Dem Glanz und der Schönheit der Keuſchheit ſteht als Folie
die Abſcheulichkeit und Erbärmlichkeit der Unzucht gegenüber.

„Weh' dem Jüngling, welcher ein armes Mädchen blos als ein
Werkzeug der Wolluſt anſieht, und verflucht ſei der vor Gott und den
Menſchen, der ein gutes frommes Kind zum Fall bringt und ſie her-
nach im Elend verderben läßt!“ ſagt Jung Stilling in ſeiner Selbſt-
biographie. „Thu' keinem Mädchen was zu Leide, bedenke, daß deine
Mutter auch ein Mädchen war!“

Und Jean Paul ſpricht in der „unſichtbaren Loge“ die ernſten
Worte: „Nur in einem Jahrhundert wie unſeres, wo man alle ſchönen
Gefühle ſtärkt, nur das der Ehre nicht, kann man die weibliche, die
blos in Keuſchheit beſteht, mit Füßen treten und, wie der Wilde einen
Baum auf immer abhauen, um ihm ſeine erſten und letzten Früchte
zu nehmen. Der Raub einer weiblichen Ehre iſt ſoviel als der Raub
einer männlichen, d. h. du zerſchlägſt das Wappen eines höheren Adels,
zerknickſt den Degen, nimmſt die Sporen ab, zerreißeſt den Adelsbrief
und Stammbaum; das, was der Scharfrichter am Manne thut, voll-
ſtreckſt du an einem armen Geſchöpf, das dieſen Henker liebt und blos
ſeine unverhältnismäßige Phantaſie nicht bändigen kann. Abſcheulich!
Und ſolcher Opfer, welche die männlichen Hände mit einem ewigen
Halseiſen der Unehre befeſtigt haben, ſtehen in den Gaſſen Wiens
zweitauſend, in denen von Paris dreißigtauſend, von London fünfzig-
tauſend. Entſetzlich! Todesengel der Rache! Zähle die Thränen nicht,
die unſer Geſchlecht aus dem weiblichen Auge ausdrückt und brennend
auf's ſchwache weibliche Herz rinnen läßt! Miß die Seufzer und die
Qualen nicht, unter denen die Freudenmädchen verſcheiden, und
an denen den eiſernen Freudenmann nichts dauert, als daß er ſich an
ein anderes Bett, das kein Sterbebett iſt, begeben muß.“

„Ja, bu Spizbube; bu haft es gemacht wie mancher Taugenichts, gelt? Armen Mäbchen was vorgeschwatzt unb sie bann in ihrem Jammer sitzen gelassen unb nachher noch obenbrein hübsch männlich gethan mit bem starken Herzen?" Tieck.

> Wer, bessen Auge nach oben schaut,
> Wer, ber nicht bar ist aller Ehr' unb Lieb',
> Wer kann mit list'ger Lockung Schlangenlaut
> Der Unschulb nahen wie ein nächtiger Dieb?
> Fluch über Eitelkeit unb wüsten Trieb!
> Fluch über jeden Gecken ohne Scham,
> Dem Gecken, bem Verstand genug nicht blieb,
> Daß er sich's jemals tief zu Herzen nahm
> Der Jungfrau Untergang, ber Eltern herben Gram!
> Burns.

„Sterben muß ber Unmensch, ber Küsse geben kann, bie mit Thränen sich mischen!" Herber.

Unb bies Elend im Namen ber Liebe! „Obschon bie Schrift gebietet, unsere Feinde zu lieben", sagt Fielbing mit trefflicher Ironie, „so meint sie bies boch nicht mit jener feurigen Liebe, mit ber wir unsere Freunbe umfassen sollen, viel weniger also, baß wir jenen unser Leben unb was uns noch theurer sein sollte, unsere Unschulb opfern sollen. In welchem Licht aber als in bem eines Feinbes kann einem vernünftigen Weib ber Mann erscheinen, ber von ihr verlangt, sie soll all jenes Elend auf sich nehmen, bas ich eben besprochen habe, unb ber sich bamit selbst ein kurzes, verächtliches Vergnügen um so ungeheuren Preis für sie erkaufen will? Kann bie Liebe, welche immer bas Beste bes geliebten Gegenstandes will, ein Weib zu einem Hanbel verleiten wollen, bei bem es so unenblich verliert? Wenn ein solcher Verführer bie Unverschämtheit hat, eine wirkliche Leidenschaft vorzugeben, sollte bas Weib ihn nicht für einen Feinb, für ben verhaßtesten ihrer Feinde ansehen, ber nicht nur barnach strebt, ihr Leben zu verberben, sondern auch ihren Verstanb zugleich zu Grund zu richten?"

„Ein Weib gefallen, ist es für immer." Byron.

„Man achtet nicht bas Heiligste, was ber Mensch besitzt, bie Familienbanbe, man reißt sie gewaltsam auseinanber, bamit ber Vater hier untergehe in Not unb Jammer, bie Mutter bort, bie Kinder verkümmern unter ber Peitsche ihrer Peiniger." —

„„Das kommt auch bei uns vor"", sagte gebankenvoll ber alte Mann, „„nur baß es nicht gerabe öffentlich geschieht auf bem Sklavenmarkt unter dem Hammer des Auktionators, aber dafür desto mehr im Geheimen. Auch sind es nicht wohlbeleibte Pflanzer, die hier so die Familien zerreißen und Mütter von Kindern trennen, sondern viel schlimmere Gebieter: Hunger, Not und Laster aller Art, und ich möchte in der That wissen, ob jene schwarze Mutter, deren Kind man verkauft, das also einen Herrn wechselt, ohne deshalb schlecht gehalten zu werden, schlimmer daran ist als eine weiße, die gezwungen ist, ihr Kind zum Betteln umzugeben und die sehen muß, wie es siech und elend wird, langsam dahinstirbt, oder sich durchreißt, um später dem Laster in die Hände zu fallen. Auch kauft man bei uns Kinder genug, nämlich weiblichen Geschlechts, wenn sie über sechzehn Jahre alt sind... Aber es wäre schwierig, hier eine „Onkel Toms Hütte" zu illustrieren; denn man kann dem hiesigen Sklavenhändler nicht das Zeichen seiner Würde, die große Peitsche, anhängen. Der ist hier gekleidet wie jeder andere ehrliche Mensch und verschwindet förmlich unter der Menge ohne besondere Kennzeichen."" (Hackländer, Europäisches Sklavenleben.)

„Jammer, von keiner Menschenseele zu fassen, daß mehr als Ein Geschöpf in die Tiefe dieses Elends versank, daß nicht das erste genug that für die Schuld aller übrigen in seiner windenden Todesnot vor den Augen des ewig Verzeihenden!" — (Faust.)

Schon Sappho spricht von dem schutzlosen Mädchen, das wie die Hyazinthe von den Hirten mit Füßen getreten wird und — die Purpurblüte sinkt zu Boden." [1]

Eine Schrift über die Keuschheit ist auch eine Schrift über die Frauenfrage oder „Jungfernfrage", wie man neuerdings sagt. Hier kann neben besserer religiöser Erziehung und Hebung der Sitten nur Erweiterung des weiblichen Berufskreises und Förderung der sozialen Lage der Frauen helfen, damit sie nicht mehr wehrlos der männlichen Gewalt gegenüber stehen. Jene elende Heuchelei der Frommen, die sich mit den Materialisten verbündet, um unter dem augenverdrehenden albernen Geschwätz: „Das Weib ist für die Familie geschaffen", dem schutzlosen Mädchen einen ehrlichen, selbständigen Erwerb abzuschneiden,

---

1) Der Gipfel der Schamlosigkeit ist, wenn wie bei Gottfried Kellers „Romeo und Julie auf dem Land" und Max Halbes Bordellstück „Jugend" der Selbstmord nach genossenem frevelhaften Sinnenglück glorifiziert, ja als Glück und Opfergröße gepriesen wird. Halbe meint, es sei glücklicher, die Liebe zu genießen und zu sterben, als in einem langen freudeleeren Leben zu vegetieren. Hoffnungsvolles Vorbild!

ist das Ekelhafteste an der Debatte. Wer die Frau hindert, bessere Arbeitsbedingungen zu erkämpfen, der befördert die Prostitution und übt unter Umständen einen indirekten Zwang dazu aus.

Auch muß die Achtung vor dem Weib wieder erstehen, wie sie das Christentum gebracht. Der Triumph des Christentums gründet sich, wie Montalembert sagt, vor Allem auf die Achtung vor der Gattin, der Jungfrau, der Mutter, deren Vorbild und Schützerin die Mutter Gottes ist; man muß aufhören, in dem Weib nichts weiter als eben das Weib zu schätzen, und seine geistigen Fähigkeiten ganz zu mißachten. Es muß auch die schnöde Verachtung der „alten Jungfer" schwinden, jener Seelen, die, wenn sie wahrhaft Jungfrauen waren und edelmütig im Dienste des Ganzen wirkten, von der Kirche hochgestellt wurden, höher als jene behäbigen Hausmütter, die mit ihrem Geld und der eisernen Ausdauer einer Balljungfrau einen Mann erkämpfte.

Der Roheit der Verführung des Weibes, die Bourget das höchste und unsühnbarste Verbrechen nennt, stehen aber noch zahlreiche andere Erbärmlichkeiten zur Seite, die mit der Unzucht mehr oder weniger verbunden sind.

„In amore omnia sunt vitia", sagten schon die Alten. „Was wird dem nicht feil sein, der die Schändung seines Körpers feil geboten hat? Gegen wen wird der Schonung üben, der sich selbst nicht schont?" sagt Äschines in einer Rede gegen Timarchus, der sich um Geld als Weib feil gehalten. Äschines leitet sogar das Unheil, das den Staat betroffen, auf die politische Verwendung des Timarchus zurück. „Was wundern wir uns über das öffentliche Mißgeschick, wenn die Namen solcher Redner den Willensmeinungen des Volkes beigeschrieben werden? Wenn wir den, der daheim schändlich gelebt, ins Ausland als Gesandten schicken und ihm in den wichtigsten Angelegenheiten Zutrauen schenken? Wer Gesetz und besonders die Sittenreinheit geringschätzt, hat eine gewisse Richtung des Geistes, die sich durch die Unordnung seines Wesens kund gibt und ihr werdet finden, daß die Mehrzahl solcher Menschen Staaten zerrüttet haben und selbst den größten Unglücksfällen anheim gefallen sind."

Nichts illustriert besser diese Worte, als ein geschichtlicher Blick auf die Revolutionen und Corruptionen in den Staatswesen. Die schrecklichsten Scheusale, die wildesten Zerstörer, Umstürzler und Tyrannen waren hervorragend dem Laster der Unkeuschheit ergeben. Nero,

Messalina, Caligula und unzählige bieten Beispiele. (Ein moderner Typus dieser Art Genußmenschen ohne jede Spur von Gewissen ist der Fürst Waldowsky in Dostojewskys „Erniedrigte und Beleidigte" oder der Fürst von Plankenburg in Alfred Meißners „Sansara".) Commodus war anfangs ein kriegstüchtiger, großmütiger Jüngling (er verbrannte die Papiere, die der Sekretär seines Feindes Avidius ihm ausgeliefert hatte), aber durch die Sinnlichkeit wurde er zu den furchtbarsten Lastern und zu unmenschlicher Grausamkeit gebracht. Neben den Scheußlichkeiten, welche die Unzucht an sich besitzt, die bis zu den unnatürlichsten Raffinements sich steigern, ist es vor Allem die Grausamkeit und Mordlust, die mit dem sexuellen System in innigster Verbindung steht. Siwa in der indischen Götterwelt ist zugleich Zeuger und Zerstörer. Die Wollust aus der Blutpeinigung weiblicher Wesen, Sadismus genannt nach dem Marquis von Sade, ist Ausschreitung des Wollusttriebes. Man denke an Jack den Aufschlitzer! In den „Messalinen Wiens" rächt sich ein verratenes Weib an dem ungetreuen Geliebten, indem sie ihn an einer Kette aufhängen und mit Ruthen peitschen läßt. Sie selbst sitzt gemütlich in einer Badewanne und läßt das Blut des Gemarterten wollüstig über ihre Glieder rieseln, bis er verröchelt. Zola hat in seinem bête humaine das Auswachsen des Wollusttriebes zum Mordinstinkt mit furchtbarer Deutlichkeit geschildert. Das sind keineswegs blos romanhafte Züge. Wenn die Buhlerin Thais Alexander bewegt, die Königsburg zu Parsis in Brand zu legen, damit alle Welt erfahre, daß die Frauen in Alexanders Heer schwerere Rache für Griechenland nehmen als der hochgepriesene Feldherr, so ist dies ein Zug dämonischer Zerstörungslust in einer verbuhlten Dirne. Auch die Thätigkeit der Kupplerin läßt sich mit Recht als die schauerliche Rache an der naturfrischen Jugend auslegen, die sie als natürliche Feindin betrachtet. Durch magischen Zwang sucht sie den Genuß zu erreichen, den die Natur ihr nicht mehr gewähren kann.

Ganz besonders aber zeigt sich der Zusammenhang zwischen Wollust und Zerstörungslust bei den Revolutionshelden. Es ist nur Uneingeweihten aufgefallen, daß nahezu alle politischen Attentäter der letzten Zeit geschlechtskrank befunden wurden. Es war dies von jeher so. Catilinas Verschworene waren meist Jünglinge, die er verführt hatte, denen er Genüsse, Trinkgelage, Buhlschaften mit Weibern verschafft hatte (Plutarch, Cicero, X). Sein Hauptfreund Cornel. Lentulus Sura hatte einen schlechten Lebenswandel geführt und war seiner Ausschweifungen wegen aus dem Senat gestoßen worden. Er war Quästor und als er Unterschlagungen angeklagt war, hatte er die Richter bestochen. Mit zwei Stimmen freigesprochen, äußerte er, die eine Stimme hätte er sich ersparen können.

Auch die französischen Revolutionshelden gehören in diese Sorte. St. Just, einer der Hauptmatadoren haben wir schon als Pornographen der unzüchtigsten Romane kennen gelernt. Hebert (der Urheber der Göttin der Vernunft), Chaumette, Marat, Danton und tutti quanti, alle Freiheitshelden lagen in den Fesseln der niedersten Leidenschaft. Der Tugendmantel Robespierres, an den noch Heine glaubt oder zu glauben sich anschickt, ist längst durchlöchert. Er fröhnte im Geheimen der Sinneslust, wie die andern offen. Was die Göttin der Vernunft bedeutete und wer sie vorstellte, ist auch bekannt. Auch bei der Revolution von 1830 spielten die Straßendamen und ihre Zuhälter die erste Rolle. Komisch ist's, wie Heine diese verteidigt und Viktor Hugo an seinen fingirten Heroen von 1830 vor Allem die „mädchenhafte Unschuld" betont; er mußte wohl, warum er das that. Börne ist aufrichtiger. Er sagt: „Waren die Männer der Revolution sittenlos, entartet, schlecht, gottlos? Das nicht. Sie führten Krieg. Die Heuchelei hatte sich mit der Sittsamkeit umhüllt; sie mußten diese zerreißen, um jene in ihrer häßlichen Nacktheit zu zeigen. Die Priesterschaft hatte sich hinter die Religion verschanzt; sie mußten über die Religion wegschreiten, um zu den Pfaffen zu gelangen." Auch der Saint-Simonismus trug die Pornographie in der Devise: „Rehabilitation des Fleisches" offen an der Stirne. Enfantin predigte Weibergemeinschaft und suchte nach der ihm „von Gott bestimmten Offenbarungsfrau", mit der er sich nach einem neuen, „von ihr selbst zu enthüllenden Liebesgesetz" vermählen wollte. Diese Mystik des Fleisches kehrt auch bei Strindberg wieder. Sogar tiefe Erkenntnis will derselbe durch die fleischliche Vereinigung auf das Weib überpflanzen, wie umgekehrt Enfantin durch die Vermählung mit dem Weib Offenbarungen zu erhalten glaubte. Gambetta, Boulanger, Skobeleff, die an ihren Ausschweifungen körperlich und geistig zu Grunde gingen, vervollständigen den Reigen. Übrigens ist die jetzige Republikanerwirtschaft um kein Haar besser. Corruption und Sittenlosigkeit ist gar kein strafwürdiges Verbrechen mehr, wohl aber Cölibat, Sittenreinheit, Selbstlosigkeit; daher ist die Verfolgung der Klöster ganz consequent. Den Wüstling ärgert es, ein solches Gegenbild seiner Gemeinheit als ſtillſchweigenden Vorwurf vor ſich zu ſehen; das darf in einer „freien Republik der Menſchlichkeit" nicht geduldet werden.

Auch die Selbſtmordmanie entſpringt der unzüchtigen Erſchlaffung und nervöſen Zerrüttung. „Man wundert ſich", ſagt Marcel Prévoſt in den ‚Demi-Vierges', „wenn ein Ehemann, der im Ruf der äußerſten Gutmütigkeit ſteht, plötzlich den Geliebten ſeiner Frau ermordet, wenn ein Lebemann, nachdem er ganz ruhig ſeinen Thee getrunken, mit ſeinem Freund geplaudert und ſeinen harmloſen Poker im Club geſpielt, nach Hauſe geht und ſich eine Kugel durch den Kopf ſchießt — weil man nicht weiß, daß die Leute in der modernen Großſtadt, die ihr Leben in ſteten Vergnügungen und unnatürlichen, gewaltſamen Gemütserregungen verbringen, faſt alle den Keim zu einer plötzlichen Monomanie in ſich tragen."

So depravirt die Unzucht alle Neigungen des Herzens, erſtickt alle edleren Gefühle, drängt ſittlich-religiöſe Erwägungen, die ſich den Zielen der Leidenſchaft entgegenſtellen, zurück und untergräbt alle Thatkraft und Mut, einzig jenes leidenſchaftliche Zornfeuer laſſend, wie es der Fieberkranke, das Kind und der Raſende hat, das nur zu frevelndem Zerſtören Kraft beſitzt, z. B. zu Bombenwerfen in eine harmloſe Geſellſchaft, wobei aber der Attentäter feig entwiſcht. Diaboli virtus in lumbis est. S. Hieronymus.

Einer beſonderen Entartung unſerer Geſellſchaftskreiſe muß hier noch gedacht werden, das iſt die Entwürdigung des Weibes durch den Arzt. Bei Marſchner und Stephan in Berlin iſt ein Buch erſchienen mit dem Titel: „Unzucht von gewiſſenloſen Ärzten bei verheirateten Frauen und jungen Mädchen unter dem Schutz ihrer Praxis und der große Irrenhausſchwindel. Gerichtliche Enthüllungen einer Anzahl Verbrechen aus Gewinnſucht." Zwei Bände, 1240 Seiten ſtark. In dieſem Buch iſt eine Reihe von Ärzten und Richtern, die mit Namen genannt werden, der ſcheußlichſten Verbrechen angeklagt, die gerichtlich feſtgeſtellt wurden.

Dr. Weſendonk ſagt über dieſes Buch: „Nicht wie ein heiteres Märchen aus ‚Tauſend und eine Nacht', ſondern wie die mir im Kindesalter ſo entſetzliches Grauſen einflößenden Erzählungen von zu Werwölfen verwandelten Menſchen, die Nachts heulend die heimatlichen Fluren durchſtreiften, mutete es mich an, als ich das Buch las. Ich habe Manches in der Welt erlebt, habe als Beamter manchen Blick hinter die Couliſſen gethan, manchmal ſchmerzlich empfunden, wie in

den höheren Beamtenregionen bureaukratisch starrsinniger Unverstand
über den gesunden Menschenverstand triumphierte und das echt deutsche,
volksfreundliche Fühlen und Empfinden auf's Empörendste beleidigte,
ja mit Füßen trat, aber daran, daß ein Verbrechertum unter
Richtern, Advokaten und Ärzten heutzutage im deutschen
Reiche in den meisten Fällen ungestraft sein Wesen treiben könne
und dürfe, habe ich vorher nicht geglaubt. Der Verfasser liefert in
diesem Buch auf Grund von unumstößlichem Aktenmaterial den Beweis,
daß in unserem hochgepriesenen Staatswesen jetzt am Ende des neun-
zehnten Jahrhunderts Zustände existieren, welche an raffinierter Un-
menschlichkeit noch das Mittelalter mit seinen Folterqualen und Hexen-
prozessen in den Schatten stellen. Im Mittelalter waren die Dummheit, der Aberglaube, der Religionsfanatismus der Rechtsboden barba-
rischer Constitutionen, heute aber ist es die staatliche angebliche
Rechtsordnung mit ihrer monopolisirten Machtvollkommenheit und
nie dagewesener Befreiung von Verantwortlichkeit, welche
die Zuchtruthe über die fast vogelfreien, nicht juridisch ge- und verbil-
deten Staatsbürger schwingt und unter dem Deckmantel von Wissenschaft und Gesetz, das den Richtern oft viel zu viel
Spielraum läßt zu unerhörter Willkür, Chikane und
Brutalität, es gewissenlosen Menschen gestattet, wahrhaft teuflische Vergewaltigungen, Freiheitsberau-
bungen, Unterschlagungen u. s. w. in Scene zu setzen und
zwar an völlig unschuldigen und harmlos gutmütigen Personen von
tadellosem Charakter. Ein von den Ärzten unter dem Schutz ihrer
Praxis eingeführtes Bordellwesen, ein komplottmäßiges Vergewaltigen
unschuldiger Opfer durch meist jüdische Richter, Anstaltsdirektoren,
Kreisphysiker, die alle mit Namen genannt werden, enthüllt
uns das Buch."

Es ist um so notwendiger, auf diese Publikation hinzuweisen,
als die gesinnungstüchtige Tagespresse diese Sachen totzuschweigen und
zu vertuschen sucht.

Daß es anderswo nicht besser ist, zeigt Daudets Roman „Les
Morticoles", wo in der Person des jüdischen Arztes Wadenheim ein
Scheusal oben geschilderter Art uns entgegentritt. „Wenn ihn ein Ehe-
paar consultierte, ließ er beide einzeln eintreten und sah beim Heraus-
treten der Frau den Mann mit einem ironischen Blick an. Dieser
Teufel von einem Mann benutzte alle Mittel: Schreck, Zaghaftigkeit,

Zartheit, Suggestion. Mitten in der reizendsten Verwirrung der Frau stellte er die unverfänglichen Fragen, ein brutaler und herrischer Ton erfüllte seine Stimme: Madame, ich verlange vor Allem a b f o l u t e s B e r t r a u e n!".. „Kommen Sie wieder, wenn Sie sich leidend fühlen", sagte er anderswo zärtlich. „Wir haben Antwort auf Alles. Wie ich Sie bedauere, unerkannt zu leben! Es wäre so leicht, Sie zu verehren, interessant, schön und gut wie Sie sind!" Seinen Klienten gab er oft Bücher mit, obscöne, wunderbar illustrierte Brochüren mit erlogenem Titel: Die Pflichten der guten Frau, die Sorge für das erste Alter, der Fortschritt der Zahnung. „Ich hatte Einen jener Ungeheuer am Werk gesehen", sagt der Erzähler, „welche die Familien besorganisieren. Ich hatte dem Ursprung sovieler Zerrüttungen heimlicher Dramen beigewohnt."

3. Der Junggeselle.

Du bist nicht Vater! Bist der selbstischen
Berstockten, der Verkehrten Einer, die
Ihr abgeschlossner Busen unfruchtbar
Berzweifeln läßt. Entferne dich, verhaßt
Ist mir dein Anblick! (Natürl. Tochter III, 4.)

Ganz so schrecklich, als Goethe ihn schildert, ist nun der Junggeselle doch nicht. Dem großen Dichter, der wie Lessing sagt, so schön eine körperliche Schwachheit in eine geistige Vollkommenheit zu verwandeln mußte, mußte natürlich consequent eine geistige und ethische Vollkommenheit als eine Schwachheit, wenn nicht gar als ein Laster, erscheinen. Diese Mißachtung des Junggesellen ist uralt. In Sparta, wo das Alter sich hoher Achtung erfreute, brauchte ein Jüngling vor einem Hagestolzen nicht aufzustehen. Als ein solcher Alter im Theater einst keinen Platz finden konnte und einen jungen Menschen fragte, warum er so die Achtung vor dem Alter verletze, antwortete dieser: Weil du auch keinen Sohn zeugst, der mir im Alter Ehre erweisen könnte.

Heutzutage ist der Kampf gegen den Junggesellen auf's Höchste gestiegen. Alle Unehre und Schändlichkeit wird auf ihn gehäuft, alle Übel hat er zu verantworten und nirgends wagt man ihn zu verteidigen. Daß die soziale Frage nicht gelöst ist, daß die armen Mädchen um 70 Pfennige täglich bei Singer u. Cie. arbeiten müssen, daran

ift nur er, der verstockte Sünder, schuldig. Ihn zu quälen und ge-
bührend zu brandmarken, hat man zwei eigentlich sich widersprechende
Eisen im Feuer parat. Erstens ist es ausgemachte Sache, daß der
ledige Mann ein geheimer Wüstling ist, der nur den Honig der Luft
ohne die Hefe der Familiensorgen genießen will, andererseits ist er,
wie Goethe sagt, ein herzloser Unmensch, der menschliche Gefühle
erstickt, und eigentlich gar kein Mensch ist[1]). „Wer nicht Vater ist,
verdient auch den Namen Bürger nicht, und ist nur ein halber Mensch,"
so sagt Hippel, der doch selbst Junggeselle war. Lebt der Junggeselle
lustig, so ist er ein unsittlicher Mensch; lebt er sittlich, so ist er auch
unsittlich; denn — der Cölibat ist ja nach protestantischen Begriffen
ein größeres Laster als Ehebruch und Schande. Entziehung aller bürgerlichen Rechte (Riehl), Besteuerung mit dem Fünffachen der gewöhnlichen Abgaben (nach Ed. v. Hartmanns Vorschlag) ist das Mindeste,
das solchen „Staatsdrohnen" gebührt, welche „die Vorteile der bürgerlichen Gesellschaft beanspruchen, ohne an den Pflichten teilzuneh-
men." Die scheußlichen Tyrannen Tiberius, Caligula, Claudius haben
Verteidiger und „Retter" gefunden, selbst die Leidensgefährten des
Junggesellen: die Schwiegermutter und alte Jungfer, wird neuerdings
entschuldigt, für den Junggesellen erhebt sich kein Anwalt.

Dabei vergißt man ganz, einmal zu betrachten, welche Leute denn
zu den geschmähten Junggesellen gehörten: Männer wie Plato, Des-
cartes, Leibniz, Kant, Beethoven, Grillparzer, von dem katholischen
Klerus, den Aposteln, Heiligen ganz abgesehen, sollten doch mit etwas
Ehrfurcht behandelt werden! Und sieht man auf die Zeit, wann die
verheirateten Genies das Beste geleistet haben, so wird man durchweg
die Jugendproduktionen, die vor den Ehestand fielen, als das Idealste,
Schönste, vom edelsten Enthusiasmus Geschaffene, wenn auch nicht
immer ganz Reife, anerkennen müssen. Hätte Petrarka seine Laura,
Dante seine Beatrice als ehrbare Hausfrau heimgeführt, wir hätten
schwerlich die herrlichen Sonette und Canzonen, die göttliche Komödie,
dieses Wunderwerk, das einer Einreihung in die herkömmlichen Dicht-
arten ganz widerstrebt.

Und was Thatkraft und Unternehmungslust betrifft, so können
erst recht die Ehemänner mit den Jünglingen und Junggesellen nicht

---

[1] Vgl. auch in „Hermann und Dorothea" die scharfe Zurechtweisung des
ledigen Apothekers durch Hermann.

wetteifern. Sieht man ja regelmäßig, wie die „Familienväter“ bei jedem Risiko mit Rücksicht auf Weib und Kind sich der Gefahr zu entziehen berechtigt glauben, und alles Wagnis den Ledigen überlassen. So sinkt doch, dächte ich, jene Philistertugend, deren Hauptarbeit im Kindererzeugen besteht, ziemlich tief. Große Denker, Helden, Reformatoren fühlen sich im Ehestand beengt und ihre Kraft in Fesseln geschlagen; für sie und für volle Hingabe an eine Idee und an die Gesammtheit ist offenbar der ledige, freie Stand der zuständigere. Jener affektirte Haß gegen den Junggesellen, und das Gift der Verläumbung, das man gegen ihn sprißt, ist offenbar dem instinktiven Neid gegen eine Höhe, der man doch innerlich Ehrfurcht zollen muß, die man aber nicht erreichen kann, entflossen. Dieser Haß und diese Verläumbung ignoriert die großen Vorteile, die für Familie und Gesellschaft aus dem Opfer des eigenen Haushaltes, der thätigen Hingabe an fremde Glieder und Zwecke, der Vermeidung von Erbteilung und Proletarierwirtschaft, den Vermächtnissen u. s. w. entstehen. Die individuelle Freiheit, persönliche, ethische, religiöse Motive bleiben bei den rohen Materialisten dieser Clique ohnehin außer Betracht.

Damit ist der Cölibat noch lange nicht als allgemeine Regel aufgestellt und der Ehe ist ihr Recht nicht genommen. Eines schickt sich nicht für Alle und das Familienleben — dafür sorgt schon die Natur — wird stets Regel der bürgerlichen Gesellschaft bleiben, — nicht die Predigt der Keuschheit schadet ihm, sondern das Gegenteil — die Beförderung der Unzucht. Amor ist, wie Viktor Hugo sagt, ein Kind von sechstausend Jahren und er wird sich seine Herrschaft nicht streitig machen lassen, auch nicht für die kommende Zeit; protestiert muß aber doch werden gegen die protestantische Anmaßung,, das eheliche Leben als die einzige Bestimmung des Menschen und Ehelosigkeit als „Berufslosigkeit“ (Hartmann) zu erklären. Wozu Nachkommenschaft dem, deß Herrschaft die Welt ist? sagt ein indischer Spruch. Nur für kleine Geister bilden die Wände des Hauses die Grenze des Gesichtskreises. Eng ist das Haus und weit ist die Welt. Über dem Hausberuf steht der Weltberuf. Ist es eine Ehre, in seinem Stand einem kleinen Kreis treu zu nützen, so ist es noch größerer Ehre wert, einen Stand zu wählen, welcher der ganzen Menschheit Nutzen bringt, indem er ein Opfer sittlicher Kraft vor Augen stellt und Kräfte entbindet, die im engen Kreis verkümmern müßten. Wohl ist dieses Maß von Kraft nur Wenigen gegeben, und das schränkt naturgemäß von

selbst den Kreis dieser hohen Geister ein; aber den Wertmesser darf
man nicht verrücken; der Niedere vermesse sich nicht, sein Philistermaß
an ein Ideal zu legen, dessen Größe ihm gänzlich unverständlich ist
und das er nur erlogen oder unnatürlich finden kann. Er möchte
die Tugend als Schwachheit verächtlich machen, deren übermächtige
Stärke er beargwöhnt. Sie wissen wohl, welche Spannkraft der Aufopferung, Liebe und Begeisterung, mit der die Welt nicht concurrieren
kann, keuschen Seelen innewohnt — daher die Verdächtigung. Auch
der Ehestand braucht das Keuschheitsideal, er braucht es als Muster
für das Vorleben der Jugend, er braucht es als Stimulierung für die
Disciplin des Ehelebens, er braucht es als Adjuvans in den vielen
Opferprüfungen, die auch dem Eheleben nicht erspart sind.

Tilge das Ideal aus der Brust und erhebe das Niedere zum
höchsten Muster, dann wird auch dieses sinken. „Denke dir“, sagt
Kierkegaard, „eine Klasse von 100 Schülern, von denen 30 weit her-
vorragen! Wenn die 30 für sich eine Klasse bildeten, so wäre der 31.
der ungeteilten Klasse nun der erste von 70, und alle anderen rückten
entsprechend auf, nach meinen Begriffen aber kämen sie weiter
hinab. Sie versänken in eine elende lügenhafte Selbstzufriedenheit.
Man steht doch weit höher, wenn man sich aufrichtig darein findet,
nach einer richtigen Beurteilung Nr. 31 zu sein, als nach einer
anderen Nr. 1. So ist's im Leben. Was ist Spießbürgerlichkeit?
Was ist Geistlosigkeit? Änderung des Maßstabes durch Aufgabe der Ideale. Akkommodation der Forderungen an das, was
wir Menschen unserer Zeit einmal sind. Darum ist's mit dem Christentum rückwärts gegangen, weil wir die Nachfolge Christi abgeschafft haben und nicht mehr als Maß und Gewicht benützt haben.
Einst versuchte der Mensch durch Empörung den Himmel zu stürmen,
eine entsetzliche Vermessenheit, und doch der Art, wie man es gegen-
wärtig macht, noch weit vorzuziehen. Jetzt versucht man umgekehrt in
Selbstverlogenheit und Selbstzufriedenheit vom Himmel und den
Idealen abzufallen und sie loszuwerden. Man nennt das
Phantasmen. So richtet man sich spießbürgerlich ein im vermeintlichen
Christentum, d. h. man schafft das Christentum eigentlich ab. Was
Wunder, daß der Respekt vor dem Christentum abhanden gekommen ist?“
So richtet ein protestantischer Moralist das moderne Christentum.

Von den Vorwürfen gegen die „Unfruchtbarkeit“, „Vereinsamung“
des Cölibats gilt das Wort des Breviers: specie quidem, qua fecun-

ditatem quaererent, sed studio, quo propositum castitatis abolerent. Comm. Vid. II. Noct. Die Unfruchtbarkeit schützt man vor, der Keuschheit gelten insgeheim die Angriffe. Persecutores fidei etiam fuerunt viduitatis. Ambrosius. Die Bekämpfer des Glaubens sind auch die der Keuschheit und der Züchtigkeit der Wittwen. Dabei heuchelt man sittliche Entrüstung, wenn ein Tiroler aus dem keuschesten Volk mit nackten Knieen durch die Muckerstadt zieht, die mit Bordellen überfüllt ist, und akademische Künstler wissen kein besseres Vergnügen, als Klostermaskenfeste zu veranstalten wie kürzlich in Weimar die Erstürmung eines Nonnenklosters, das Mönche, „feiste Pfäfflein" verteidigten, mit pikanter Zugabe eingemauerter Nonnen; „ein allerliebstes Schauspiel", schrieb darüber die Frankfurter Zeitung — nämlich für Juden und Judengenossen, die mit Ergötzen sehen, wie Christen einander zerfleischen.

Nicht unbedingt und für Jeden ist der Cölibat das Höchste. Ein Fürst, der sein Land durch Kinderlosigkeit schweren Verhängnissen aussetzen würde, handelte ebenso verkehrt als Adam, wenn er ledig geblieben wäre. Überhaupt ziemt sich für den obersten Familienvater des Landes, daß er auch in musterhafter Familienführung seinem Land ein Beispiel gebe. Dem Land gebührt nicht blos ein Landesvater, sondern auch eine Landesmutter und Kinder, die unter den Augen des Volkes aufwachsen. Wie das die Unterthanentreue verdoppelt, lehrt die Geschichte vieler Völker.

Es ist auch zuzugeben, daß die Ehe eigenartige Vollkommenheiten besitzt, die dem Cölibat abgehen. Das gegenseitige Hingeben, das die Ehe fordert, das Einbringen und Sichfügen in fremde Individualität, das gemeinschaftliche Aufopfern für das Kinderglück, das Tragen von vielerlei Leid ist auch ein hohes Ziel, aber eben auch nur, wenn der Geist der Demut, Zartheit und Opferwilligkeit vorhanden ist, wie ihn die christliche Ehe fordert. Der Katholizismus faßt die Ehe keineswegs blos als „Capitulation mit der Sinnlichkeit", wie Baur vorwirft, bei dem die wahre christliche Ehe natürlich erst mit Luther und Katharina von Bora angeht.

4. Der Priestercölibat.

Der Priestercölibat verlangt eine gesonderte Betrachtung, einmal wegen der innigen Verbindung von Priestertum und Ehelosigkeit, dann weil hier ein Gelübde mit Verbindlichkeit für das ganze Leben gefordert wird, ein Gelübde von dem die Kirche nur in ganz außergewöhnlichen Fällen dispensiert, z. B. wenn ein priesterlicher Fürst zur Regierung käme und das Reich ohne legitimen Thronerben schwerer Verwirrung anheimfiele.

Es fragt sich vor Allem: Sind Priestertum und Familienleben ein so unvereinbarer Widerspruch, daß eines das andere ausschließt?

Im Freiburger Kirchenlexikon von Wetzer und Welte wird diese Frage bejaht; dort heißt es unter dem Titel „Cölibat": „Das Priestercölibat liegt in der Virginität der Kirche selbst. Die jungfräuliche Kirche will auch ein jungfräuliches Priestertum haben. Während das jüdische und heidnische Priestertum wesentlich auf der fleischlichen Generation beruhte, hat der jungfräuliche, von der Jungfrau geborene Hohepriester Christus die Kirche, die sein jungfräulicher Leib geworden ist, gegründet und in ihr an die Stelle der fleischlichen die jungfräuliche Generation des Priestertums durch die Weihe gesetzt. Die Virginität", schließt das Freiburger Kirchenlexikon, „gehört ganz spezifisch zum christlichen Priestertum", ist der „naturgemäße Zustand". „In diesem Princip und in diesem allein ist die Basis aller Cölibatsgesetze zu suchen."

Es liegt auf der Hand, daß hier weit über das Ziel hinausgeschossen wird. Der Cölibat der Geistlichen müßte unbedingt und ursprünglich sein, wenn er „durch die Weihe gesetzt" der „naturgemäße Zustand" sein würde. Es hätte niemals in der Kirche ein verheiratetes Priestertum geben können. Dem widerspricht die Kirchengeschichte durchaus. Gerade in der kräftigsten Jugendperiode des Christentums, in der alten Helden- und Martyrerzeit wurde der Cölibat für die Priester nicht gefordert. Paulus, obwohl selbst Cölibatär und eifrigster Verfechter desselben, wagt nicht die allgemeine Forderung desselben für die Vorsteher der Kirche. Er begnügt sich, die zweite Verheiratung zu verbieten, stellt aber das eigentliche Ideal deutlich genug ins Licht. Da nichts einer Sache schädlicher ist, als schlechte und unwahre Verteidigungen, so müssen wir a limine solche rhetorische Übertreibungen abweisen. Die Kirche braucht nicht die fromme Lüge, die tendenziöse Verbrämung, um ihre Institutionen vor Angriffen zu retten, auch ohne solche Wendungen sind wir im Stande, der Priestercölibat zu rechtfertigen.

. Ich hatte jüngst mit einem protestantischen Amtsnachbar eine Discussion über diese heikle Frage, deren Mitteilung vielleicht die Materie nach dem pro und contra am besten zu beleuchten geeignet ist.

Natürlich führte der Gegner sofort triumphierend 1. Tim. 3, 2; Tit. 1, 6: „Der Bischof soll eines Weibes Mann sein" ins Feld. „Sie sehen", meinte er, „der Apostel ist soweit entfernt, die Priesterehe zu verbieten, daß er sogar positiv das Familienleben für den würdigen Amtsvorsteher fordert."

Ich. „Vergessen Sie nicht das „unius", Herr Kollege! Die Vorschrift ist einschränkend gegenüber der öfteren Verheiratung, nicht kategorisch bezüglich der Ehe überhaupt."

Der Pastor. Selbst zugestanden, daß hier eine Schranke gegen die mehrmalige Verheiratung gezogen werden soll, liegt doch unbestreitbar in der öfter wiederholten Vorschrift die Forderung der einmaligen Priesterehe. Ich glaube, es geht logisch nicht wohl an, das „soll", die Vorschrift nur auf die negative, einschränkende Seite, die successive Bigamie, zu beziehen. Der Bischof, der Priester soll freilich nicht zwei Weiber haben oder gehabt haben, aber er soll eben doch auch unius uxoris vir sein. Es scheint, daß der Apostel in der musterhaften Führung eines Haushaltes eine Art Probe für die tüchtige Regierung eines Gemeindehaushaltes, in der verständnisvollen Kindererziehung auch ein günstiges Präjudiz für die Seelsorge in der anvertrauten Familie der Stadt, des Dorfes sieht und meint, solche tüchtige Familienhäupter solle man an die Spitze der Pfarrgemeinden setzen. Wer die Pastoralbriefe im Zusammenhange liest, wird finden, daß die Familienangehörigkeit des Priesters, weit entfernt ein Makel oder eine Concession und ein Notmittel für die erste Zeit zu sein, vielmehr als eine Art Kriterium für die pastorale Fähigkeit des Kirchenvorstandes gilt; das geht schon daraus hervor, daß Paulus im Folgenden stets das Kirchenamt in Parallele mit dem Amt eines Familienhauptes faßt so in V. 4: „Er sei ein guter Vorstand seines Hauses, halte seine Kinder unterwürfig und keusch; denn wer seinem Hauswesen nicht vorzustehen weiß, wie wird der die Gemeinde

Gottes verwalten können?" Auch auf die Diakonen dehnt er das Erfordernis aus, B. 12: „Auch der Diakon sei Eines Weibes Mann, stehe seinen Kindern gut vor und seinem Hause." Auffallend ist ferner, daß Paulus gleich im Anfang des nächsten Kapitels gegen die „Heuchler" und Leute mit „gebrandmarktem Gewissen" auftritt, welche das Heiraten verbieten und später davon abrät, junge Wittwen zu Diakonissinnen zu nehmen, weil sie leicht zum Bruch ihres Ge- lübbes verführt würden: „Ich will, daß die jungen Wittwen heiraten, Kinder gebären, Hausmütter seien und dem Feind keinen Anlaß zur Lästerung geben." (5, 14.)

Ich. „Ich gebe gerne zu, daß der Cölibat nach der Meinung des Völkerapostels nicht unbedingtes Erfordernis zum Priestertum ist. Ich hoffe, daß Sie auch das Verbot der zweiten Ehe strenger nehmen als die Consistorien und Ihre meisten Kollegen, die eine zweite, dritte Ehe am Kirchendiener nicht für makelhaft halten. Sie gehen aber in Deu- tung der Absicht des hl. Paulus und Interpretation jener Stellen doch zu weit, wenn sie dem Apostel insinuiren, er habe die Ehe als eine Art Vorrang, gewissermaßen als Probe für die segensreiche Wirksamkeit des Seelsorgers betrachtet. Wie schlecht müßte dann der Apostel vor seinem eigenen Pastoralcodex bestehen, er war ja bekanntlich ehelos! Da müßte er ja ein schlechter Kirchenleiter gewesen sein. Kann man annehmen, daß der hl. Paulus sich selbst das Urteil gesprochen habe? Er, welcher der Virginität im 1. Cor. 7 eine so glänzende Lobrede gehalten, dem ehelosen Leben einen so hohen Vorrang vor der Ehe zugesprochen, sollte den höchsten, den führenden Stand in der Kirche, der doch im Besten und Idealsten ein Muster und Vorbild sein soll, nur für die unvoll- kommenere Lebensweise bestimmt, ja sie geradezu in denselben festge- bannt haben, eben deswegen, weil ein guter Hausvater etwa gute Ver- waltungsthätigkeit zeige? Er sagt aber im Gegenteil: „Ich wollte, ihr wäret wie ich", er sagte dies nicht blos zu Priestern, sondern zu den Christen überhaupt und ferner noch: „Es ist dem Mann gut, kein Weib zu berühren, aber um die Unzucht zu vermeiden, habe jeder sein Weib und jede habe ihren Mann." Hier erscheint die Ehe als Concession, als Rettungsmittel gegen Schlimmeres, denn „es ist besser heiraten als in Lüsten brennen"; aber wie weit steht sie der Virginität, der ungeteil- ten Hingabe an Gott nach: „Wer kein Weib hat, sorgt nur für das, was des Herrn ist, wie er Gott gefallen möge. Wer aber ein Weib hat, sorgt für das, was der Welt ist, wie er dem Weib gefallen möge

11 *

und er ist geteilt. Die Unverheiratete ist bedacht auf das, was des
Herrn ist, damit sie an Leib und Geist heilig sei, die Ver-
heiratete aber für das, was der Welt ist, wie sie dem Mann gefalle.
. . Wer seine Jungfrauschaft zur Ehe führt, thut gut, wer sie aber
rein erhält, thut besser. . . Ich glaube aber, daß auch ich den Geist
Gottes habe."

Wie vereinen wir aber die beiden Briefe? Offenbar ließ der
Apostel Verheiratete zum Kirchenamte zu, weil zu jener Zeit der noch
unorganisierten Kirche andere Kräfte nicht zu haben waren und immerhin in der untadelhaften Führung eines Haushaltes, der bewährten
Gattentreue, der sorgsamen Kindererziehung auch eine Garantie für
treue Besorgung der Kirchenregierung gegeben war. Die Verhältnisse
waren noch unconsolidiert und das aus dem Juden- und Heidentum
entnommene Material für die Forderung des Ideals noch nicht reif.
Es ist wohl zu bedenken, daß es in der apostolischen Zeit eine eigentliche Heranbildung der Geistlichkeit, eine Schule, ein Seminar für
junge Kleriker noch nicht gab, daß die Kirche zur Besetzung ihrer Ämter
auf Erwachsene angewiesen war, unter denen sie nicht wieder die Jüng-
sten, Unerfahrenen wählen konnte, daß bei den oft massenhaften Über-
tritten das Bedürfnis nach Vorständen groß, die Auswahl eine schwie-
rige war, also mit dem Größten nicht gleich begonnen werden konnte.
Aber deutlich genug läßt doch auch jetzt schon der Apostel durchblicken,
wie er es eigentlich wünsche und bahnt wenigstens die Vollkommenheit
nach Kräften vor. Die Concession der Priesterehe spricht blos gegen
die, welche das Cölibat als unbedingtes Annex des Priestertums fassen,
nicht gegen diejenigen, welche es als ideale Lebensordnung und als
eigentliche normale Qualität des Priesters betrachten, von der nur in
Ausnahmeverhältnissen abgegangen werden könne.

So erweist sich im Zusammenhalt mit der ganzen paulinischen
Anschauung und mit dem altchristlichen Geist überhaupt jenes Wort
im Brief an Timotheus als eine Concession, eine Nachsicht für Aus-
nahmsverhältnisse und auf der negativen Bestimmung, die Ausschließung
der zweiten Ehe, ruht der Nachdruck. Wäre auch positiv das Gebot
der einmaligen Ehe darin enthalten, dann hätten ja die zahlreichen
Priester, die schon in der ältesten Zeit den Cölibat wählten, abgesetzt
werden müssen, sie wären mindestens in Mißachtung gefallen; aber ganz
im Gegenteil, sie galten in jeder Hinsicht als vollkommenere Befolger
des Bibelwortes und treuere Jünger der Nachfolge Christi. Ja selbst

wenn auf die erfolgreiche Leitung eines Hauswesens mit Zurücksetzung der ascetischen Forderungen so großes Gewicht gelegt wird, hat denn nicht auch der ehelose Pfarrvorstand ein Hauswesen zu leiten, ist ihm denn als religiöser Lehrer der Jugend die Kindererziehung fremd? Also ist es mit der Berufung auf den Völkerapostel nichts."

Pastor. „Sie fassen die Priesterehe der ersten Zeit als notgedrungenes Zugeständnis der noch ungeordneten Verhältnisse. Aber noch Jahrhunderte lang, als schon lange Schulen und Bildungsstätten für den Klerus bestanden, bestand noch immer die Priesterehe fort. Auf dem Konzil von Nicäa 325 wurde die vorgeschlagene Durchführung des Cölibats ausdrücklich abgewiesen. Hier konnten nicht Schwierigkeiten, wie sie einer sich bildenden Religionsgenossenschaft entgegenstehen, maßgebend sein."

Ich. „Sie vergessen, daß die Kirche die ersten drei Jahrhunderte hindurch eine systematische und continuirliche Verfolgung durchzufechten hatte, in der weder für eine geordnete Erziehung eines Priesterstandes noch für einschneidende Reformen und Gesetzesmaßnahmen Raum und Gelegenheit sich bot. Solang man sich noch seiner Haut, seines Lebens wehren muß, geht man nicht an tiefe innere Veränderungen; wo das stündlich drohende Martyrium eine so gewaltige Probe des priesterlichen Heldenmutes, der religiösen Begeisterung war, konnte man auf die mindere Bewährung sittlicher Kraft in fraglichem Punkte verzichten. Übrigens trifft man unter den glänzenden Helden des christlichen Altertums fast durchweg auf Cölibatäre, wie auch leicht erklärlich. Selbst gesetzlich ist der Priestercölibat schon ausgesprochen nicht nur in dem 19. der apostolischen Canones, der von allen Klerikern nur den Sängern und Vorlesern die Heirat erlaubt, sondern auch Partikularkonzilien sprachen die übrigens allgemeine Sitte gesetzlich aus. Die Synoden von Elvira 303, zu Ancyra und Neucäsaren 314 forderten allgemeine Ehelosigkeit aller Kleriker der höheren Weihen. Wenn auf dem Nicänum die Ausdehnung auf die ganze Kirche nicht beliebte, trotz der anfänglich dafür herrschenden günstigen Stimmung, so ist die Umstimmung der Versammlung dem greisen achtzigjährigen Paphnutius zu verdanken, der obwohl selbst strenger Ascet und jungfräulicher Priester vor übertriebener Strenge warnte. Also auch hier nur wieder Concession an die Schwachheit der Mindervollkommenen. Aber gerade auf das Konzil von Nicäa können sich die Gegner des Cölibats nicht berufen; gerade hier wurde festgesetzt, daß die Ehe im Priester-

ſtand nicht ſtattfinden dürfe, κατὰ τὴν τῆς ἐκκλησίας ἀρχαίαν
παράδοσιν, nach der alten Überlieferung der Kirche!! (Sokrates, K. Geſch. I, XI), nur bereits Verheirateten wurde die Weiter-
führung der Ehe erlaubt, da es doch zu grauſam geweſen wäre, die
in langer, treuer Lebensgemeinſchaft vereinten Gatten zu trennen und
die Frau auf die Straße zu ſetzen. Es iſt alſo doch das Princip
ſchon erhoben: mit dem Prieſterſtand iſt die Eingehung einer Ehe
unverträglich; der ſchon als Ehegatte in das Prieſteramt Getretene
mag ſie fortſetzen, aber als Prieſter darf er nicht heiraten. Auch
Paulus ſagt ja nur: Der Biſchof ſei eines Weibes Mann, nicht
etwa: Der Biſchof ſoll heiraten, er darf nicht ehelos ſein; er
nimmt in den Paſtoralbriefen überhaupt nur den Fall in Betracht,
wo aus bereits beſtehenden Älteſten Kirchenvorſtände zu creieren ſind.
Dies blieb im Weſentlichen der Standpunkt der orientaliſchen Kirche,
nur kam im Trullanum die Forderung der Eheloſigkeit wenigſtens des
Biſchofs hinzu.“

„Wie allgemein der Prieſtercölibat ſelbſt bei ſolchen, die verheiratet
in den Prieſterſtand getreten (und ſich dann von ihren Weibern trenn-
ten), ſchon im 3. und 4. Jahrhundert und zwar ſelbſt bei den Orien-
talen war, bezeugt unter anderem des hl. Hieronymus’ Wort gegen
Vigilantius: Quid faciunt orientis ecclesiae, quid Egypti et sedis
apostolicae? Quae aut virgines clericos accipiunt, aut continentes,
aut, si uxores habuerint, mariti esse desistunt. Und exp. fid. cath.
(c. 2) ſagt er: Sacerdotium ex virginum ordine potissimum con-
stat; aut si minus ex virginibus, certe ex monachis, aut nisi ex
monachorum ordine idonei cooptari possunt, ex his sacerdotes
creari solent, qui a suis uxoribus continent, aut secundum
unas nuptias in viduitate versantur. Der hl. Epiphanius beſtätigt
dies (haer. 59 n. 4): Qui adhuc in matrimonio degit, ac liberis
dat operam, tametsi unius uxoris vir, eum ne quaquam ad diaconi,
presbyteri aut hyperdiaconi ordinem admittit sed cum dumtaxat,
qui ab moris consuetudine se continuerit, aut ea sit orbatus.“

Paſtor. „Wäre es aber nicht beſſer geweſen, wenn die Kirche den
Standpunkt des Orients und der erſten Chriſtenheit überhaupt beibehalten hätte, ſtatt von jener apoſtoliſchen und patriſtiſchen Anſchauung
abzugehen und durch die Zwangsforderung unbedingten Cölibats
jene „Schlinge“ zu legen, die der Apoſtel ſelbſt in ſeiner begeiſterten

Fürsprechung der Virginität seinen Zuhörern anzuwerfen sich scheut" (S. 1. Cor. 7, 35)?

Ich. „Neuerungen einzuführen aus Laune und Willkür ist frevelhaft und war nie eine Sache der Kirche. Wenn eine Idee im altchristlichen Geiste wurzelt, aber eben ihrer Größe wegen nur langsam reifen und sich durchkämpfen kann, dann ist es keine Neuerung, ihr im geeigneten Moment den Durchbruch zu verschaffen; jetzt den Cölibat abschaffen wäre eine Neuerung und zwar eine solche, die den eigentlich christlichen, katholischen Geist der alten wie neuen Zeit bedenklich gegen sich hätte. Der Beschluß des Nicänums trägt den Charakter des Provisoriums an der Stirne; er war eine Etappe auf der Vorwärtsbewegung des Cölibats; auf dieser stehen bleiben, wie es in der griechisch-orthodoxen Kirche geschah, war eine Halbheit und konnte nie zum Segen gereichen. Das erste ökumenische Konzil hatte mit thatsächlichen Verhältnissen zu rechnen, die für uns nicht bestehen; es hatte eine zahlreiche verheiratete Priesterschaft vor sich, die es nicht davonjagen konnte, die christologischen Streitigkeiten und heidnischen Feindseligkeiten mußten davor warnen, sich eine bedeutende Gegnerschaft noch dazu im eignen Lager zu schaffen, zumal kaum erst der äußere Friede der Kirche erkämpft war. Es war schon viel, daß nur die wichtige Maßregel des Verbotes der Trauung im Priesteramt gefaßt wurde. Sicher wollten die Väter des Konzils nicht, daß nun der angehende Priester oder gar Diakon sich schnell noch eine Frau suchen solle, um nur ungestraft mit seinem Weib belastet ins Priesteramt treten und seiner Lust fröhnen zu können. Es kommt bei einer Vorschrift auch auf den Geist derselben an, der Geist aber war auf Enthaltsamkeit gerichtet und die Concession für die bereits bestehenden Familienpriester bestimmt, nicht für angehende Kleriker. Die jetzige Praxis der orthodoxen Kirche ist geradezu ein Hohn auf den Sinn der altkirchlichen Canones; da ist es ja für den Kandidaten des Kirchenamtes fast wichtiger, eine Frau zu suchen, als sich die sonstigen Erfordernisse des heiligsten Standes anzueignen. Welche Zumutung: ein kaum zwanzigjähriger Jüngling ohne Kenntnisse, ohne Lebenserfahrung soll im Galopp noch vor Vollendung seiner Studien zu einer Ehe schreiten, in einer Lebenszeit, wo der junge Beamte noch viele Jahre warten muß, um mit einem genügenden Einkommen ein Familienleben anfangen zu können. Nicht einmal die Erstlingszeit des Priestertums, die ideale, begeisterte Zeit des Schaffens soll ungeteilt der Kirche, der Gemeinde gehören; der Eifer des

jungen Kirchendieners soll schon in der blühendsten Jugend, in der
freudigsten Arbeitszeit mit Familiensorgen erstickt werden, eine zahlreiche Kinderschaft soll bei erbärmlichem Einkommen den Geistlichen zum
Proletarier herabdrücken, ihn zum habsüchtigen Erpresser und Chikaneur
seiner Parochianen machen — das ist ja noch weit schlimmer als die
protestantische Praxis, die doch vom jungen Vikar die Ehelosigkeit verlangt und erst mit einer Pfarrei und in reiferen Jahren zur Ehe
schreiten läßt. Die Popenwirtschaft mit ihrer Verkommenheit der Kirche
aufhalsen, das wäre das Verrückteste, was man in unseren Zeiten raten
könnte!

Kurz, man kommt nicht darüber hinweg; entweder muß der Priester im Amt heiraten dürfen, das aber widerstrebt der altkirchlichen
Praxis durchaus, oder er heiratet schon vor dem Subdiakonat, dann
ist der hohe Enthusiasmus, die Schaffungsfreude der ersten Priester-
zeit, die volle Hingabe an sein Amt und seine Heerde im Wust der
Familiensorgen begraben. Bleibt also nur der grundsätzliche Cölibat,
der allein den hohen Stil, die ideale Weihe des Priesterlebens, der
pastorellen Wirksamkeit verbürgt. Wenn das ehelose Leben das höchste
ist, dann muß der Priester Vorbild und Muster auch in der Keuschheit sein; es ziemt sich nicht, daß er, der jungfräulichen Seelen
Führer zur Vollkommenheit sein soll, ihnen Begeisterung, Licht, Kraft,
Anleitung zum vollkommenen Leben bieten soll, selbst nur der niederen
Sphäre des bürgerlichen Lebens angehöre; den Protestanten, die das
mystische Leben als Chimäre verachten, mag ein ehrsamer Hausvater
als Pastor genügen, der Kirche der Heiligen, in der die evangelischen
Räte zu so hoher Verherrlichung gelangten und noch immer gelangen,
genügt er nicht."

Pastor. „Das klingt außerordentlich ideal; es scheint aber,
es haben bei der Festlegung des Cölibats doch auch sehr reale, ja
materielle Gesichtspunkte eine Rolle gespielt. Warum sagen Sie
nichts von den politischen und hierarchischen Gründen, die
namentlich bei Gergor VII. ein entscheidendes Gewicht behaupteten,
von der größeren Kampffähigkeit, die ein nicht mit Weib und Kind be-
ladener Klerus namentlich im Streit mit der Staatsgewalt besitzt, von
der Rücksichtslosigkeit, die man Oben einem heimatlosen Klerus gegenüber zeigen kann, eine Rücksichtslosigkeit, für die man den gedrückten
„niederen Klerus" durch den Nimbus der überschwenglich gefeierten,

über die gewöhnliche Laienwelt hoch erhabenen abstrakten Priesterwürde
entschädigen will?"

Ich. „Mögen immerhin solche Erwägungen zeitweise mit den
Ausschlag gegeben haben, in der Blüte der Christenheit waren sie es
nicht, und teilweise verdienen auch solche Gründe Beherzigung; natürlich nicht, um Angriffe auf den Staat frevelhaft zu provocieren, sondern, wo der Kampf aufgedrungen ist, ihn erfolgreich zurückzuschlagen.
Ein in Keuschheit erstarkter, in idealem Streben aufgegangener Klerus
wird eine schlagfertigere Truppe sein, als ein weichliches, von Weiber-
und Kindersorgen in seiner Kraft gelähmtes Staatspredigertum. Mit
dem protestantischen Klerus hätte sich ein Kulturkampf kaum führen
lassen. Ich betone übrigens, daß ich wie von einem charakterlosen
Staatspfarrerwesen so auch von jenem Renommierchristentum und pro-
vokatorischen Auftreten, wie es leider im katholischen Kirchentum eine
so widerliche Rolle spielt, himmelweit entfernt bin. Aber die größere
Opferwilligkeit und Leistungskraft des ehelosen Priesters werden Sie
wohl kaum in Zweifel setzen?"

Pastor. „Gewiß nicht. Es fragt sich nur, ob jene Streit-
fertigkeit nicht um theueren Preis erkauft ist: um den der Erkältung
der gesellschaftlichen Triebe, der Entfremdung vom Volke, dessen Denken
und Fühlen dem cölibatären Priester fremd ist, der Vereinsamung in
öbem Hagestolzendasein und wüstem Wirtshausleben."

Ich. „Das sind Schattenseiten, die auftreten können, vielleicht
mehr als gut ist, aber nicht müssen. Auch der Priester kann ein war-
mes Herz für die Gesammtheit bewahren, seine Liebe reicht über die
Kinderstube hinaus, auch er kann mit dem Volke denken und fühlen, und
die Vereinsamung zu Hause mit um so reicherer und uneigennützige-
rer Hingabe an die fremde Menschheit ersetzen. Wie das Volk dies
versteht, beweist die schwärmerische Liebe und Verehrung, die es dem
wahren Priester entgegenbringt. Die Stellung des echten katholischen
Geistlichen ist eine einzige und unvergleichliche; gerade der Cölibat be-
dingt die Vertrauensstellung, die dem idealen Nachfolger Christi gezollt wird und die ein ehrsamer noch so braver Familienvater nicht erringen kann. Dieser steht dem Volke freilich näher in seinen Schwächen; der Hirte und Seelsorger aber soll über dem Volk stehen, es
soll als zu einem Musterbild zu ihm aufschauen, in seiner Größe die
Kraft finden, um auch nur in dem niederen Kreis seiner Pflichten Entsagung und Stärke zu üben."

Pastor. „Ich will es zugeben, vom idealen und abstrakten
Standpunkt ist dagegen nicht das Mindeste einzuwenden, es kommen
aber auch praktische Fragen in Betracht. Es fragt sich vor Allem,
ob denn jeweilig eine solche Zahl von Priestern zu Gebote steht, die
nebst den ascetischen auch noch den wissenschaftlichen und sonstigen Anforderungen ihres Amtes genügen. Wenn schon im Mittelalter, wo die
wissenschaftlichen Anforderungen, die an die Priester gestellt wurden,
sehr gering bemessen waren und bei der niederen Bildung und dem allgemeinen Glaubenseifer bemessen sein konnten, wo der Zudrang zum
Klerus ein sehr bedeutender war, trotz dem regen Glaubens- und Büßer-
leben der Cölibat kaum durchzuführen war, wie wird er ohne Schaden
durchzuführen sein, in einer Zeit, wo der geistliche Stand gering ge-
schätzt, schlecht bezahlt wird, der Zudrang demgemäß bedeutend nachge-
lassen hat, andererseits aber die erfolgreiche Führung des Pastorats
bei der gesteigerten Bildung und dem gewaltigen Ansturm der größten
Geister gegen das Christentum an die Intelligenz des Priesters die
höchsten Anforderungen stellt? Wird nicht die Ausfüllung der Lücken,
da wo sie überhaupt möglich ist, nur auf Kosten der Qualität geschehen können? Ist es nicht bedenkliche Thatsache, daß jetzt allzuviel
minderwertige Elemente, die anderswo nicht Aussicht haben, fortzukom-
men, die gänzlich mittellosen und talentlosen, die auch nicht auf Stipen-
dien hoffen können, den Klerus rekrutieren, und auch diese nur unmutig
und widerwillig, sodaß sich früher oder später die bedenklichsten Conflikte in Leben und Amtsführung herausstellen. Es ist sehr bequem,
mit dem Freiburger Kirchenlexikon zu sagen: „Was die Zahl der Priester betrifft, so wartet die Kirche ruhig ab, daß der Herr die Arbeiter
zur Ernte sende, ihr diejenigen zuführe, welche Kraft und Entschlossen-
heit haben, sich ihr unbedingt hinzugeben. Diejenigen, welche dies
bedingungsweise thun, erst nach einem Joch Ochsen oder einem Land-
gut, das sie gekauft haben, sich umsehen oder ein Weib genommen
haben und bei diesem weilen müssen, kann die Kirche nicht brauchen.‟
Nun die Kirche hat sie doch gebraucht und wir könnten zufrieden sein,
die Familienhelden der ersten Christenheit zu besitzen; jedenfalls dürfte
es schon Erwägung der kirchlichen Obrigkeit werden, ob eine einzige
Vollkommenheit oder der Schein derselben — denn bei wie Wenigen
wird sie wahrhaft erreicht — für alle übrigen Ersatz leisten könne.
Wir brauchen heutzutage vor Allem Geist und Charakter; nicht
die schlechtesten Elemente sind es, die aus Bangen, ob sie dem schweren

Gebot Folge leisten können, einem sonst sympathischen Beruf schmerz=
lich den Rücken kehren. Diese zu gewinnen, das Joch zu erleichtern,
statt noch Skorpionen zu den Ruthen zu fügen, sollte Aufgabe einer
umsichtigen Kirchenleitung sein; wer dann den Beruf zum Höchsten in
sich hat, der kann den Cölibat dann, aber f r e i w i l l i g üben, nicht
frühzeitig in einer Falle gefangen, die später zur lästigsten Fessel wird,
und so entspricht es denn auch dem Wort: Wer es fassen kann, der
fasse es! Auch der Heiland sprach nur einen Rat aus, nicht ein Gebot!
und die apostolische, sittlich so hoch stehende Zeit hütete sich, über die
Worte des Heilands und der Apostel hinaus zu gehen. Zwang im Höch=
sten kann nur schädlich wirken. Der die Kraft zum Höchsten nicht besitzt,
kann dann immer noch als musterhafter Familienvater, als treuer Gatte,
Erzieher edler Kinder Hohes leisten, jedenfalls geachteter dastehen, als
der einer zänkischen Haushälterin untergebene, dem Wirtshausleben
beim Mangel einer anregenden Häuslichkeit fröhnende Junggeselle.
Das Höchste paßt auch nur für die Höchsten, wer das Ideal nicht er=
reichen kann, der bleibe in seiner Sphäre und bilde sich da zum recht=
schaffenen Christen, soweit er es vermag; die heiligen Seelen sind nicht
so dick gesät unter unserer heutigen Gymnasialjugend, daß man die
Priesterstellen damit besetzen kann und selbst unter den frömmsten und
edelsten Jünglingen erwählen doch noch viele aus besonderen Motiven
einen anderen als den Priesterstand.

Vergessen Sie auch die Kehrseite nicht! Mag der ehelose Prie=
sterstand immerhin das höhere Ideal sein, auch das protestantische
Pfarrhaus hat seinen Ruhm und seinen Nutzen. Man bedenke, welch
bedeutende Zahl großer Männer aller Bereiche des Wissens dem pro=
testantischen Pfarrhaus entstammten. Lessing, Jean Paul, Geibel, Fech=
ner, Tegner u. v. a. waren Pfarrsöhne, die Unzahl protestantischer
Geistlicher gar nicht gerechnet, von denen auf drei ein Pfarrablömm=
ling trifft. Hätten auch Sie einen verheirateten Klerus, so wäre für
Nachwuchs und zwar für einen tüchtigen, geschulten Nachwuchs aus
dem eigenen Lager gesorgt; gewissermaßen die Aristokratie des Klerus
würde aus dem eigenen Stand hervorgehen, während jetzt fast einzig
der Bauernstand die Rekruten für den idealsten Beruf stellt, eine That=
sache, die dem katholischen Klerus nicht gerade zu besonderem Glanz
eine eigentümliche Physiognomie aufdrückt.

Auch der soziale Nachteil der Sterilität einer so zahlreichen
Gesellschaftsklasse ist namentlich gegenüber der sprichwörtlichen Frucht=

barkeit der evangelischen Pfarrfamilie nicht ohne Bedenken. Die katholische Bevölkerung, die zudem den weniger fruchtbaren Volksstämmen angehört, gerät dadurch in immer größere Minderheit. „Der Cölibat", sagt Ranke in seiner deutschen Geschichte, „begünstigte das Aussterben der katholischen geistlichen Macht, selbst wo sie geduldet wurde, während der Stand der verheirateten Pfarrer eine Pflanzschule für Gelehrsamkeit und Staatsbeamte wurde und der Kern für einen gebildeten Mittelstand, — die ausgezeichnetsten Männer gingen aus seiner Mitte hervor. Justus Möser hat im Jahre 1750 berechnet, daß „10 bis 15 Millionen" in allen Ländern Luther ihr Dasein verdankten; man sollte ihm als dem Vermehrer des Menschengeschlechtes eine Statue setzen. Daß die Klöster verfielen und ihre Mitglieder dem bürgerlichen Leben zurückgegeben wurden, führte allmählich zu einer sehr bemerkenswerten Steigerung der Bevölkerung." „Die Ehe bevölkert die Erde, die Jungfräulichkeit den Himmel," sagt Hieronymus, aber zuerst muß doch die Erde bevölkert werden, um auch nur für den Himmel Bewohner zu bieten.

Und doch ist dieses numerische Zurückbleiben der Katholiken nicht einmal das Schlimmste; weit nachteiliger ist das qualitative Sinken nach Rang und Besitz. Ein Aufsatz der preußischen Jahrbücher 1896 (im Novemberheft) beweist unwiderleglich, daß das niedrigere Bildungsniveau der Katholiken schon allein aus dem Cölibat des katholischen Klerus erklärbar ist. Dort heißt es: „„Der evangelische Geistliche hat Söhne, die er ebenfalls einem höheren Beruf zuzuführen bemüht ist und die dann durch ihre Nachkommenschaft eine weitere Verstärkung der höheren Bildungsschicht innerhalb der evangelischen Bevölkerung herbeiführen. Der ebenso begabte Sproß einer katholischen Bauernfamilie, dem es gelungen ist, sich zum Geistlichen emporzuarbeiten, stirbt, ohne Nachkommen zu hinterlassen; seine Fähigkeiten können sich nicht forterben, kommen seinen Volksgenossen nicht weiter zu gut, sondern erlöschen. Sein Ableben schafft eine Lücke, die ausgefüllt werden muß, vielleicht wieder von einer aufsteigenden Intelligenz; zur Vermehrung der Gebildeten seines Bekenntnisses hat er nichts beigetragen und seine Nachfolger werden es ebensowenig thun. So kann die obere Bildungsschicht innerhalb der katholischen Bevölkerung sich ceteris paribus unmöglich so schnell ergänzen und verstärken wie auf evangelischer Seite, sie ist infolge dessen nicht im stande, eine so große Anzahl von Trägern der höheren Berufe, von Theilnehmern an der nationalen Bildung und

dem nationalen Wohlstand hervorzubringen. Oft ist darauf hingewiesen
worden, eine wie gewichtige Rolle das evangelische Pfarrhaus im Gei-
stesleben unseres Volkes gespielt hat und zahlreich sind in der That
die hervorragenden Männer auf allen Gebieten geistiger und materieller
Kulturarbeit, deren Stammbaum in ein solches Pfarrhaus zurückweist.
Das katholische Pfarrhaus hat infolge des Cölibats einen solchen Einfluß niemals zu üben vermocht, obgleich die intellektuellen und sittlichen
Kräfte gewiß hier nicht geringer sind als dort. 6,3 Prozent von allen
Universitätsstudenten in Preußen waren 1882 Söhne von Geistlichen
und hierbei sind unter Geistlichen nicht die zahlreichen geistlichen Uni-
versitäts- und Gymnasialprofessoren, Schulräte, Direktoren und In-
spektoren mitgerechnet. In früheren Jahren war der Prozentsatz noch
größer. Nimmt man im Jahre 1530 2000 evangelische Geistliche an,
so würde ihre Nachkommenschaft nach normaler Vermehrung jetzt
128,000 gebildete und wohlhabende F a m i l i e n ausmachen. Nach
ähnlicher Berechnung beträgt der Bildungsverlust an katholischen Familien mindestens 110,000 seit der Reformation, die der oberen Bildungsschicht zugefallen wären. Das Verhältnis steigert sich täglich
mehr und ist auch im Gesammtinteresse der Nation zu bedauern.""

Bedenken Sie auch, welche Gefahr es bringt, die besten Kräfte
dem Weltleben zu entziehen. Sagt nicht Lecky, der scharfe Sitten-
beobachter: Dadurch, daß die besten sittlichen Kräfte dem einsamen
Kloster- und Priesterleben zugeführt werden, entzieht die Kirche dem
thätigen Leben die sittliche Begeisterung, welche das Ferment der Gesellschaft ist, ja er schreibt es dieser Entfremdung für das aktive Leben
zu, daß es der Kirche nicht gelungen sei, eine bedeutende Besserung
der sittlichen Zustände zu bewirken.

Und wenn man so hohes Gewicht auf den Cölibat legt, sollte
man wenigstens sorgsamere Auslese unter den Kandidaten treffen, um
nicht die schlimmsten Früchte für das persönliche wie das kirchliche und
gesellschaftliche Wohl später zu ernten. So aber bildet der katholische
Priesterstand den seltsamen Contrast, daß einerseits die höchsten, erha-
bensten Forderungen an ihn gestellt werden, andererseits unterschieds-
und wahllos, jeder, der da kommt — selbst bei den schlimmsten Ante-
cedentien — dazu genommen wird (man braucht eben Leute). Während im ganzen Altertum und Mittelalter nur gereifte Männer zu den
höheren Weihen zugelassen wurden, die Bedenkzeit gehabt, ihren Schritt
zu überlegen, bei denen die Stürme der Leidenschaft bereits nachge-

laſſen hatten (gleichwie Leo I. die Nonnen erſt im 40. Jahr Profeß ablegen ließ), während ſonſt für die einzelnen Weihen lange Interſtitien verordnet waren, die ein ſtufenweiſes Einleben in den Stand und ſeine Amtspflichten ermöglichten, wird jetzt ſchon vom achtzehnjährigen Abſolventen der Entſcheid über ſeinen Lebensberuf gefordert und bereits dem zweiundzwanzigjährigen die Prieſterweihe aufgenötigt, die einzelnen Weihen werden galoppmäßig aufeinander gepfropft, die vier niederen Weihen auf einmal, die drei höheren mit e i n e m Tag Zwiſchenraum! Unter ſolchen Umſtänden muß der Sinn und die Bedeutung dieſer ſtufenweiſen Gnadenvermittlung ganz verloren gehen, zumal ſchon dem Minoriſten die Diakonatsdienſte geſtattet werden und die Funktionen der niederen Weihen ohnehin ganz dem Laien anheimgefallen ſind.

Und ſelbſt angenommen, das eine Ziel ſei erreicht und die ſinnlichen Triebe zum Schweigen gebracht, iſt denn die ascetiſche Vorbereitung Alles? Der Cölibat allein thut es nicht; es gibt auch thörichte Jungfrauen, denen bei allem Tugendprunk das Licht des Seeleneifers, die Liebe mangelt; wir ſehen an den Alexianern, an ſo manchen Vorkommniſſen in Schulorden u. ſ. w., daß die äußere Inſtitution, das Kleid, die erhabene Regel den Kleriker nicht ausmacht, daß Tugendſtolz gepaart mit innerer Hohlheit ſchlimmer iſt als ehrliches Streben auf niedrigerer, aber ſoliderer Baſis.“

Ich. „Sie haben wiſſenſchaftliche, ſoziale, ja ſelbſt religiöſe Gründe gegen den Cölibat geltend gemacht. Manches mag richtig ſein. Es iſt nicht zu läugnen, daß der Cölibat auch Nachteile hat, den Zuwachs zum Prieſtertum hindert, manche wiſſenſchaftliche und auch ſonſt tüchtige Kraft demſelben entfremdet, daß er in volkswirtſchaftlicher und ſozialer Beziehung die Katholiken gegen die Proteſtanten in Nachteil bringt (doch dürften hier auch die ſozialen Vorteile des Cölibates, namentlich die Verhütung der Zerſplitterung des Erbguts, die Hintanhaltung eines Maſſenproletariats und deſſen Laſter zu beherzigen ſein), daß ferner auch Mißgriffe bei der Aufnahme der Prieſter gemacht werden. Dieſe Geſichtspunkte ſorgfältig zu erwägen, iſt Sache der Kirche und den Entſcheidungen des Einzelnen enthoben; kaum dürften dieſelben gegen ein ſo grundlegendes und ſo überaus tiefgreifendes Princip, wie es das der Keuſchheit iſt, maßgebend ſein. Ein Ideal gibt man nicht auf um einiger Pfennige Mammons willen, um einiger Seelen mehr oder weniger; das iſt Krämerpolitik und davon hängt auch der ſchließliche Erfolg nicht ab. Die Kirche hat ganze Länder

und Völker geopfert, um ihre Principien zu bewahren; denken Sie an
Heinrich VIII., Elisabeth „die Jungfräuliche"; sie wird die wirkliche
oder scheinbare Einbuße, die sie durch den Cölibat erleidet, durch ihre
qualitativ mächtigere religiöse Macht zu ersetzen wissen. Was nützt der
äußere Zuwachs, wenn er nur ein äußerer ist, wenn die innere orga-
nische Einlebung fehlt, wenn die eigene Hauptstärke nur in dem mate-
riellen Reichtum, im regeren wissenschaftlichen aber ideenlosen Streben
oder gar nur im Haß der Zeit gegen den Gegner besteht? Wohl besteht heute eine schmerzlich gefühlte Inferiorität der Katholiken, sie hat
ihre hier nicht zu erörternden Ursachen, aber ich habe noch nie gehört,
daß, um die erstarrten Glieder am sittlichen Leib Christi neu zu be-
leben oder um gründliche und geistvolle Theologen und begeisterte Prediger zu gewinnen, man vor allem für Weiber sorgen müsse, oder an-
zuordnen habe, daß jene Theologen und Priester im Besitz einer Gattin
seien; wenn die Reformbewegung, wie sie bereits angebahnt ist, durch-
greift, wenn die wissenschaftlichen Quellen reicher und frischer, als es
bisher der Fall war, im Katholizismus zu sprudeln beginnen, wenn
nicht mehr kleinlicher, engherziger confessioneller Haß und gegenseitiger
Kampf um Seelen, sondern größere Gesichtspunkte in den beiden La-
gern obwaltend sein werden, wenn Irenik und Communionismus auch
das Gute im Protestantismus, namentlich seine reiche wissenschaftliche
Entfaltung würdigen werden und ebenso eine bessere Kenntniß der alten
Kirche auch hier ein versöhnliches Zusammenleben und schließlich eine
Vereinigung zu Einer Heerde herbeiführen wird — dann wird es nicht
um Drangabe eines so kostbaren Kleinodes, wie es das jungfräuliche
Priestertum ist, geschehen; es wäre ein sonderbarer Fortschritt, herab-
zusteigen von der Höhe, leichtsinnig wegzuwerfen, was mit der Ausdauer eines tausendjährigen Ringens erkämpft wurde und auf der
Gegenseite trotz alles Befehdens doch Gegenstand eines heimlichen
Neides ist. Dem einzig berechtigten Einwand, daß es an Männern
fehlt, die des hohen Berufes würdig und mächtig sind, läßt sich nur
begegnen, wenn die Möglichkeit, ja Leichtigkeit des Cölibats beim Gebrauch der geeigneten Mittel, wenn die Schönheit und Hoheit desselben ins rechte Licht gestellt und die Begeisterung dafür angefacht
wird. Zu diesem Zweck habe ich ein Buch geschrieben, das demnächst
bei Kirchheim in Mainz erscheinen wird."

Pastor. „Wird mich freuen, darin Näheres über das Thema
zu erfahren. Wir können dann weiter darüber sprechen."

Schluß.

„Wie Mensch zu sein das Niederste ist, was wir von einem Menschen fordern können, so ist wahrhaft Mensch zu sein auch das Höchste, was er zu leisten vermag." Dieses schöne Wort des Philosophen Lazarus war der Leitstern gegenwärtiger Betrachtung. Ich glaube gezeigt zu haben, daß der wahre Mensch der keusche Mensch ist; auch wenn er als Mann zur Ehe übertritt, darf er der Keuschheit, der Zartheit des Denkens und Empfindens, die ihn bisher begleitet hat, den Abschied keineswegs geben. Fühlt er sich aber dem Ideal gewachsen, dann beharre er in der Unbeflecktheit seines Leibes und trete in die auserwählte Zahl der glänzenden Sterne der Menschheit! Das ist eben das Schöne an der Keuschheit, daß es sich hier um einen Schatz handelt, den wir auf Erden mitbringen, also nur zu bewahren brauchen. Tene quod habes! Viel wichtiger ist die Behütung der reinen Seele, als die Einpflanzung und Aufpfropfung von Lehren. Ist die Unschuld verloren, so ist sie und der Liebreiz der ersten unberührten Schönheit nie mehr zu gewinnen; Lehren und Unterricht aber kann man immer noch nachholen. Nicht um peinliche Erwerbung eines fernen Gutes handelt es sich, sondern um Erhaltung eines kostbaren Schatzes, der freilich, in zerbrechlichen irdenen Gefäßen bewahrt, stets zu entschwinden droht. Das löst auch die Antinomie, wie die Ehe trotz Mitteilung der heiligmachenden Gnade ein geringerer Stand als die bloße Ehelosigkeit sei. Die Ehe ist eben, obwohl einerseits Gnadenquell für die Pflichten des Familienlebens, doch Verlust einer angeborenen Schönheit; darüber kommt man nicht hinweg; das war den Heiden und ist jedem unverdorbenen Menschen stets klar. Überhaupt besteht die Tugend zu neun Zehntel im Nichtthun des Schlechten, was aber nicht gleichbedeutend mit Nichtsthun ist. Hier gilt die Jean Paul'sche Regel: „Fange die Herzensbildung nicht mit dem Anbau der edlen Triebe, sondern mit dem Ausscheiden der schlechten an; ist einmal das Unkraut verwelkt, so richtet sich der edle Blumenflor von selber kräftig in die Höhe." Diese scheinbar negative Arbeit schließt eine solche Menge fortgesetzter Willensenergie und dauernder Geistesanstrengung in sich, daß das Thun des Edlen, wo es die Gelegenheit erfordert, Spielerei ist. Entsagende Charaktere sind stets auch thatkräftige Charaktere.

Vor Allem nun handelt es sich um sorgfältige, reine Erziehung der Jugend. Keine frühe Belehrung! Auch solche Abgeschmackt= heiten muß man heutzutage hören. Neulich brachte die „Bayrische Lehrerzeitung" einen Artikel, der die Einführung der Schulkinder in das Geschlechtsleben als Lehrgegenstand empfahl und zwar im Inter= esse der Sittlichkeit!! Etwa nach Basedow, der das Bild einer schwangeren Frau auf dem Gebärstuhl in seinem Philanthropinum auf= hing? Was die Natur verbirgt, soll der Mensch nicht entschleiern; der Funke, den die Phantasie gefangen, glüht fort und die innere Reinheit ist verloren. Was das Eiweiß dem kleinen Vogel, was der Kelch den Blumen, das ist die natürliche Scham für die Keuschheit. Diese schützende Hülle der Unwissenheit webt die Natur um die junge Seele, damit das Kostbare derselben nicht verloren gehe. Die heilige Schuldlosigkeit des Kindes erkenne nicht die finsteren Wurzeln der sinnlichen Natur und bewahre so lang es möglich den freien, unschuldigen Engelblick des echten Kindes! Mir ist noch erinnerlich der entsetzte Jammer eines bereits fünfzehnjährigen Mädchens, den sie mir ausdrückte, als ihr Religionslehrer im vermeinten Sitteneifer beim sechsten Gebot zu weit in die Materie einging. Man darf die Kinder nie für zu aufgeklärt halten: ein sorgfältig behütetes Kind, dessen Begierden nicht zu früh geweckt worden, weiß nicht viel und sieht die Geschlechtsgeheimnisse nur so in der Dämmerung. Daher habe der Katechet die Mahnung des Heilandes bei Matth. 18, 6 stets vor Augen! Es ist ja ohnehin ein Grundschaden unserer Zeit, die Blasiertheit in der heranwachsenden Jugend immer mehr zu begünstigen. „Die Rolle des Mädchens dauert zehn Jahre, die der Frau dreißig und doch wird dieser jenes geopfert. In wenig Jahren ist das Spiel mit den weiblichen Reizen zu Ende und doch setzt man auf dieses Spiel nicht nur die eigene Zukunft, sondern oft die ganze zweite Welt." (Jean Paul.)

Vor Allem ist die Lektüre zu überwachen. Hier liegt das Haupt= gift. Auch die „zweibeinigen Bücher", die Freunde und Freundinnen, verdienen sorgfältige Controle. „Die schlechtesten Bücher stehen nicht in den Fächern der Bibliotheken, sie gehen auf den Straßen herum und sind in Schülerwämmse und kurze Röcke gebunden," sagt Bourget.

Das öffentliche Theater gehört nicht für die Jugend. „Was thun Mädchen im Theater?" fragt Goethe. „Das Theater ist für Männer und Frauen, die mit den menschlichen Dingen bekannt sind. Als Moliere schrieb, waren die Mädchen im Kloster und er brauchte

auf fie keine Rückſicht zu nehmen." Die Theaterbichter unb Roman-
bichter nehmen auch keine Rückſicht auf bie Jugenb; alſo bleibe fie
fern. Auch beſſere Romane find nichts für fie. Das Liebesgetänbel,
bas boch nicht fehlt, übt eine entnervenbe Kraft. Dieſe Verkuppelung
ber Empfinbſamkeit mit ber Wolluſt, bes Sternhimmels mit dem Bett-
himmel muß burch unb burch bie Phantaſie corrumpieren. Das Bolk
fühlt bies inſtinktiv, es ſcheut zurück vor ber Jbealiſierung ber Liebe,
es fühlt, baß bies minbeſtens für bie Jugenb nicht paßt unb gefährlich iſt; erſt bie Erwachſenen mögen ſich auch an ber Verklärung bieſes
menſchlich natürlichen Verhältniſſes erfreuen, wie es ja ben Dichtern
als ewiges „nie ausgeſungenes Lieb" ſtets bleiben wirb.

Bor Allem füllt bas Herz ber Jugenb mit ben heiligen Lehren
ber Religion! Wo bieſe tief eingeprägt iſt, ba bricht bie Sittſamkeit
als natürliche Blüte hervor, wo ſie fehlt, iſt bem ſittlichen Leben ber
ſtärkſte Stab genommen. „Kinber ohne Gott zu erziehen", ſagt Bourget, „iſt inmitten ber verpeſteten Atmoſphäre ber jetzigen Welt gleich-
bebeutenb mit ber Ausbilbung herzloſer Koketten, entnervter Ehebrecher."

So wichtig für alle Fälle bie Einpflanzung ber Keuſchheit iſt,
ſo ſtreng iſt anbererſeits ber Entſchluß zum lebenslänglichen Cölibat
zu erwägen. Oft iſt eine verzerrte, unwürbige Kloſterfrau aus einer
Perſon geworben, bie eine tugenbhafte Hausfrau geworben wäre, ein
unglücklicher Prieſter aus einem Stubenten, ber ein trefflicher Beamter
geworben wäre.

Auch ber ſoziale unb volkswirtſchaftliche Geſichtspunkt barf bei
ber Anfüllung unb Vermehrung ber Klöſter nicht außer Betracht bleiben, namentlich heutzutage, wo bei ber Ausſichtsloſigkeit auf Verheiratung bas Kloſter für arme Mäbchen faſt bie bequemſte Verſorgung
bietet. Daburch werben aber gerabe bie tüchtigſten unb ebelſten Kräfte
bem Familienſtanb entzogen. Viel beſſer iſt vom ſozialpolitiſchen Geſichtspunkt bie Erleichterung ber Erwerbsbebingungen unb Ermöglichung
früherer Verehelichung. Es mutet ſeltſam an, wenn wir ſehen, baß
bie hl. Thereſia ihre ganze Wirkſamkeit auf bie Grünbung möglichſt
vieler Klöſter concentrierte, als wenn bamit bem Bolkswohl am beſten
gebient wäre. Gerabe bei ben wenig fruchtbaren Romanen haben bie
vielen Klöſter zur Verringerung bes Volkes viel beigetragen. Nicht
gerabe ibeal kann man es ferner finben, wenn manche Orben unb
Congregationen ein ziemliches Ausſtattungskapital zur Aufnahme for-

bern, sobaß Haug schon im Anfang des Jahrhunderts das Witzwort gebrauchte, „sie hatte nicht Vermögen genug, um das Gelübde der Armut abzulegen.“

Auch ist die Erziehung zur Keuschheit in steter Harmonie und im Gleichgewicht mit allen anderen Tugenden zu üben, sonst ist das Resultat das entsetzliche Geschlecht der Prüden, dieser Jungfrauen mit erloschenen Lampen, die sich für anständige Mädchen halten, weil sie blos die Verleumdung, die Bosheit, den Geiz, die Faulheit, die Völlerei, den Neid, die Lüge, überhaupt alle Todsünden haben, die keine Spießgesellen brauchen. Tieck hat diese Sorte Mißgewächs in köstlicher Weise persifliert, als er im „Phantasus“ ihre Erscheinung beim letzten Gericht schildert: „Eine Menge von Weibern war auferstanden und die Prüden drängten sich gewaltig vor, um zu zeigen, wie schamhaft sie wären; denn sie waren alle nackt. Sie gaben mit ihren ausgesuchten Tugenden dem ganzen Himmel Anstoß und wollten durchaus unschuldig sein, indem sie nichts unschuldig fanden; einige suchten auch ihre Seele mit der Hand zu verdecken, so außerordentlich schamhaft waren sie. . . Sie wurden ohne alle Ausnahme verdammt und klagten nur, baß die Teufel genau genommen Männer wären und baß man also im Himmel von ihnen Arges denken könnte. Andere sagten, es wäre ihnen lieb, wenigstens mit Flammen zugedeckt zu werden; denn nur selten sei ihre Keuschheit auf eine so schlimme Probe gesetzt worden wie beim Gericht. Darauf gingen sie mit vieler Decenz fort, und mir wurde wieder frei zu Mut, weil ich mich bis dahin geschämt hatte, ihre unanständige Scham mitanzusehen.“

Ich schließe mit den Worten Ribbings:

„Für mich ist die sexuelle Frage sowohl die Wurzel als die Blüte, der Anfang und das Ende jeder Moral. Arbeitet man auch Tag und Nacht für der Menschheit Wohl, opfert man dafür Gut und Blut, so scheint mir all das nutzlos zu bleiben, wenn man das Geschlechtsleben, die sich ewig verjüngende elementare Schule für einen wahren Altruismus vernachlässigt und herabzieht. Da jedes menschliche Leben seinen Ursprung in einem geschlechtlichen Verhältnis findet, so kann das letztere als das Herz der Menschheit betrachtet werden. Wird dessen Wirksamkeit erschüttert, so leiden davon alle Glieder der Menschheit.“

Nähere Erläuterungen.

Zu 1. Theil. A. **Keuschheitsideen in Indien.** Schon der Rigveda (I, 179) gedenkt des frommen Agastya, der samt seinem Weib Lopamudra „um des himmlischen Lohnes willen" des ehelichen Umgangs sich ganz enthalten habe. Unter dem Einfluß der theosophischen Lehren der Aranyakas (bestimmt für die in den Wald sich zurückziehenden Frommen) und Upanischad mehrten sich allmählich die Ehepaare, welche solche Abtötung übten. Auch kommt seit der Periode der Sutras (Auszüge aus dem Brahmanas), also seit dem 7. oder 6. Jahrhundert vor Chr. die Vorschrift in Geltung, wonach junge Ehepaare **während der ersten drei Tage nach der Vermählung** Enthaltsamkeit zu üben haben, ein Brauch, der bei den Ariern häufig wiederkehrt. In China ist sogar Sitte, daß die Eheleute die ersten drei Monate getrennt in Bezug auf ihr Lager und während der letzten Tage auch fastend leben.

Obwohl bei den Brahmanen die Ehelosigkeit der Priester nicht gefordert wurde und der Stand des Hausvaters vielfach als Vorstufe des Waldeinsiedlertums und bettelnden Bußlebens gewählt wurde, galt doch der volle Cölibat als das Höchste. Dies bezeugt schon die Legende von der Entstehung des Brahmanentums. Als Brahman sich bei Gott beklagt, daß er ohne Gefährtin sei, gibt ihm der Allerhöchste zur Antwort, er solle sich nicht zerstreuen, sondern einzig der Lehre und dem Gottesdienst obliegen. Auf sein beharrliches Bitten aber gibt ihm Birmah im Zorn die Daintani, eine Tochter der Daints oder Riesen, von welcher nun alle Brahmanen abstammen, sodaß das ganze Brahmanengeschlecht einerseits der Abkömmling eines hohen Geistes, andererseits einer dämonischen Frau ist. Außer jenen Waldbrüdern und Bettelbüßern gab es in Indien schon in der vorbubbhistischen Zeit einen genossenschaftlichen Betrieb der Ascese, eine Art Mönchs- oder Ordenswesen. Es sind dies einmal die als Verehrer des Gottes Narayana (des späteren Vischnu) genannte Genossenschaft der Ajivaka, andererseits zwei ordensartige Vereine in der großen Reformsekte der Dschaina, der unmittelbaren Vorgängerin der Bubbhasekte. Nirgantha d. h. Fessellose, der Fesseln Entledigte ist der gemeinsame Name dieses dschainistischen Ordenspaares, zu denen auch weibliche Mitglieder zählten. (Näh. s. Zöllner, Ascese und Mönchtum. 2. Aufl. S. 41 ff.)

Bubbhas Pentalog: Töte nichts Lebendes! Stiehl nicht! Treibe nicht Unkeuschheit! Lüge nicht! Genieße nicht starke Getränke! läßt das ascetische Moment bereits stark hervortreten. Von Bubbha kommt der Spruch: Wer mit unreinen Gedanken redet und handelt, dem folgt Leib nach, wie das Rad dem Zugtier; wer reinen Herzens ist, dem folgt Freude, wie der Schatten, der nicht vom Menschen weicht. Aber Bubbha ward noch übertroffen durch seinen Vetter Devadatta, der unzufrieden mit Bubbhas Nachsicht dem Pentalog das Pancasilam entgegenstellte: Lebe nur in der Waldwildnis! Genieße nur erbettelte Kost! Trage nur Lumpenkleidung! Schlafe niemals unter einem Dach! Iß weder Fisch noch Fleisch! Im Bubbhismus bildete sich der Dualismus des vollkommenen cölibatären und des minder geachteten beweibten Klerus heraus, so in Tibet die gelbmützigen und rotmützigen Lamas, die letzteren haben Frauen, die ersteren leben als Asceten. Die eigentlichen Bonzen oder Bhikshu berühren kein Weib.

Die Wiederverheiratung der Wittwe ist im Gesetzbuch des Manu streng verpönt; die das thue, ziehe sich hienieden Schande zu und werde jenseits von dem Sitz ihres Herrn ausgeschlossen (Manu V, 160). Nichts aber steht hier von Wittwenverbrennung!

Ascetische Gebräuche in Bezug auf das Sexualleben finden sich sehr zahlreich bei den Naturvölkern. Mehrtägige Fasten und mehrwöchentliche oder gar mehrmonatliche Enthaltungen vom Coitus sind bei nicht wenigen Naturvölkern den jungen Ehepaaren auferlegt. Bei den Koluschen Nordamerikas betrug die Continenzzeit vier Wochen. Ähnlich bei anderen Indianerstämmen, von denen manche noch obendrein den Brauch des Aderlassens — als eines Blutopfers der jungen Gatten — samt anderen Kasteiungen hinzufügten. Daß die uralte, über alle Erdtheile verbreitete und von einem Siebentel aller Völker (Ägyptern, Arabern, südafrikanischen, ozeanischen, amerikanischen Stämmen) geübte

Sitte der Beschneidung nach ihrem ursprünglichen Sinn und Zweck hierher gehört, ist schwer zu bezweifeln. Zöckler faßt sie (l. c. 80 ff.) als sexualischen Opfer- und Reinigungsbrauch, in ältester Zeit erst am Bräutigam beim Antritt der Ehe (um die Continenz zu sichern!), dann an Jünglingen und Knaben zur Zeit der Mannbarwerbung geübt und zuletzt (vgl. 1. Mos. 17) auch auf das Kindesalter erstreckt. Die biblische Überlieferung spricht deutlich für diese Auffassung (s. den Ausruf Zipporas: „Du bist mir ein Blutbräutigam!" 2. Mos. 4, 26.)

Bei den A z t e k e n hatten die jungen Eheleute vier Tage lang unter Polizeiaufsicht im Gebete zu verharren und des ehelichen Verkehrs sich zu enthalten. In Tlascala hatten die den Tempeldienst versehenden jungen Männer gewisse Enthaltungen in Bezug auf ihre ehelichen Rechte und Pflichten zu geloben. Auch Priesterinnen gab es in Mexiko, sie durften aber nach mehrjährigem Tempeldienst heiraten. Einen eigentlichen, zu bleibender Keuschheit von Jugend auf verpflichteten Cölibatärorden bildete die Genossenschaft der Tlamakasken, dem Gott Quetzalvatl geweiht und aus siebenjährigen Knaben, die von ihren Eltern für den Dienst dieser Gottheit dargebracht wurden, sich rekrutierend. Solche Tlamakaskenmönche fanden die spanischen Eroberer im 16. Jahrhundert auch südlich vom eigentlichen Mexiko, in Nicaragua. Wie streng auch sonst bei den Mexikanern auf keusches Verhalten gesehen wurde, das bezeugt die Vorschrift, daß Priester vor begegnenden Frauen die Augen niederschlagen sollten und die allgemeine Lehre des Sahagun: „Wer eine Frau aufmerksam ansieht, begeht Ehebruch mit seinen Augen" s. Zöckler S. 85. (Welch auffallende Übereinstimmung mit Matth. 5, 23!)

Auch in P e r u gab es religiöses Ordensleben. Dort waren die Sonnenjungfrauen, Töchter aus fürstlichen Geschlechtern, die in klösterlicher Absonderung lebten und deren etwaige Vergehungen gegen ihr Keuschheitsgelübde mit dem Tod bestraft wurden. Solcher nach Vestalinnenart lebenden Priesterjungfrauen beherbergte das große Kloster in Cuzco 1500. Kleinere Klöster mit 200—300 Bewohnerinnen befanden sich hie und da in den Provinzen.

Bei den P e r s e r n erinnert die Sitte des parthischen Stammes der Tapyrer, nach Erzeugung mehrerer Kinder von den Frauen getrennt zu leben (Strabo, Geogr. XI, 9), an die altindischen Vanaprasthen. Über den Ascetencharakter dieses Stammes s. Eckstein, Geschichtliches über die Askesis ꝛc. S. 256. Höchst auffallend ist die

Weissagung eines großen Propheten im Zendavesta, der am Schluß
des 12. Jahrtausend vor dem Weltende aus einer Jungfrau in
Oft-Iran, der Heimat Rustems, geboren werden soll.

In Ägypten sind die inclusi, κάτοχοι des großen Serapeums
zu Memphis, desjenigen zu Alexandria und der übrigen sich auf 42
belaufenden Tempel des Serapis zur Ptolemäer- und Römerzeit als
wirkliche Cölibatäre zu denken (s. Zöckler S. 96).

Beim auserwählten Volk sind vor dem Exil die durch
Samuel ins Leben gerufenen Prophetenschulen (2. Kön. 2, 15;
4, 11; 6, 11; 9, 11 ff.; Jerem. 36, 4) als mönchsartiger Verband
unter Leitung eines geistlichen Vaters auch mit einer gewissen Tracht,
„rauhem Gewand" oder „Sack mit Lendengürtel" (2. Kön. 1, 8;
1. Kön. 19, 13; Is. 20, 2) zu nennen. Es werden ekstatische Weis-
sagungen der von Gott ergriffenen Nebiim berichtet (1. Sam. 10, 10;
19, 23; 1. Kön. 20, 35; 2. Kön. 2, 15 ff.). Ehelosigkeit ist hier
selbstverständlich; Vorgänge wie bei Is. 8, 3; Os. 1, 2. 3 sind als
auf besondere göttliche Weisung und im typischen Sinn für einige Zeit
geschehen, dagegen natürlich keine Instanz. Das Nasireat bedingte
gleichfalls den Cölibat. Aus Richt. 11, 39 haben die Protestanten
Hengstenberg und Köhler u. a., katholischerseits besonders Kaulen auf
ein Institut „heiliger Weiber" oder „eheloser Tempeljungfrauen" geschlossen, in welches die Tochter Jephtas auf Grund des Gelübbes
ihres Vaters habe eintreten müssen. Vgl. auch die Tempelwächterinnen
2. Mos. 38, 8; 1. Sam. 2, 22 und die 2. Makk. 3, 19 erwähnten
„verschlossenen Jungfrauen". Volle Klarheit läßt sich aus den dürf-
tigen Nachrichten nicht gewinnen.

Zu B. I. Auf griechischen Boden finden wir die ehelos und
nur von Pflanzenkost lebenden „Ktistai" bei den thrakischen Mystern,
deren Pausanias (bei Strabo VII) gedenkt, die entmannten Priester der
Cybele, in Syrien die heiligen Castraten (Galli), die Megabyzen zu
Ephesus nach Strabo c. 14; Marsyas, Diener der Cybele und Musik-
virtuose, wird ausdrücklich als ehelos erwähnt; von Apollo im Wett-
kampf besiegt, wird er grausam geschändet.

Unter den Amazonen vermutet Creuzer (Symbolik und Mythologie
der alten Völker II, bei Besprechung des Mithrakultus) keusche Priesterinnen der Artemis, welche die Brust verstümmelten, kriegerische Hie-
rodulen. Noch jetzt heiße in Thercassischer Sprache der Mond Maza.

(Auch Spengel bejaht diese Ableitung in der Apologie des Hippokrates II, S. 597 gegen die gewöhnliche.) Herakles hatte bei den Thespiern einen Tempel, wo Jungfrauen Priesterinnen waren bis an ihr Ende (Pausanias IX, 12, § 5).

Ähnliche Spuren religiöser Entsagung bei beiden Geschlechtern zeigt der bodonäische Dienst: ehelos waren die Seller (Jl. 16, 233) und die Tomuren, die auch Eunuchen genannt werden oder prophetische schwarze Tauben, worunter einige von den Alten das hieroglyphische Bild von Wittwen sahen, die jede neue Heirat verabscheuend, sich einzig dem bodonäischen Gott gewidmet hatten (die schwarze Taube war der Ceres und Proserpina geweiht; sie findet sich oft auf Steinen). Bei den Thesmophorien wurden Jungfrauen als Priesterinnen verwendet; die theilnehmenden verheirateten Weiber (Männer waren ausgeschlossen) mußten sich neun Tage zuvor der Ehe enthalten.

Von dem **Eheleben** der Hellenen hat Ernst von Lassaulx („zur Geschichte und Philosophie der Ehe bei den Griechen" in den Abhandlungen der philosophisch-historischen Klasse der k. b. Akademie der Wissenschaften 1853, S. 25—129) eine eingehende Schilderung gegeben, die von der Reinheit und Höhe des Griechentums in seiner guten Zeit beredtes Zeugnis gibt. Die ausschließliche Sitte der Monogamie war schon frühzeitig der Ruhm der Hellenen: „Eine Frau lieben, nicht zwei nach Barbarenart, ist hellenische Sitte". Euripides Androm. 177. Kekrops soll in Attika in grauer Vorzeit bereits die monogame Ehe dauernd gefestet haben. Die griechische Geschichte bietet nur zwei sichere Beispiele simultaner Bigamie: den spartanischen König Anaxandrides (Herodot 5, 40) und den sizilischen Tyrannen Dionys nach Älian, (Var. hist. 13, 9), der aber kaum hierher zu rechnen ist. Der Asiate Priamus erscheint im Gegensatz zu den Griechen als Gatte vieler Frauen. Griechische Fürsten pflegten zwar im Krieg nach dem Recht und der Sitte des Krieges gefangene Weiber sich beizulegen, zu Haus aber neben der Ehefrau einer anderen beizuwohnen, galt als Mißachtung der Gattin, wofür man die Rache der Götter fürchtete (s. Jl. 9, 449 die Geschichte des Phönix: τὴν παλλακίδα φιλέεσκεν, ἀτιμάζεσκε δ' ἄκοιτιν) cf. Athenäus 13, 3. Bei Äschylos Ag. 1400 und Euripides El. 1036 behauptet sogar Klytemnestra, Agamemnon habe durch seine Liebe zur Chryseïs und Kassandra ihre, des Weibes, Rechte verletzt und sei darum mit Recht gefallen und auch bei Soph. Trach. 400 dünkt es Dejanira unerträglich, mit der blühenden Nebenbuhlerin unter einem Dache zu wohnen, obwohl sie weiß, daß „des Menschen Herz so genaturt sei, daß es nicht immer nur an Einem sich erfreue."

Die Wiederverheiratung der Wittwen ist bei allen Japhetitischen Völkern durch die Sitte verpönt. Selbst die indische Sitte der Wittwenverbrennung begegnet uns im ältesten Hellas, nur daß, was dort die Sitte gebot, hier freie That heroischer Leidenschaft war. Die Heroinen Evadne, Marpessa, Kleopatra, Polybora folgten, um die eheliche Treue zu ehren, ihren Gatten auf den Scheiterhaufen; Polymeda, des Aeson Gattin, Oenone, Gemahlin des Paris, Kleito, das Weib des Cyzikos, erhängten sich mit ihren Gürteln, um auch im Tod mit dem Mann vereint zu sein. Homer hebt es als rühmlich hervor, daß Laodamia nach dem Tod des Protesilaos einsam mit zerrissenen Wangen in dem halb vollendeten Haus geblieben sei (Jl. 2, 700) und daß Penelope, obgleich ihre Eltern es wünschten, eine zweite Ehe nicht eingehen wollte aus Scheu vor dem Ehebett des Gatten und dem Gerede des Volks (Od. 19, 156). Des Perseus Tochter Gorgophane sei die erste gewesen, die nach dem Tod ihres Gatten (des Perieres) einem zweiten (dem Oibalos) sich vermählte (Pausan. II, 21, 8), der ausdrücklich beifügt, daß es früher feste Sitte gewesen, daß die verwittweten Frauen ehelos blieben. Auch Plutarch nennt die erste Ehe heilbringend, die zweite unheilvoll ohne Unterschied ob für Mann oder Frau, und noch Libanius sagt, man müsse der verstorbenen Gattin nicht minder als der lebenden Treue beweisen, da jene ihrerseits keusches Leben, züchtigen Sinn, unbefleckte Treue geleistet. Selbst im Talmud (Jebamot 63, Sanhredin 22) heißt es: Wahre Beruhigung findet der Mann nur in seiner ersten Gattin, wie auch das Weib nur mit dem ersten Mann einen wahren Herzensbund schließen kann, denn alles habe Ersatz, nur nicht die erste Ehe.

Strenge Strafen trafen den Ehebrecher. Der Lokrische Gesetzgeber Zaleukos verordnete, daß dem ertappten Ehebrecher beide Augen ausgestochen würden (Aelian, var. hist. XIII, 23. Valer. Max. 6, 5, ext. 3). In Gortyn auf Kreta wurde der überwiesene Ehebrecher als Weichling mit Wolle bekränzt, in eine Strafe von 50 Stater verurteilt und für ehrlos wie des Bürgerrechtes verlustig erklärt. Das Gesetz Drakons gestattete jedem Ehemann, mit dem ertappten Ehebrecher nach Willkür zu verfahren. Die obscöne volkstümliche Strafe der εὐρύπρωκτοι s. Xenoph. Memor. II, 1, 5; Aristoph. Wolken 1083.

An den Jungfrauen wird nächst der Schönheit und dem

freudigen Blick der Augen vorzugsweise Schamhaftigkeit und Züchtigkeit gerühmt. (Jl. 1, 98, Hesiod Th. 998 op. 71, Jl. 2, 514,
Hym. 6, 1. 27, 2. 28, 3). Von Hippodamia, des Anchises Tochter,
heißt es Jl. 13, 431: sie habe alle Altersgenossinnen überragt κάλλεϊ
καὶ ἔργοισιν ἰδὲ φρεσί. Nausikaa scheute sich sogar das Wort Vermählung vor dem Vater auszusprechen (Od. 6, 66) und tadelt die
Jungfrauen, die wider den Willen von Vater und Mutter unter die
Männer gehen vor erklärter Vermählung. „Keusche Tochter des Zeus,
du, deren Auge nie getrübt ist, schaue nieder auf uns; Jungfrau,
Schutz der Jungfrauen! lautet das Gebet der Schutzflehenden bei
Aschylus.

Als Zeit zum Eingehen der Ehe bestimmte Aristoteles das
37. Jahr für Männer. Auch Pythagoras meinte, in Liebessachen
sei Spätlernen besser als Frühwissen. Man müsse die
Knaben so erziehen, daß ihnen bei ihren Uebungen keine Muße bleibe,
nach Geschlechtsliebe zu verlangen, ja daß sie womöglich gar keine
Kenntnis davon bis zum 20. Jahr hätten. Solon mißbilligte Ehelosigkeit, hielt aber für die Ehe erst das 35.—42. Lebensalter für geeignet, er selbst habe erst, nachdem die Stürme der Leidenschaft in
ihm ausgetobt, als Mensch und Dichter sich gefreut, in die heitere
Meeresstille der Ehe und Philosophie (ἔν τινι γαλήνῃ τῇ περὶ
γάμον καὶ φιλοσοφίαν) sein Leben zu versetzen. (Plut. Mor.). Er
theilte das menschliche Leben überhaupt in zehn siebenjährige Alters=
stufen, deren jede etwas Neues zeige: die erste die Zähne, die zweite
die Pubertät, die dritte den Bart, die vierte die ganze Manneskraft,
in der fünften soll man zur Ehe schreiten, in der sechsten seine Begierden mäßigen, in der siebenten vollende sich die Einsicht, in der achten
bleibe sie, in der neunten werde alles schlaffer, in der zehnten reife der
Mensch zum Tod.

Gegen die Ehe sprach Empedokles, wie auch gegen Fleisch-
nahrung, da man nur bei reiner Diät den inneren Dämon unbefleckt
erhalte (Hippolyt, Philosophum. s. S. 251), ferner Antisthenes, der die
Aphrodite, die Verderberin so vieler tüchtiger Frauen, zu erschießen
wünschte, Apollonius von Thyana, Theophrast, der es für unmöglich
erklärte, zugleich den Büchern und der Frau zu dienen, Sextius
(s. dessen ethische Gnomensammlung) und Epiktet, der dem Diogenes
nachzuahmen riet, der nur kalte Statuen umarmte.

II. Die Römer. Die Göttin Vesta war stets jungfräulich geblieben und verlangte darum zu ihrem Dienst auch Jungfrauen. (Ov. fast. 6, 284). Der Herd war als früherer Opferherd heilige Stätte und genoß Asylrecht! Das Anzünden der Osterflamme im Tempel der Vesta mußte am reinen, unbefleckten Licht der Sonne geschehen. Creuzer hebt mit Nachdruck hervor, daß Ehelosigkeit gerade von dem Tempelpersonal der Gottheiten gefordert wurde, die als Urheber der Fruchtbarkeit betrachtet wurden (s. auch die Priesterinnen der Ceres). Nach vollendetem Tempeldienst, der 30 Jahre dauerte, durften übrigens die Vestalinnen heiraten, was man aber nicht als glückbringend betrachtete. Daher die meisten ihr ganzes Leben im Dienst blieben.

Jhering hat in seinem Werk „Vorgeschichte der Indo-Europäer" (348—355) eine abenteuerliche Hypothese über die Entstehung dieses Instituts aufgestellt. Der 1. März, der Tag der Erneuerung des hl. Feuers, sei auch der Tag des Ausbruchs der Arier aus ihrer asiatischen Heimat gewesen. Damals erlosch das Feuer auf dem Herde. Wenn nun das Heer Rast machte, so war die Hauptsorge, rasch Feuer anzumachen. Dies konnte in jener Urzeit nur in der Weise geschehen, wie es die Vestalinnen der Tradition gemäß fortübten; durch Quirlen eines weichen Spans mit einem harten Holzstück. Auf die Urzeit deutet nach Jhering auch, daß dieses primitive Feueranmachen im Freien geschehen mußte.

Warum aber durften nur Jungfrauen dazu verwendet werden? Feueranschüren wäre doch eigentlich Sache der Hausfrau? Die Antwort Jherings lautet: Die Männer ruhten sich aus und die Frauen waren durch ihre Kinder in Anspruch genommen. Und woher das strenge Verbot zu heiraten? Jhering meint: die Feuerjungfern durften nicht heiraten, sonst hätte man erleben können, daß es aus Ueberfülle von Frauen an Mägden zum Anschüren des Feuers gefehlt hätte.

Wir sehen, die Sache geht bereits ins Lächerliche. Als ob nicht in jedem Volkszug Jungfrauen genug gewesen wären und als ob nicht im Notfall die Frau statt der Jungfer die Suppe bereiten konnte! Jhering thut sich viel darauf zu gut, überall die „nüchterne realistische Deutung" zu suchen, aber die Priesterinnen der Vesta mit ihren hohen Pflichten und Privilegien und ihrer direkten Beziehung auf das Staatsinteresse zu Küchenmägden zu degradiren, ist eine Idee, auf deren Feinheit sich der in die Archäologie verschlagene Jurist wenig einbilden darf, ebensowenig als auf ihre historische Stichhaltigkeit. Offenbar liegt dem Institut der Vesta die Verehrung des Feuers zu Grunde, das man als unmittelbares Geschenk der Götter betrachtete, und das als Opferflamme der Schutzgötter Roms nur durch die reine Hand einer Jungfrau gewonnen und genährt werden sollte. Der religiöse Gedanke läßt sich nicht eliminieren.

C. II. Die germanischen Völker. Die unter einer Oberin stehenden und der Wahrsagekunst obliegenden Priesterinnen der Kelten (Drujaden) waren zur Jungfräulichkeit verpflichtet. Für den Keuschheitssinn der Germanen ist charakteristisch, daß in der Edda Harbard dem Thor sogar vorwirft, daß er barfüßig (berbeinen) gehe.

Zum Leben der germanischen Völker im Mittelalter vergleiche das interessante Werk von Karl Weinhold: Die deutschen Frauen in dem Mittelalter. 3. Aufl. Wien, bei Gerolds Sohn, 1897. Über die deutschen Priesterinnen, I. S. 50 ff. Die Sittengesetze, S. 149. Die hohe Rechtsstellung der Frauen im germanischen Recht, S. 177 ff. Es herrschte sogar mancherlei Bevorzugung des Weibes: Die lex Saxonum XV. gibt der Jungfrau doppelte Buße bei Verletzung; das Weib, das schon geboren hat, stellt sie dem Mann gleich. Ähnlich fast alle übrigen deutschen Rechte. Erst durch den Einfluß der theologisch-scholastischen Anschauung von der Niedrigkeit des Weibes wurde das Wehrgeld für das Weib im Sachsenspiegel und Schwabenspiegel auf die Hälfte des männlichen herabgesetzt. Nach norwegischen Gesetzen konnte ein fünfzehnjähriges Mädchen sein Erbe übernehmen, bei Güterverkäufen, welche Frauen unter salischem, longobardischem, alemannischem oder auch römischem Rechte vornahmen, steht in Urkunden des 11. Jahrhunderts die Unterschrift der Frau voran; einen nicht geringeren Grad von Selbständigkeit verrät sodann der süddeutsche Brauch, daß die Freilassung eines Leibeigenen durch ein sechzehn- oder vierzehnjähriges Mädchen giltig war. Das Zeugnis der Frauen galt in Zauberei mehr als das der Männer, in der Frage, ob ein verstorbenes Kind nach der Geburt gelebt habe, gleich zwei Männerzeugnissen. Für Verbrechen, bei denen Männern der Tod gewiß war, stund den Frauen Ausgleichung durch Geld mehrfach frei. Ein Verlust des Erbrechtes trat nach ältestem Recht für die Töchter dann ein, wenn sie den Vorwurf der Unkeuschheit auf sich gezogen hatten. Hoch stand die Ehre der Jungfrau schon bei den barbarischen Germanen: Totila ließ einen vornehmen Gothen, der sich eine Ungebührlichkeit gegen ein neapolitanisches Mädchen erlaubt hatte, trotz allgemeiner Verwendung hinrichten und gab sein Vermögen jenem Mädchen. Über die Tobiasnächte (die drei ersten keuschen Nächte) s. I, 386.

Das jus primae noctis faßt Weinhold als „symbolische Anerkennung der Leibherrschaft durch die scherzhafte Ausmalung der äußersten Rechtsconsequenzen" I, 273. Daß dasselbe nie ernsthaft gefaßt wurde, wird schon dadurch bewiesen, daß die Abgabe selbst bei geistlichen Grundherrschaften vorkommt. (Eine ganz verschiedene Deutung desselben hat Möser gegeben als das Recht, das sich ein fortheiratendes Kind durch Zubringung der ersten Hochzeitnacht im Elternhause auf das Erbe wahrt, indem dadurch die Nachkommen als in der Hofhörigkeit erzeugt angesehen werden sollen. Möser beklagt es, daß man aus einem so edlen Symbol die unmoralischste Handlung gemacht hat.)

IV. Reformation. In Butlers Hubibras wird die Scheinheiligkeit der Puritaner verdientermaßen an den Pranger gestellt, so z. B. III, I, V. 1289—1300:

Warum hält man jetzt reine Sitte
Für's gröbste Laster unsrer Zeit,
Sodaß jetzt wider Sittlichkeit
Der Sünder wie der Fromme schreit?
Die Tugend und der Gnadenstand
Sind im verbotnen Grab verwandt,
Daher kein Heil'ger kann gestatten,
Daß sie sich mit einander gatten;
Denn Fromme, die der Gnad' genießen,
Brauchen nicht Sitte und Gewissen,
Sowie die Tugend sündlich ist,
Wenn sie nicht aus der Gnad' entsprießt.

Heinrich Thiersch (Über das christliche Familienleben) beklagt es, daß Luther die Gabe der Enthaltsamkeit im Gegensatz zur Schrift verkannte. „In den altprotestantischen Ansichten spricht sich eine voreilige Verzweiflung an der Möglichkeit eines geheiligten Cölibats aus. Nicht zu viel Kraft haben die Reformatoren dem Glauben zugeschrieben, sie haben ihm noch zu wenig zugetraut. Du glaubst, daß Christus alle deine Schuld getragen hat. Du thust wohl daran; traue ihm aber auch dies zu, daß er dir den Sieg über die Sünde und die Kraft zu wahrer Heiligung geschenkt hat.

In den unsicheren Vorstellungen von der Heiligung zeigt sich die
Schwäche des Protestantismus. Nach allen Seiten entfaltet diese
Schwäche ihren nachteiligen Einfluß, auch in die Vorstellungen über
die Ehe ist sie eingedrungen. Man sollte erwarten, daß die ideale
Vergleichung des Ehebundes mit dem Bündnis zwischen Christus und
der Kirche den Text der protestantischen Betrachtung der Ehe bilden
würden. Aber weit entfernt davon, läßt schon Luther vielmehr hervortreten, was Paulus im 1. Br. an die Cor. 7 mit Herablassung zu
dem tadelnswerten Zustand jener Gemeinde über den Gegenstand gesagt hat. Hierbei ist die Moral und das Kirchenrecht allzu sehr stehen
geblieben. So kommt es, daß neben vielem Trefflichen und Tröst-
lichen, was im Protestantismus über die Ehe als einem gottgefälligen
Stand gesagt worden ist, doch eine allzu niedrige Vorstellung von ihrer
Bedeutung und ihrem Zweck sich hindurchzieht, worüber die Theologen
verdiente Zurechtweisung von den Juristen bekommen haben. Diese
niedrige Auffassung hat sich in der Beurteilung der zweiten Ehe, weit
auffallender aber, tiefgreifender und erfolgreicher in der Verkennung des
sakramentalen Charakters der Ehe an den Tag gegeben." Thiersch hebt
hervor, daß Melanchthon im 1. Entwurf der Apologie des augsbur-
gischen Bekenntnisses die Ehe als Sakrament anerkannt habe.

V. b. Erotik in Deutschland.

Auch Goethe sagt einmal in den Wanderjahren: Große Gedanken
und ein reines Herz ist es, was wir von Gott erbitten sollen.

Wieland läßt sogar den Teufel beim Anblick Evas sentimen-
tale Liebesgedanken empfinden und ihn seine Höllenqual vergessen:

> Ein einziger Blick auf Eva schläfert die Pein
> der Furien selbst in Satans Busen ein,
> er fühlt erstaunt die längst verlernten Triebe,
> des ersten Engels Stand, vergißt, warum er kam,
> ein Tropfen Wonne fließt in seinen ewigen Gram.

Interessant ist das Urteil der Staël über die sittlichen Zustände
in Deutschland: On ne saurait le nier, la facilité du divorce dans
les provinces protestantes porte atteinte à la sainteté du mariage.
On y change aussi paisiblement d'époux que s'il s'agissait d'ar-
ranger les incidents d'un drame; le bon naturel de l'homme et
des femmes fait qu'on ne mêle point d'amertume à ces faciles
ruptures et comme il y a chez les Allemands plus d'imagination

que de vraie passion, les évènements les plus bizarres s'y passent
avec une tranquillité singulière, cependant c'est ainsi que les moeurs
et le caractère perdent toute consistance; l'esprit paradoxal ébranle
les institutions les plus sacrées et l'on n'y a sur aucun sujet des
règles assez fixes. De l'Allem. I, p. 28.

Tom. V. p. 190: En Allemagne il n'y a guère dans le mariage d'inégalité entre les deux sexes; mais c'est parce que les
femmes brisent aussi souvent que les hommes les noeuds les plus
saints. La facilité du divorce introduit dans les rapports de fa-
mille une sorte d'anarchie qui ne laisse rien subsister dans sa vé-
rité ni dans sa force. Il vaut encore mieux pour maintenir quel-
que chose de sacré sur la terre qu'il y ait dans le mariage une
esclave que deux esprits forts.

II. Theil. 2. Von den corruptiven Wirkungen der Unkeuschheit auf Gemüt und Charakter haben wir den traurigsten und zugleich
für die Nation unheilvollsten Beweis in unseren Colonialgrößen Leist,
Wehlan und besonders Peters. Peters, „der stille Pfarrerssohn", wie
er sich nannte, bestrafte das Ausreißen seiner Concubinen als Deser-
tion, und zwar nach dem Kriegsrecht mit dem Tod, da die im Stations-
hause wohnenden Weiber ihm als Eigentum gehörten! Die intimen
Beziehungen des Negers Mabruk zu einem Weib seines Harems galten
ihm als Ehebruch und wurden gleichfalls mit dem Tod bestraft!!
Der stille Pfarrerssohn hat also mit türkischen Begriffen auch türkische
Religionsbegriffe angenommen. Dazu die Prügelstrafe gegen die Skla-
vinnen seiner Wollust, wenn sie nicht gleich bereit waren! Es kann nicht
leicht ein Bild größerer Verkommenheit, namentlich auch mit Rücksicht
auf das cynische Benehmen dieses Civilisators vor dem Gericht gefunden werden, als bei diesem Sensationsprozeß.

Was aber noch ernstere Erwägungen hervorrufen muß, ist das
schmachvolle Urteil der nationalen Presse, die Peters offen verteidigte
und das Verhalten der Verwaltungsbehörde. Man kannte die Schand-
thaten Peters im Colonialamt und hat ihn doch wieder angestellt.
Seine neuesten Leistungen wurden auch lange totgeschwiegen und wer
weiß, ob nur eine Disciplinareinschreitung gekommen wäre ohne Bebels
Rede und die unbändbare Entrüstung des Volkes. Nun sollte man
erwarten, daß ein Mordbube, der so viele Greuelthaten auf dem Gewissen hat, nun auch vor das ordentliche Gericht gestellt und verdienter-

maßen belohnt würde. Man höre nun, wie die Regierung die Un=
möglichkeit einer Criminaleinschreitung im Reichstage beweisen wollte!
Peters kann nicht gestraft werden, weil an dem Ort der Thaten
so etwas nicht strafbar sei. Diesem Salomonsspruch ist nichts
beizufügen. Wie ein kaiserlicher Beamter überhaupt an irgend einem
Ort straffrei für Verbrechen sein kann, ist ein Problem, das Menschen
mit normalem Verstand überhaupt nicht einsehen. Interessant ist auch,
daß dem Peters vom Gericht fast am Schwersten angerechnet wurde,
daß er falsche Berichte an die Behörde gesandt. Vielleicht wäre er auch
gänzlich von Strafe frei geblieben, wenn er blos Weiber geschändet
und gemordet, aber keine Insubordination begangen hätte.

Was demoralisirt, was corrumpirt, sagt Rosegger, ist nicht der
Fehltritt, sondern die Straflosigkeit.

3. Der Junggeselle. Komisch ist in „Ende gut, Alles
gut" die Rede des Parolles über das Junggesellentum: „Der Jungfrauschaft das Wort reden, heißt Eure Mutter verklagen, und das ist
ein handgreiflicher Ungehorsam. . . Die Jungfrauschaft mordet sich
selbst und sollte an der Heerstraße begraben werden fern von geweihten Plätzen als eine verzweifelte Frevlerin an der Natur. Die Jungfrauschaft brütet Maden wie ein Käse; sie verzehrt sich selbst bis an
die Kruste und stirbt so an der Stillung ihres eignen Hungers. Jungfrauschaft ist eine zu frostige Gesellschaft, fort mit ihr!"

Der lebenslängliche Cölibat wird im Gesetzbuch Manus nicht
gut befunden und zwar aus religiösen Anschauungen über das Fort-
leben und Fortwirken des Mannes im Kinde: „Dann nur ist ein
Mann vollkommen," heißt es bei Manu III, 60, „wenn er aus drei
vereinigten Personen besteht: seinem Weib, sich selbst und seinem Sohn;
durch seinen erstgebornen Sohn trägt der Vater seine Schuld an die
Ahnen ab und in seinem Enkel genießt er Unsterblichkeit." — „In
den Sohn gehen ein die göttlichen, unsterblichen Pranas, die Lebens=
geister, die im Vater sind; wer den Faden der Nachkommenschaft aus=
dehnt, wird seine Schuld gegen die Pitar ledig, der Vater sühnt durch
den Sohn, der Sohn ist sein Rettungsnachen; nur dann ist wirklich
Mann und Weib, wenn sie zusammen ein Kind hervorbringen, in
welchem ihr eignes Leben sich wieder erneuert."

Aristoteles meint, der Kinderlose bleibe hinter der naturgemäßen
Vollkommenheit zurück, indem er nicht an seiner Statt einen Nachfolger

in seinem Haus zurücklasse. Die kinderlose Ehe galt den Griechen nur als eine halbe, gepriesen aber wird die „ringsumblühte". Kinder sind der Anker des Lebens (Sophokl. Fragm.), Stützen des Hauses (Euripid. Hec. 76), die Erhalter des natürlichen Herdes (Äsch. Choeph. 261), die Namensretter des verstorbenen Mannes, die wie Korkhölzer das Netz emporhalten, aus der Tiefe rettend den gesponnenen Faden.

4. **Zur Geschichte des Cölibats.** Canon 5 der apostolischen Canones lautet: Ein Bischof, Priester oder Diakon soll sein Weib nicht verstoßen aus Vorwand der Frömmigkeit. Wenn er es thut, soll er ausgeschieden werden; wenn er dabei verharrt, soll er abgesetzt werden.

Canon 50: Wenn ein Bischof, Priester oder Diakon, überhaupt ein Geistlicher sich der Ehe enthält, nicht der frommen Uebung wegen [1]), sondern als von etwas Unreinem, indem er vergißt, daß alles sehr gut gemacht ist und daß Gott den Menschen als Mann und Frau geschaffen habe, und so das Werk des Schöpfers tadelt, der soll sich bessern oder abgesetzt werden. Cf. can. 16. 17. 25. (In Rücksicht auf gnostische Irrlehren.)

Die Concilien von Ancyra und Neocäsarea 314 fordern noch nicht den ausschließlichen Cölibat. Canon 10 des ersteren lautet: Die Diakonen, welche bei ihrer Anstellung erklären und bezeugen, sie müßten heiraten und könnten nicht so bleiben, s o l l e n, wenn s i e n a c h h e r s i c h v e r h e i r a t e n, i h r e S t e l l e n b e h a l t e n, da sie dies mit Erlaubniß des Bischofs thun. Diejenigen aber, welche schweigen und bei ihrer Anstellung es auf sich nehmen, so zu bleiben, sollen, wenn sie nachher heiraten, d a s D i a k o n a t a u f - g e b e n. Das Concil von Neocäsarea bestimmte: Wer im Priesterstand sich verheiratet, soll abgesetzt werden. Dies blieb seitdem Praxis des Orients; nur kam durch das Trullanum 690 noch die Forderung dazu, daß Bischöfe unverehlicht sein mußten oder von ihren Frauen sich zu trennen hatten.

Die erste Anwendung jener Enthaltsamkeitsverpflichtung der jüdischen Priester während ihrer Funktionen im Tempel auf das katholische Priestertum, die als tägliche Opferer demnach gänzlich ehelos zu leben hatten, finde ich in einem Brief des Papstes Siricius an den spanischen Bischof Himerius 385. In demselben Brief wurde

---

1) Im Hinblick auf 1. Cor. 7, 5.

auch schon die Strafe der Absetzung auf renitente Priester ausgesprochen unter ausdrücklicher Berufung auf die altchristliche Ordnung. Innocenz I. schärfte diese Vorschrift nochmals ein 405. Leo I. dehnte das Verbot der Ehe auch auf die Subdiakonen aus 445. In demselben Sinn erklärte sich das Concil von Carthago 390. Hier findet sich auch die seltsame Bestimmung, bei Geistlichen, deren Selbstbeherrschung verdächtig wäre, solle Tag und Nacht abwechselnd einer der zur Kirche gehörenden Lektoren als Schildwache und Keuschheitswächter stehen — ein Gedanke, der in der Geschichte des unfreiwilligen Humors seine Stelle verdient.

Das 8. Concil von Toledo 653 und das 9. 655 sprachen nicht blos Absetzung und Excommunication, sondern auch noch lebenslängliche Einsperrung in ein Kloster aus; die Frau soll als Sklavin verkauft, die Kinder erblos und zu Leibeignen der Kirche gemacht werden!!! Dennoch hatte man zu klagen, daß die gewünschten Resultate nicht erreicht wurden.

In England setzte Dunstan, Erzbischof von Canterbury, auf einer englischen Nationalsynode durch, daß alle Geistlichen sich des Umgangs ihrer Ehefrauen enthalten oder sammt und sonders ihre Stellen verlieren sollten. Da viele Geistliche sich nicht fügten, vergab er ihre Pfründen an die Mönche. Polydor in seiner hist. Angl. l. VI. berichtet von einem Wunder auf dem Concil zu Enham 1009: Aus dem Mund eines Crucifixes habe man während der Beratung über die Behandlung der beweibten Priester die Worte vernommen: non bene faciunt, qui presbyteris favent.

Die Handhabung der Cölibatsgesetze blieb eine nicht durchgreifende, bis Gregor VII. ein neues Mittel ergriff: die Laien zur Revoltirung gegen verheiratete Priester anzuflammen, ja die Excommunication auf alle Laien auszudehnen, welche bei beweibten Geistlichen Messe hörten oder sacramentalen Handlungen beiwohnten. Conc. Rom. 1074 can. 11. Die Consequenz, mit der diese Maßregel durchgeführt wurde, brach allmählich nach furchtbaren Kämpfen, wobei sich die Bischöfe und Laien bald auf Seite der verheirateten Priester stellten, bald gegen sie einschritten, den Widerstand. Doch verheirateten sich in Lüttich noch 1220 Stiftsherren öffentlich in aller Form und in Zürich fanden sich noch um 1230 verheiratete Priester. Gieseler Kirchengeschichte II 2 S. 254.

Wohl zu merken ist übrigens, daß selbst nach Gregor die wider Verbot von einem Priester eingegangene Ehe trotz der darauf gesezten canonischen Strafen nicht für ungültig gehalten wurde; der geistliche Stand war für die Ehe ein imped. impediens, nicht dirimens.

Durch Calixtus II. aber wurde festgesetzt, daß alle von Klerikern der höheren Weihen eingegangenen Ehen null und nichtig sein sollten, was von Eugen III. und Alexander III. bestätigt wurde. Dadurch wurde eine neue Schwierigkeit geschaffen, nämlich der alte Grundsatz, daß die Kirche auf die Materie und Form der Sakramente nicht einwirken könne, schien durchlöchert.

Die Forderung der Priesterehe war fortan neben den beiden mehr nebensächlichen: Kommunion unter beiden Gestalten und Gebrauch der Landessprache beim Gottesdienst fortan das Schiboleth der Reform in Deutschland. Im Interim, dem Religionsedikt Karl V. war ausgesprochen, daß verheiratete Priester solange geduldet werden sollten, bis ein allgemeines Konzil beschlossen hätte, was der Kirche am meisten fromme. Besonders Albrecht von Baiern war für die Reform der Kirchendisciplin. Sein Gesandter Augustin Baumgartner hielt auf dem Tridentinum ein Vortrag, worin er sagte: „Bei der letzten Kirchenvisitation in Baiern fand man den Concubinat so häufig, daß unter hundert Geistlichen nicht drei oder vier gefunden wurden, welche nicht entweder Concubinen hatten oder heimlich oder öffentlich verheiratet waren. Die Meisten, welche die Verhältnisse Deutschlands kennen, haben die Ansicht, daß nach dem Geist der Zeit und durch eine gleichsam geheime Kraft gedrungen jetzt nicht etwa die schlechten, sondern die gemäßigten und wahren Katholiken allgemein eine keusche Ehe einem unkeuschen Cölibat vorziehen. Daher sieht man jetzt überall, daß Männer von Talent und Gelehrsamkeit lieber sich verehelichen und die Aussicht auf geistliche Pfründen aufgeben, als umgekehrt solche Pfründen suchen und die Ehe aufgeben. Daher entsteht ein solcher Mangel an gebildeten und gelehrten Männern unter dem Klerus, daher seine schmachvolle Unwissenheit, daher gewinnen die Häretiker Kräfte, dadurch verliert die Kirche ihr Ansehen. Einsichtsvolle und erfahrene Männer sind deswegen der Meinung, die Geistlichkeit könne zu dieser Zeit in Deutschland nicht anders diesen Mangel an gebildeten und tauglichen Individuen ersetzen und überhaupt für das Bedürfnis der Kirche nicht anders die nötige Anzahl gewinnen als nur dadurch, wenn nach der Sitte der ältesten Kirche gebildete und ge-

lehrte verheiratete Männer zu den hl. Weihen zugelassen werden." In
ähnlichem Sinne wirkte Kaiser Ferdinand I., Karl V. Aber der
Kardinallegat ließ nicht einmal die Verlesung der kaiserlichen Anträge
im Concil zu, da schon der einfache Vorschlag einer solchen Aenderung
in der ganzen christlichen Welt ein Aergernis veranlasse. Es ist klar,
daß jene traurigen Verhältnisse des ausgehenden Mittelalters nicht als
Richtschnur für die stabile Ordnung der Kirche genommen werden dürfen.

In neuerer Zeit hat Bischof Sailer in seinem „Handbuch der
christlichen Moral" III, S. 70 die Frage aufgeworfen, ob nicht jetzt
Gründe genug vorhanden wären, welche den Vorstehern der Kirche die
legale Aufhebung des Zwangscölibats als eine vernünftige Maßregel
raten könnten, ob sie nicht wenigstens das interim expediens treffen
sollten, zu gestatten, daß jeder ans Cölibat gebundene Kleriker, wenn
er Gründe dem Bischof vorgelegt hätte und diese wichtig genug befunden wären, aus dem Priesterstand austreten und einen andern Beruf
wählen könne. Aber solches Zugeständnis wäre höchst bedenklich. Die
ganze Kirchenordnung müßte darunter leiden. Wer könnte sich da nicht
bedrückt fühlen und nachdem er die Wohlthat der Erziehung und Bildung genossen, den Pflichten des Standes Valet sagen! Die Kirche
glaubt nicht an Gründe, die in den Bedrängnissen des Fleisches sitzen;
wäre einmal dieses Motiv zugestanden, dann wäre der Willkür und
dem Libertinismus Thür und Thor geöffnet. Im Anfang des Jahrhunderts griff nochmals in Baden eine starke Bewegung zu Gunsten
der Priesterehe um sich; es erschien in Freiburg 1828 eine „Denk-
schrift für die Aufhebung des den katholischen Geistlichen vorgeschrie-
benen Cölibats", die von Möhler (s. dessen „Vermischte Schriften",
herausgegeben von Döllinger) scharf zurückgewiesen wurde. Nur be-
anstande ich in dessen Replik die zu starke Betonung des übernatür-
lichen Gnadenbeistandes. Möhler sagt S. 228 von den Arianern:
„Wie hätten sie auch Freunde der Virginität sein können, da dieser
den Glauben an eine Mitteilung unendlicher, wahrhaft
göttlicher Kraft voraussetzt, die Arianer aber keineswegs
im Besitz einer solchen sich wissen konnten, indem ein endliches Wesen
keine unendliche Kraft zu verleihen vermag." Das Bedenkliche solcher
überschwänglicher, durch die Geschichte der Völker keineswegs bestätigter
Reden habe ich S. 141 auseinandergesetzt. Es stände schlimm um
den Cölibat und wäre eine schlechte Empfehlung für denselben, wenn
er der menschlichen Natur an und für sich ganz unmöglich wäre.